醫仙地主婆 4

文創風 206

月色如華 著

目錄

第四十五章

虎老大的傷還沒有好，安風告訴他，那老道的拂塵柄是難尋的好物，本是打算為他尋一把好重刀，但那根拂塵柄倒是有些意思，便叫人帶上去京城，摻上精鐵，現打一柄更好。然後讓他一人在裕縣養著，待傷好後再自行去桃村，並留給他一匹馬及一些銀兩。

可虎老大愣是不答應，說怎麼就單把他一人丟下，傷勢已無大礙，執意要跟著一起走。

安風拗不過虎老大，只得應了。

於是，兩輛馬車，一輛坐著林小寧、荷花與小丫，另一輛載著虎老大與四個孩子。馬車周圍眾多馬匹圍繞，分別是寧王與安風、四個黑衣高手、虎二與虎三。

千里和如風揹著望仔與火兒，威風凜凜，得意萬分地跟在寧王馬後。

果然如林小寧所說，幾個孩子病一好就上竄下跳，這幾日的大塊肉、大塊雞把他們養得生龍活虎，四個野猴子在車廂內根本待不住，一個個探出車廂外，一臉羨慕地看著虎二與虎三騎馬。

孩子的心思最是剔透，哪個好親近，哪個好殺氣，一眼就能感覺出來。除了家福對寧王與安風並不畏懼外，鐵頭三人憑直覺就盯上虎老二與虎老三，嘻嘻笑著，非得蹭馬騎。

二虎們正想著法巴結人呢，正主巴結不了，小少爺和他的玩伴既然主動親近，哪會放過此等機會？把幾人從馬車上挨著抱過來，前一個後一個地帶著。

裕縣城門被遠遠地拋在了車後，林小寧把車簾掀開，看著周邊的景色。寧王看著林小寧的臉從簾內探出來，便展顏而笑。

林小寧只覺溫暖無比，心中全是快活。這樣隔著車廂窗簾，兩人時時對望著，時時笑著，雖有些犯傻，卻是說不出的甜。

一隊人馬萬般自在與悠閒地前行。

誰也不知道，一場啼笑皆非的採花大盜追捕開始了——

裕縣縣太爺在他們離開裕縣後收到了通緝令。

「這兩個採花大盜，心狠手辣，淫人無數，還犯下多條命案，是驚天大盜。他們的坐騎乃是兩條白毛大狗，速度罕見……」派送通緝令之人如是說。

等到人走了，裕縣縣太爺哆哆嗦嗦地端了茶盅喝茶，手抖得厲害，茶盅掉地摔碎。

縣太爺心裡發毛。

通緝令打開時，他看清楚畫像上的二人，竟是升平客棧裡住著的大人物——所謂的寧王與風大人。他竟然把採花大盜當成寧王，還被兩個大盜要去了裕縣最好的三個捕快?!

師爺也在一邊冒著汗。這是怎麼一回事？這兩個採花盜，在本縣鬧出那樣大的動靜，還把道士弄死了，讓虎二扛了屍體來衙門，還有道觀的六具屍體，也被他們翻看了半天。

「師爺，你看這事，到底是不是搞錯了？那兩人真不像採花盜啊，哪有那樣氣度的採花盜，還大張旗鼓地指使衙門？這，是不是模樣長得像啊？」縣太爺說道。

師爺想了想說：「大人，那兩條大狗呢？他們不是有兩條大狗嗎？天下會有這麼巧的事？」

「應該就是長得像，要真是採花盜，那院裡那位漂亮小姐明明是大家閨秀啊，怎麼會與他們一道呢？他們還膽敢要走三虎？膽敢殺老道？還讓我們查道觀？而道觀還真有屍體。」

「對、對，就是長得像，是巧合。」師爺說道。

「事到如今，就是長得像。」縣太爺意味深長說道。

開玩笑，如果不是長得像，兩個採花盜在他縣太爺眼皮子底下興風作浪，殺了道士，還指使著衙門團團轉，要去了三虎，大搖大擺地走了，他這縣太爺的官服還要不要了？

「大人，那這通緝令……」師爺小心問道。

「叫人多臨摹幾張，明日一早各處張貼。」縣太爺說道。

太陽高高掛起時，望仔與火兒就開始到處亂跳，一會兒跳到這匹馬背上，一會兒跳到那人的肩膀上，玩得不亦樂乎。

最後又跳進車廂內，兩個傢伙在林小寧懷裡吱吱討好叫著。林小寧摸著望仔與火兒的小腦袋，心中為望仔的功勞歡欣。

那塊黑乎乎的石頭，望仔之前說得清楚分明，將石頭放入空間，便能助她帶人進入空間。

在這之前，除了動物，她是無法帶人進去的，而有了這塊石頭，便可以帶人進入空間了。

這樣一來，可以在夜裡偷偷帶小寶與爺爺入空間，空間的靈氣肯定能讓小寶身體更好，爺爺更長壽。話說那邪門老道，養生之術的確到家，那把年紀了，還這般年輕，得讓爺爺也活上這把歲數才好，如今這樣好日子，不多享受幾十年，太遺憾了。

林小寧笑歪了嘴。心中問著：望仔，你怎麼知道那石頭的作用呢？

望仔很是神氣得意地說：我對天下靈物都瞭解。

「德行。」林小寧笑罵著。

火兒自覺沒什麼本事，獻媚地在林小寧懷裡窩成一團。

小丫第一次坐馬車，新奇無比，左顧右看的，腦袋轉來轉去，看到望仔與火兒，膽怯又好奇地盯著。

到了中午時分，荷花與小丫伺候大家吃了一些乾糧，便又繼續上路。

望仔與火兒只吃了一些乾糧渣就不屑地跳開，跑到千里、如風背上玩耍去了。

安風看著這兩個小傢伙，忍不住笑道：「這兩個傢伙睡飽了玩，玩完了就睡，真是活寶。」

寧王一聽就笑。

一路行到太陽略略偏西時，不遠處有一小村落。

「到村裡尋些水裝滿水袋，晚上應該能到一處小鎮落腳。」安風看著天，算著時間與路程。

忽然，一批追捕採花盜的江湖豪傑跳了出來，兩個人手拿武器，指著寧王叫著。

「淫賊！往哪裡跑？」

林小寧聽到外面傳來一句千年不變的臺詞，笑出了聲，從車簾內探出頭看去。

外面的寧王與安風，不明所以地看著兩個大漢，不解地說道：「你們認錯人了吧？」

「豈能認錯？兩條大白狗，兩個採花小淫賊，小模樣那是玉樹臨風，最喜扮成貴家公子哄騙女子。」一個漢子義正辭嚴地說。

「採花小淫賊？」林小寧差點被自己的口水嗆著，在車簾內對著兩個漢子道：「噯，你們真認錯人了！」

「好厲害的小淫賊，把一個好端端的小姐哄成這般傻樣，還為他們說話。上，擒住淫賊領賞！」

兩個大漢衝了上來。

寧王與安風仍是一頭霧水，但四個高手立刻上前迎擊，一時乒乒乓乓打得熱鬧。

林小寧樂得不行，出了車廂，坐在外面看著熱鬧，荷花也好奇跟著出來瞧。

虎二與虎三把家福、鐵頭四個孩子抱上馬車，打算上前殺敵。

安風阻攔。「不必了，看著就行。」

寧王行到林小寧車前低語：「回車廂去。」

「你何時成小淫賊了？」林小寧低聲笑道。

「我哪知道？」寧王仍是不解的神情。

「那就問問唄。」林小寧笑道。「看那兩個漢子，好正義啊。」

安風便開口問：「喂，你們憑什麼說我們是……」實在說不下去了。

林小寧笑笑，脆聲問道：「喂，你們憑什麼說他們是淫賊？誰告訴你們的？」

兩個大漢對戰四個高手，相當吃力。

四個高手見安風詢問，出招便溫和多了，兩個漢子勉力應著，口中說道：「兩位小姐，妳們莫要被這兩個小淫賊給哄騙了，他們是驚天大盜，殺人如麻，屢屢犯下命案，還……還……淫女無數……」

可憐這兩個正義的江湖豪傑，說到這兒也說不出口了，聲音低了許多。

四大高手聽到這裡，怒上心頭，招式立刻又狠戾起來，兩個大漢便凝神對付著，不再說話。

虎三大聲說道：「你們搞錯了，這位可是王爺，六王爺，別亂來，快停手！」

兩個大漢氣得要吐血的模樣，其中一個說道：「對吧？說了他們最喜扮成貴家公子哄騙眾人，真是一點沒錯！」

林小寧此時有些哭笑不得，只好又叫道：「嗳，先不打了，先把話說清楚吧，就是上公堂也得讓人分辯不是？你們先停停手，不要上來就說人家是淫賊，到底是怎麼個殺人如麻，淫女無數，倒是說來聽聽……」

原本林小寧接著還要說：有什麼證據？

可話沒說完，一個大漢憤然道：「我呸，妳這個不知廉恥的女子，竟然到此時還護著淫賊，還想聽小淫賊的事蹟，我看你們是一夥的，不必多說，上！」

寧王與安風頓時雙雙沈下了臉。

「殺了！」寧王冷冷說道。

四個高手得令，使出殺招，狠戾無比，一招之下，兩個大漢就掛了彩。

「別殺，讓他們說清楚。」林小寧說道。

「我呸！」兩個大漢氣得快背過氣去，一個狠狠啐了一口大罵。「這小妮子定是一夥的，喜聽他們兩個犯案事蹟，如此噁心之女，天下難尋。」

林小寧也怒了，喝道：「點了他們，問清楚！」

半刻鐘不到，兩個大漢就被點倒在地上，不得動彈。

林小寧道：「安風，還是好好去問問是怎麼回事吧，這兩個蠢貨。」

鐵頭他們三個坐在車廂外面看呆了，這一場短短的打鬥完全顛覆了他們心中關於打架的觀念，這樣的漂亮身手，這樣的英雄人物，這樣的蓋世功夫，要殺便能殺，要點就能點，神了！

「學武功就得學成他們這樣，才叫本事，我們什麼時候能學成這樣的身手啊……」鐵頭嘆息說道。

家福得意道：「這算什麼？頭先你們是沒看到啊，在裕縣收拾那天玄老兒時，那場架比這場可是精彩多了。我姊夫、安大哥、虎大哥一起出手。那天玄老兒一百二十七歲，功夫好得嚇人，可還是被他們拿下了。天啊，那一架才叫打得好看呢，時間也長，太過癮了！」

家福一臉激動，神采飛揚。

兩個被點倒在地的大漢怒瞪雙眼，恨恨地看著安風。

「說！怎麼回事？」安風問道。

林小寧下了車，款款上前，臉上有輕微怒意。

「你們兩個，為何說他們是淫賊，就是衙門定罪也得有依據是吧？好端端的，就成了殺人如麻、淫人無數的大壞蛋了，你們就算想伸張正義，也得看准人啊。」

一個大漢憤然道：「你們這兩個淫賊行蹤詭異，犯下多樁命案，已有衙門懸賞，就你們這模樣，再加兩條大白狗，一看就知，哪裡會弄錯？」

另一個大漢一臉厭惡，接著說：「妳這個小妖女，與他們沆瀣一氣，行事噁心難言，不除之不足以洩民憤，只嘆我們兄弟二人功夫不足，今日竟落到你們這等凶徒之手，可嘆你們這等心術歹毒之人竟然收到如此高手為幫凶，真是世風日下！不過，江湖上那麼多武藝超群的英雄豪傑，他們是不會放過你們的。」

到底還是什麼也沒說明白，看這兩個認死理的大漢，是說不清了。

林小寧不怒反笑。這樣的愣頭青，如此武斷，真是蠢貨，既是說不清便反唇相稽。「說到底你們就認定了他們是淫賊，我是妖女，如此說來，我還認定你們是打劫的亂匪呢！」

「呸，妳這個不要臉的小妖女，竟如此污我兄弟二人清白。」

「我才呸！你們兩人還有什麼清白？丟人丟到這大馬路上了，還講什麼清白？笑死人了！你們打家劫舍，半路搶錢，不要面皮！你們兩個不要臉不要命的亂匪，打劫到我們這等弱女孩童的頭上，真為你們臊得慌。我向來好性子，但也不能被你們這樣辱罵。安風，用他們的臭襪子堵上他們的嘴，丟到草叢裡去。」

林小寧笑咪咪地罵著，只覺胸中悶氣一掃而光，又道：「我倒是要看看你們口中的那些英雄好漢，是不是也要打劫我等弱女孩童？所謂的江湖豪傑，是不是個個都如你們這般蠢笨無知！」

寧王與安風都笑了，虎老三上趕著巴結。「大人，堵嘴這事我們兩兄弟來做就行，別熏到大人了。」

虎二、虎三樂呵呵地上前把兩個大漢的鞋子脫了，扯下臭襪子塞進兩人的嘴裡。兩個大漢怒目圓瞪，差點氣暈了過去。

「好了。」虎老二、虎老三把兩人扔進草叢裡，笑嘻嘻說道：「我們進村去討水，正好洗洗手。」

遠遠看到清水縣城門時，林小寧百感交集。

離開桃村並不久，但從京城回村時，一路遇險，竟覺闊別已久，恍如隔世。

「到了、到了，馬上就到桃村了，這就是清水縣。」林小寧指著城門對荷花說道。

荷花探出腦袋看去，臉上露出無限想像。

「小姐，桃村是什麼模樣？」

「是像天堂一樣的模樣。」林小寧笑道。

寧王也笑了。「天堂是什麼？」

「天堂就是天上的地方，人間沒有的，美好的地方。」林小寧說道。

「桃村的確是天堂。」寧王露出神思。

安風騎著千里先進村通報。林小寧坐在車廂外，大口呼吸著家鄉的空氣。「家福，快到家了。」

家福與鐵頭等人也都坐在車廂外好奇望著。

望仔與火兒很是開心地跳到林小寧的肩上。

家福道：「大姊，妳說爺爺、大哥他們會不會不喜歡我啊？我什麼都不會。」

「不會的，看你這神氣的小地主模樣，哪個會不喜歡。」林小寧笑眯了眼。

鐵頭三個沈默不語，尤其是雞毛，他最小，臉上的失落明明白白。

「你們四個都是人見人愛、花見花開的好孩子。」林小寧又笑道。

四個孩子迎風露出了純真的笑容。

桃村的林老爺子不知道林小寧被劫一事，只當她仍在京城。京城繁華好玩，又有鋪子要打理，誤一些時間也實屬正常。

沒想到寧王與寧丫頭一同回了。

怪不得那天寧王走得匆匆，看來是去接寧丫頭了。

林小寧低聲對林老爺子說道：「爺爺，可滿意這個孫女婿？」

林老爺子眉開眼笑地點頭，嘴都合不上了。

又聽說林小寧做上了七品官，連梅子也做了九品官，更是喜得話都說不出來，只知道樂呵呵。

倒是付奶奶還清醒著，馬上給孫氏娘親那館子訂兩桌上好席面，還有客人與丫頭住的院子都要好好打掃，將嶄新的被褥換上，熱水燒上，好洗去一路風塵……

辛婆子帶著幾個廚房婦人，再精心操辦幾桌大菜。

付冠月讓人去了學堂報信，把小香與小寶接回來。

林家上上下下，一片喜氣洋洋。

至於林家福，林小寧編了一個在京城遇受驚之馬，驚險之下幸被家福所救的故事。

林小寧嘆道：「這孩子是個孤兒，一直乞討過生活，受盡白眼欺負，卻還保留善心救人性命，所以我認了他做弟弟，取了名叫林家福……爺爺你不會怪我作這麼大的主吧？」

林老爺子有多疼愛林小寧這個貴命的孫女，就有多感激小家福，罵道：「怎麼會怪妳？妳不帶回來我才會怪妳呢！救我好孫女一命，多好的娃兒啊，這孩子我們家是要好好善待的。妳既認了做弟弟，那就得正正經經挑個日子入家譜。」

付冠月笑道：「爺爺，您又多了個孫子了。」

林小寧撒著嬌。「是啊，爺爺，我多乖，從京城一回來，不僅給林家掙來了七品官的榮耀，還給您掙來了一個好孫兒。不過家福是孤兒，不知道自己的歲數，我看那那模樣，也就十二、三歲，回頭我們請人給家福算個吉祥的生辰，然後再入家譜。」

付冠月與小香、小寶便嘆息出聲。

林老爺子點頭道：「就這麼辦，算個好生辰，護他一生吉祥如意。」

「爺爺，我還把他的三個夥伴帶回來了，好生教養，不指著能多出息、成大材，但至少可認字、懂事、識大體。」

「此事辦得厚道，不愧是我孫女。」林老爺子自豪說道。

安風已然是林家的一分子，報了信後就去魏家接回了安雨，並介紹了三虎給他認識，然後熟門熟路地帶著安雨、三虎還有四個黑衣人入住小寶的院子，主屋則留給了寧王，然後吩咐下人打水給一眾人等洗浴換衣。

林家的主院正廳很大，當初建宅時，就被示意大建，林家的正廳最是氣派不過，又寬敞又明亮又大氣。

「爺爺你看，這就是家福。家福，過來給爺爺磕頭。」林小寧拉著略有些認生的家福說道。

寧王坐在林老爺子旁邊，衝著一臉小心的家福鼓勵一笑。

家福撲通一聲跪下來磕了一個響頭，口中朗朗道：「爺爺好，家福見過爺爺，願爺爺身體健康、福如東海、壽比南山……」

家福做足了功課，這些話是虎大教的，說得林老爺子心花怒放。真是個好娃兒啊，嘴真甜！

「好孩子好孩子，以後你就是我的乖孫兒。」林老爺子慈愛地撫著家福，從口袋裡摸了摸，掏出一錠小魚形狀的銀子放到家福手中。「這是爺爺給你的見面禮。」

「謝謝爺爺。」家福很是懂事，把銀子鄭重放入口袋中。

「家福，再來見過大嫂、小香姊、小寶弟弟。」林小寧笑咪咪拉著家福，家福依次給幾人都鞠了躬。

付冠月與小香也都各自掏出梅花形狀的小銀餅子，給家福做見面禮。

家福道謝並鄭重收了。

小寶沒有見面禮給，但家福卻變把戲似的從懷裡摸出一個十分精緻的草編螞蚱。「小寶弟弟，這是我給你的禮物。」

這螞蚱也是虎老大授意讓耗子精心編的。一路行來，三虎他們慢慢也瞭解了家福大致身世與遭遇，這次回桃村是要見親的，如果給所有人置辦禮物，卻是虛了，家福的錢不就是林小姐的錢嘛？只聽說林家有一個比他年歲更小的弟弟，草編螞蚱這種小玩意不費銀子又討喜，再者也是一個心意，又顯真誠。

「編得真好，村裡還沒哪個能編成這樣活的螞蚱。」小寶開心地說。「謝謝家福哥。」

鐵頭三個也依次見過林家人，只是稱呼不同，他們依次鞠躬叫著：「林老太爺、少夫人、小香小姐、小寶少爺。」

林老爺子慈愛地喊著：「好孩子，來來，爺爺給你們見面禮。」

按家福的分例給了鐵頭他們見面禮。

付冠月與小香也笑咪咪地給了三人梅花小銀餅。

四個孩子都是一臉的意外與歡喜，然後被付冠月的丫鬟帶下去洗澡換衣了。

待正廳只剩下林家人與寧王後，寧王清了清喉嚨道：「老爺子，我此番前來，一是為提親……」

付冠月吃了一大驚，看看林小寧又看看寧王。

林老爺子是心知肚明，可之前是沒過明路的，現在這是要提親過明路了，心裡樂開了花，面上難耐喜色，對林小寧道：「妳和小香帶小寶去好好敘敘，月兒，妳去給那四個娃娃安排房間。」

才一出正廳，小香興奮地小聲道：「姊，王大人向妳提親了。」

林小寧笑著點頭。「怎麼樣，配妳姊如何？」

小香與小寶不知道寧王的身分。

但付冠月卻是知道，心中震驚。天啊，林家以後可就是皇親啊！只是不知道是正妃還是側妃？以小寧她的性子，側妃不會同意，多半是正妃。

卻聽小香笑著點頭道：「嗯，我看不錯，配得上我姊。」

付冠月差點被口水給嗆了，暗道：小香啊，那人可不是王大人，他是當今天子唯一嫡弟六王爺啊！

小寶到底年紀小，聽到這些事情，不好意思插嘴，只是低頭笑。

付冠月穩了穩心神，說：「看來咱家得多請一些下人了，之前便一直不夠用，一直將就著，現在卻不是能再將就了。」

「嫂子作主就是，家裡的事都是妳作主的。」林小寧與小香同聲說道。

「妳們姊妹這點倒是像，都不愛操心。」付冠月笑著，又低語問：「小寧，那個……是正還是側？」

「沒有側，就我一個，他答應的。」林小寧笑道。

「什麼，這也能答應？」付冠月驚道。

林小寧嘻嘻笑著。「我們之前說好的，不然不嫁。」
付冠月壓住欣喜，感慨著。「妳膽子真大，這也敢說。」
「這有什麼不敢說的？這種事，當然要說清楚，不然最後委屈的是我。」林小寧笑道。
「小寧，妳這是為林家爭了大光啊，七品女官，外加寧王妃，林家以後就是王妃娘家了啊。」付冠月眼睛灼灼發亮。
「嫂子，妳可是四品官夫人，妳要矜持些。」林小寧樂道。
小香一臉驚愕地看著兩人。「妳們這是說什麼呢，王大人不是為自己提親嗎？」
「小香，」付冠月笑道：「王大人就是寧王殿下。」
小香愣住了，小寶張著大大的嘴。
小香半天才喃喃自語。「王大人是寧王啊……是六王爺啊……」
林小寧含笑點頭。
「寧王殿下提親一事，自家人知道就好，不要外傳，低調些。」付冠月鄭重地說。
小香與小寶作賊似的回答。「我們不說，不對外人說……」
「嫂子，妳別嚇著他們兩個了。」
「去去去，大人說話小孩子一邊玩去。」付冠月趕著小香與小寶。
「我都是教書女先生了。」小香撇著嘴。
「我去做功課了。」小寶一溜煙跑了。

付冠月對小香嗔道：「就妳是個小大人。」

然後又問林小寧：「小寧，前陣子妳還沒回時，張年去接了一車禮，說是沈公子送來的。我歸整了一下，都是上好的東西，沈家真是有心了。不過，裡頭卻是發現一個小匣子，有幾對十分漂亮難得的金鑲玉鐲子，我估摸著那些不是沈家送的，是妳置辦的吧？」

「嫂子不說我倒忘了，還真是我置辦的。鐲子是妳和小香兩人的，還有兩對是梅子託我帶給她小堂妹的。」

林小寧這時還真有些慶幸當初把首飾匣子放在了沈家的禮車上，不然也是被刺客收去了，就算事後再拿回來都覺得晦氣。

「金鑲玉鐲子？嫂子，果真是漂亮難見。」小香喜道。

林小寧最愛看到小香這時的模樣，笑道：「絕對的精品，周記珠寶京城總號貴客區的精品，獨一無二，普通客人有銀子也買不著的。走，去看看去。」

「匣子我放在妳院裡那小庫房裡，到妳屋裡看，順便看看荷花和小丫的屋子收拾得如何了？家裡下人少，收拾這麼多間屋子，也得費上不少時間。」付冠月說話時有點挺肚，雖然她還沒有顯懷。

「好，嫂子，等買了人回來，再配幾個給荷花做助手，荷花現在是我的管事大丫鬟。」

林小寧笑著扶著付冠月向小庫房走去。

「知道的，按一個管事丫鬟，兩個一等，兩個二等這樣配，小丫先做二等吧，妳回頭也給她取個名。」

「不，小丫是我配給荷花的，專門給她使喚，荷花是我的心腹。其他的丫頭配置都按嫂子安排，嫂子妳自己院裡也這樣配，現在妳是雙身子了，身邊可不能少了伺候的人，我們林家也要有些大戶的做派。不過小香是女先生，只要有一個貼身的就行，再加兩個二等的丫鬟吧。」

「我可不要什麼貼身的，有兩個打掃收拾的就行。」小香笑著。

「行，爺爺與小寶還有家福那也要配個貼身的小子，我明天就叫人去縣城給牙婆說一聲，把人帶過來挑。」付冠月說道。

「家福他們四個得進學堂，荷花與小丫也要進女學堂，小香妳回頭安排下。」林小寧吩咐著。

「沒問題。」小香很是得意地做出女先生的派頭。

林小寧院裡的小庫房裡，基本上都是她從鄭老那討要來的瓷器，那方小匣子就放在一個小案上。

小香抱著小匣子喜上眉梢。「快，姊，去妳屋裡。」

荷花的房間安排在以前梅子住的那間，小丫則在荷花外間睡。

「荷花，到我屋裡來，有禮物送妳。」林小寧神秘笑著。

「少夫人、小姐。」辛婆子帶著一個婦人從林小寧房裡出來了，她們剛把房裡的鋪蓋全換成新的。

「辛婆子辛苦了。」付冠月道。「麻煩辛婆子安排人去給家福收拾房間，就小寶隔壁吧，那三個小子也都安置在邊上，一人一間，反正空屋多。」

「是，少夫人。」

付冠月低聲說道：「小寧，等下人備齊了，辛婆子也就不必待廚房了，直接提成府裡的管事婆子。這大事小事的，沒她還真不行。」

「辛婆子跟我們林家最久，也最貼心信任，讓她管事倒是再合適不過了。」林小寧答道。

四人進了林小寧屋裡，林小寧像表演一般，顯擺地打開匣子。

「天啊，鐲子竟有這麼漂亮的。」小香嘆道。

林小寧拿出一對銀鐲，一對金鑲玉鐲，那是梅子給她小堂妹與嬸嬸的，然後才道：「這兩對是妳們的，自己挑樣子，沒有重樣的，名朝只有一個款。」

然後林小寧又拿出一根玉簪子。

「荷花。」她笑著喚道。

荷花看著林小寧手中的玉簪，一臉驚豔。「小姐，這、這是上好的玉啊，這雕工精細的，簪頭還是這麼靈動的鏤空雕！」

「是，周記的，周少爺送的。」林小寧笑道。

荷花露出了然的笑容。

「送這些首飾時，那門房婆子與喬婆子可是得了周少爺不少好處吧？」林小寧笑道。

荷花抿嘴笑而不語。

「下人也不易，加上周少爺這人，確實是個真性情的好人。來，這根簪子是送妳的，荷花。」林小寧笑道。

「小姐，真送我？」荷花很是驚訝。

「一根簪子而已，我若不送妳，周少爺也會送上一整套頭面給妳的。這只是我的心意。」林小寧意味深長地笑著。

荷花略略害羞地笑了，接過簪子。「謝謝小姐，說到周少爺，明天是不是要給周少爺他們去信……」

「嗯，我會安排安風辦的。」

小香驚訝地看著荷花拿去了那根巧奪天工的玉簪子，但沒說什麼。

「小姐，我先去了，看看府裡有什麼能幫上手的事。」荷花的細心自不必言，顯見是不想打擾林家親人相見歡。

「好，帶上小丫一起，讓她幫著妳。」

荷花應了一聲，出了屋。

「姊，那麼好的簪子，為何要送荷花？」小香奇怪地問。

林小寧笑笑。「妳不知道，荷花曾救過周記的周少爺，這麼大的人情，想要什麼首飾周少爺會不給？我送簪子是因為她值得送，原因嘛，是因為她幫我打過架。」

「什麼？姊，妳們還和人打架？」小香驚叫起來。

「小聲些，別讓人聽到，是壞人，想欺負我來著，荷花就和他們打架，打得他們乖乖求饒，妳說，這簪子值不值得送？」

「荷花太厲害了，竟然敢打架，還把人打得求饒。」小香驚嘆。

付冠月玲瓏心，只覺得其中有蹊蹺，但小寧不肯明說必有原因，便不多問，只是說道：「值得送，當然值。」

小香已挑了一對自己中意的，帶上了手，遠看近看、左看右看地炫耀著。「姐，好看嗎？」

「好看，」林小寧滿臉笑意。「我家小香就得帶上這樣的才配。」

付冠月道：「小寧，這對妳帶吧，妳都一直沒個什麼首飾。上回從蘇州回來，妳還送了純金的鐲子給我們呢，也是周記的。」

「嫂子，我這人向來不愛帶什麼首飾的，那蘇大人的祖母送我的上好玉鐲，我都一直沒帶呢。」

「當初蘇大人……唉。」付冠月有些複雜的情緒。「還道是有緣無分，如今看來，原來緣分早就定了，只是不是蘇大人。」

林小寧笑笑。「都過去了，現在蘇大人也是很好，郡主對他一直是歡喜得很，京城人都知道他們夫妻恩愛。如今看來，蘇大人的緣分也早就定了，只是不是我。」

付冠月也笑笑。「是啊，誰能知道月老的心思呢？」

第四十六章

桃村初昇的朝陽是金紅色的，灑在桃村被收割過的土地上，灑在桃村一排排的青磚瓦房上，灑在魚塘上，透過林家的院裡的風景樹木，灑在各院當中。

寧王緩緩睜開眼，才意識到自己昨天喝多了。多少年沒醉過了？酒不醉人人自醉啊。他心中發笑，一躍而起。

安風、安雨早就候在屋外。

凌晨時分，在裕縣去辦事的兩個黑衣高手來了桃村。

寧王匆匆洗漱用膳，與幾人關門談事。

林小寧起床就叫荷花把那兩對鐲子給梅子嬸嬸送了去。荷花回來說，梅子嬸嬸臉色十分難看，看到兩對鐲子竟哭了。

荷花說道：「村民們清晨起就議論著小姐與梅子做官一事，女子為官可是千古奇聞，更不要說梅子還是個婢女；又聽說小姐在京城時就放了梅子身契，現下已經任職了，村民都罵梅子叔嬸說這麼金貴的姪女，竟然被他們賣了！」

林小寧笑笑。

荷花笑道：「其實，若是他們當初沒有賣梅子，梅子又豈能跟上小姐，得了這樣的好前程呢？」

晌午時，林家護院與辛婆帶著清水縣的牙婆，和兩輛裝滿了人的馬車，回了林府。

此次買了丫頭婆子十來個，還有廚房的廚娘、採購、雜役什麼的。

這樣，廚房與各院的人基本上配全了。

只是護院與辛婆臉上表情怪異。護院丟給辛婆一個眼色，就急匆匆去找安風。

彷彿寧王與林小寧的低氣運一直偷偷守著他們，只等他們一個疏忽，就竄了出來。

從裕縣回桃村之時，因著林小寧的歸家心切，讓千里、如風抄近路，走的幾乎都是小路，歇腳的不是極小的鎮子就是村子，大的縣城、府城基本沒落過腳，只是匆匆路過。

這樣便與各處張貼的通緝令錯身而過。

遇上那兩個蠢笨的江湖大漢，寧王與安風只猜想或許河芒鎮上的客棧老闆娘因被殺了相好，花錢尋了他們倆來報仇，自是懶得與這等翻不出風浪的寡婦計較。

寧王一直沒看到通緝令，就沒有及時處理通緝令一事。

結果從頒發了通緝令到現在，大家奔相走告：一對極淫的年輕男子，最喜好姿色上等的女子，無論是寡婦、閨閣小姐或是小家碧玉，皆為他們下手目標。

他們的主要目標是秀美女子，殺人只是作案的輔助手段，許多資深的賞金捕手最後這樣總結。

於是，各路人馬專挑山清水秀出美人的地界巡守著，只等著淫賊前來。

其中有江湖豪傑，有賞金捕手，有官衙捕頭，還有山匪亂賊，都想用人頭換取令人眼紅的賞金。

說到這賞金，終於有官方透露，不是衙門出的賞金，竟是一戶姓白的富戶所出。

白家人為何出這千兩巨賞，也是有原因的，原來是那莊頭是白家老太太的遠親，遠得不能再遠了，但這莊頭很是精明，曾機緣巧合幫白老太太娘家的鋪子避過一回騙局之禍，挽回大量損失。

白老太太後來就把他放到白家最大最富的莊子上做莊頭，竟然給他經營得更加有聲有色，風生水起，他自己貪了個缽滿盆不算，交給白家的利潤比之前更高，且年年高。

白老太太對他甚為滿意，如今當眾被淫賊給殺了，那不是打白家的臉嗎？白家如何嚥得下這口氣。

真當白家是死人啊，上天入地本事多高，也敵不過區區黃白之物。白老太太揮手定下千兩賞銀，就安心等著兩個小淫賊的腦袋掛上城門。

護院與辛婆正是去清水縣找牙婆回村時，無意間看到了城門張貼的紅頭懸賞，傻眼了。王大人與安護衛怎麼成了採花大盜了？那兩頭大白狗不正是千里與如風嗎？

護院找到安風與寧王，把懸賞之事及聽來的流言都說了。

寧王與安風終於頭尾都明白了。

「我說呢，原來如此。」寧王怒極反笑。

「王大人、安護衛，怕是這其中有什麼誤會，你們要不要先躲躲，避過這風頭再說。」護院說道。

「躲？」安風嗤笑。

「安風你處理吧，反正你才是姦夫，我可是被你拖累的。」寧王笑道。

「倒是奇了，這衙門淨出這等蠢貨，道聽塗說、指鹿為馬。這等蠢貨如何為官！」安風罵道。

「我看這樣的蠢貨還多著呢。」寧王冷笑。

安雨一臉好奇。爺與安風出去尋個小姐，就成了採花大盜了，此事甚是有趣。

護院則是如墜五里霧中。

「王大人，您在京城任高職，要不要託人去查查，也活動活動……把那個……給撤了？」護衛好心提醒。

安風冷笑。「爺，聽到沒？都知道此事能活動呢，通緝令能撤了呢。」

寧王沈默著。

護院只覺得冷汗淋漓。是說錯話了？可是這樣，這事大到這地步了，得好好活動活動才行啊。

「你看要如何活動？」安雨笑問。

護院硬著頭皮說：「王大人在京城身居高職，此事必是誤會，當然要查一查，是誰人敢誣衊大人的聲名。」

寧王笑了。「安風，那就去好好查查，也好好活動活動，定要讓人還我們一個清白。」

原來沒說錯話，護院鬆了一口氣道：「是啊王大人，這事可不能姑息，可是朝中有人故意誣衊？」

「故意誣衊……」寧王喃喃說道，陷入了沈思。

安風對護院善意笑著。「你下去吧，這事你辦得不錯。」

護院心中滿是嘀咕地走了。通緝都貼出來了，王大人都不急。

寧王開了口。「安風，你馬上帶千里、如風進京，六個高手也帶上使著，與王府管事他們會合，看看林小姐與周賦被綁之事查到哪一步了？依我看，一時半會兒也查不清，牽扯甚深。這採花盜一事……故意誣衊？這個好，就由此事下手查，此事是故意的，指鹿為馬，我們也得學學，朝中也正有幾個張牙舞爪的……」

安風了然。「知道了，屬下這就出發。」

「別急，吃過午飯再去。」

「別，到了中飯時，那幾個老爺子肯定會來灌我們酒的，我們還是帶些乾糧吧。」安風笑道。

安風出了屋後，安雨笑問：「爺，怎麼回事？」

寧王罵著。「你這養傷倒是養出婦人八卦之心了。」

安雨笑道：「在桃村這些日子實在是安逸啊，在這等風水寶地待久了，難免會這樣。說說啊，爺，到底是怎麼回事？」

寧王笑著把事情說了，安雨哈哈大笑。「安風這小子，還真是拖累了爺呢。」

「可不是，要不是他招惹上那個寡婦，怎麼會有這些事？」

「那是，連累無辜，太過分了，那河芒鎮也著實太小了，連個像樣的大客棧也沒有。」安雨嘻嘻笑道。

寧王一陣尷尬。

「去，還不謝謝我那丫頭去？若不是她，你早就沒命了，還有心在這兒亂嚼舌根。」寧王罵道。

安雨笑著退下。

昨兒個他就謝過了，那一劍穿透胸口，斷不能活命，實不知小姐是如何救。哪知小姐說是望仔的口水救了他，他才想起來，的確，身下藏著的那株三七，一直都是望仔咬碎了吐在傷口上的，望仔果然是靈物啊。

只是他一輩子都想不到，迷糊中，嘴裡殘留的溫暖的水是怎麼回事？他只當也是望仔的口水。

林小寧不會告訴他。

周少爺、福生、荷花也不瞭解真實情況，況且他們三人除非傻了才會告訴他，林小寧曾撲在他身上嚎啕大哭，伺機治傷。
中飯時，果然幾個老爺子來灌酒，寧王也不推，痛痛快快喝著。
安雨被灌醉了，幾個老頭子自己也喝得暈乎乎了，被扶到客房睡覺。
林小寧與寧王在午覺後，一人騎馬，一人騎驢，在桃村慢悠悠地逛著。
小毛驢也長大了，很是英俊，跟在寧王的高頭大馬身邊，一點自卑的感覺也沒有。
林小寧摸著小毛驢的腦袋，愉快地說：「小毛驢，我給你換個名吧，你以後不叫小毛驢了，叫『得意』吧。你看你現在這樣子多得意！」
小毛驢得意地噭噭叫了幾聲，表示高興。
寧王笑而不語。
「乾脆把鐵頭他們幾個的名字也想想，取個什麼名呢？」林小寧興致勃勃說道。
寧王大笑。「還是入了學，讓先生取吧。」
林小寧撇著嘴說：「就你嫌我，覺得我取的名不好聽。」
「妳取的動物名都好聽。得意、望仔、火兒，多好聽。」
「你這是說我不會取人名……」
「沒有的事，我倒是想問下，妳做官了，難道不擺宴？聽妳爺爺說是妳不想擺？」寧王笑著轉換話題。
「是，桃村人現在富足得很，不差這點吃的。有那些錢，不如去清水縣擺個粥棚和藥棚。每年秋收後，許多收成不好、交不起租的百姓都會流落到縣城來，加上天涼，又有許多生病的。」

「這時就知道為王妃身分打口碑了。」寧王愉快笑道。

「呿，什麼王妃身分打口碑，桃村不是我們林家這樣一點點建設起來的嗎？新村民的房子是我林家蓋的，路是我林家修的，學堂是我林家建的。那時我還不認識你呢，哪來的王妃身分？」

寧王只是笑著，不言語。

「我還沒答應呢。」林小寧後知後覺，笑著罵道。

「妳沒答應有什麼關係，妳爺爺已經答應了。」

林小寧抿嘴笑，不再反駁。

桃村的夕陽很是漂亮，兩人牽著一驢一馬走在田間的路上，看著夕陽西下。田裡已無人勞作，有幾個孩童在玩耍。

「這次回桃村時，路上看到月亮很漂亮，我讓千里與如風帶我去摘，要送妳的，但沒摘著。」寧王緩緩說道，當說到月亮時，聲音顯得很是動人。

林小寧張著嘴，呆呆地看著寧王，又大笑著。「哈哈哈，我肚子笑痛了。」

寧王看林小寧這般放肆大笑，開懷展顏。

林小寧俯身過去低語。「我真是愛死你了。」

寧王渾身火熱起來，目光灼灼看向林小寧。

「淫賊！看劍！」一道劍光人影飛來。

寧王猛然一把抱住林小寧，飛身退後。他沒帶武器，又顧及林小寧，只能不斷後退。

「小賊哪裡跑！」突然間，冒出了幾個江湖打扮的漢子，叫嚷著窮追不捨。

「放屁！」林小寧氣壞了。「認錯人了，蠢貨！」

「小姐別被這淫賊給哄騙了，他最是喜扮貴少騙女子！」為首的漢子叫道。

又是這般說法？林小寧看向寧王。

寧王這時頭大，通緝令一事來龍去脈還沒來得及說呢，這些江湖人士真有些本事，竟緊跟著找到桃村來了。

「去找安雨來。」寧王低聲道。

林小寧拎著裙角就往家裡跑。

幾個漢子逼上前，寧王轉身徒手對付。

真是，以為待在桃村就會沒事，哪知把這破事惹到桃村來了。寧王心裡直嘆晦氣。對方有四人，功夫還很不錯，不然不會沒發覺他們尾隨。他以一敵多，沒有武器，著實吃力。

這一打，驚動了不遠處幾個正在玩耍的孩童們，驚叫著撒腳就跑，回家找大人去了。孩童們的驚呼也驚動了最近一排青磚屋子的村民，個個跑出院子，遠遠看著，幾個膽大的漢子還走近來圍看。

等看清寧王，有一村民驚道：「那是林家的貴客，從京城來的王大人啊！快，去找林家人去。」

寧王暗自叫著苦，心道：一定要把那寡婦，還有那河芒鎮的縣令，以及一切推動這事的蠢貨們全給辦了。

他一記狠招出手，一個江湖漢子的劍便脫手，他飛身把劍抓在手中。

「你們真是認錯人了！」寧王只能這樣說了。

被奪劍的漢子實在惱羞，聞言大怒道：「認錯人？你不是淫賊哪來這樣的功夫，斷不可能認錯！」

四人又衝上前打著。

桃村大，這裡正是人跡少的地界，最近的也只有一排屋子，遠遠圍觀的那幾個膽大的，慌亂朝這邊看著，不知道是發生了什麼大事，打得這麼凶狠。

慢慢地，各處作坊下工的村民們也遠遠被驚動而過來，人群越來越多，嘰嘰喳喳地問著，那幾個孩童家的大人也來了。

村民沒人知道是怎麼回事，只知道就這樣打了起來，不過京城的那個王大人功夫著實厲害得緊，一對四也沒見落下風。

其實寧王已有些吃力了，只是硬撐著，這四個漢子比回村時遇到的兩個大漢功夫要高得多。

最麻煩的是，已有人找到了桃村。那後續的人，會不會源源不斷來到桃村？安風回京動作再快，要撤通緝令也得有人去各地派發，這段時間，他就會一直是採花盜。

這次名朝官員得要洗洗牌了。那些個蠢的，早就看不順眼，沒有任何建樹，沒錯處就不能拿他們如何是嗎？這錯處還不夠？他暗暗罵道。

終於，盧先生與衛先生也跑來了，同來的還有新來的兩位秀才先生。

「先生來了。」村民們看到幾位先生來了，心裡有了底氣，紛紛叫著。

「怎麼回事？」盧先生問道。到底是舉人老爺，遇事不驚，穩若泰山。

「不知道，看到時就打起來了。」村民回答。

「可是王大人的仇家？」衛先生又問。

最早圍觀的說：「先生，好像聽到什麼淫賊，但不是很清楚，許是仇家吧。」

「王大人是武官，有仇家不為過。」盧先生遠遠看著，眉頭緊鎖。

村民也都這般遠遠瞧著，不敢近前，那打鬥實在是危險。

「可去叫了村長與林家人了？」盧先生問道。

「去了，去了，怕沒那麼快。」村民回答。

「別近前了，都退到屋裡去，萬一被仇家拿為人質，王大人就為難了。」兩位先生吩咐著。

大家紛紛退到那排磚屋的院裡，探頭看著。

這時，張嬸從棉巾作坊下工，遠遠看到人群湧動，上前一問，便急往藥坊方向跑去。

一向平靜安逸的桃村從來沒有這等事情發生，如同一粒石子投進水中，村民有慌張的，有興奮的，有害怕的，有孩童們想去湊熱鬧被大人狠命拉住的。

婦人們都不敢上前，只敢在人最多最鬧的地方，議論與猜測著。

但窯裡那些個年輕力壯的漢子們卻忍不住跑去圍觀，鐵頭與家福幾個也赫然在列，還拉狗兒、小寶、大牛、二牛等一些孩童，頗有初生牛犢的勁頭。

鐵頭到底是曾經的乞丐王，到了桃村不過一日工夫，就以他走南闖北的經歷收服了這些孩子們。但凡是男孩，心中都有一個英雄夢，哪怕是小寶這種讀書好的斯文男孩。

鐵頭一直喜歡打架，尤其佩服會打架的，知道家福的未來姊夫又打架了，那當然得好好觀上一觀。

鐵頭張大著嘴，盯著寧王在四人眼花撩亂的攻擊中從容進退，心下是佩服得五體投地。

一對四，太了不起了！

他眼睛濕潤，一時竟說不出的難過。他年紀這麼大了，要學成這樣一身功夫，還來得及嗎？

當張年得了張嬸的信趕去時，正碰上安雨帶著四個護院，還有三虎也騎馬急奔而去。林小寧早被遠遠拋在後面。

張年二話不說向安雨伸出手。安雨縱馬不停，只俯身，手一帶，張年就躍上馬背，穩穩坐在安雨身後。

「漂亮！」村民驚呼出聲。

張年這個漢子，來了桃村後一直低調，除了藥坊總管事的頭銜，就如所有村民一般，普通得都讓大家忘記了他曾是軍營的兵頭。

今日在眾目之下，露出這等漂亮驚豔身手，這飛身上馬是戲文裡說的招式，哪個漢子能辦到？

婦人們眼神變了。張嬸這個和離婦人，還帶著兩個娃，竟嫁得這麼個深藏不露的男子。

漢子們眼神也複雜了。竟不知道張年有這等身手，怪不得能娶上村裡的一枝花。

安雨與張年一匹駿馬打頭，一行九人八匹馬，朝寧王方向飛奔而去，地上的土灰濺得老高。

此時寧王已顯敗勢，頗為狼狽，四個江湖漢子面露勝利笑容。

鐵頭與家福鼓動著小寶他們幾人一起大聲叫著：「加油！加油！加油！」

「大人，把他們都打趴下，打他們四個狗吃屎！」鐵頭大吼。

圍觀的漢子們也被這群孩子的熱血給激奮了，大聲吼著：「王大人加油！」

四個江湖漢子聞聲氣得一個倒仰。

「淫賊好本事，納命來！」為首雄漢子大喝。

寧王全身都是汗，這四人招招凶險，實在不易對付，聞得加油之聲頓時勇猛起來，一招擋住雄漢的劍。

「小瞧你們四人了，還真有些本事。」寧王冷笑道。

馬蹄聲音漸近，圍觀者讓出路來。

「大膽賊人！」安雨叫道，與張年雙雙從馬背上躍入戰局。

局面迅速扭轉，一場一對四的打鬥，突然變成了十對四，高低勝負立見，四個江湖漢子功夫再高也敵不過十人圍攻。

尤其是安雨，比寧王的功夫只上不下，三虎功夫雖然略普通，但合作極為默契，還有那四個護院，打得那是勇猛無比。

四人驚訝非常，淫賊竟然能哄騙得住全村人，還有這麼多人相幫，這到底是怎麼回事？淫賊何時能有這等本事，有這等本事竟然還要做淫賊，可悲可嘆哪！

一刻鐘後，四人就被擒住，安雨細心點了四人啞穴。

「爺。」安雨聲音中帶著掩不住的好笑。

「回去再說。」寧王黑著臉。

盧先生與衛先生和圍觀者也放心上前來，盧生先關切問道：「王大人，可是尋仇之人？」

「是官府正追捕的要犯，哪知竟逃來了村裡，剛巧被我發現。」寧王說道。

「對對對，先生，是淫賊，官府追捕的大淫賊，剛巧被王大人拿下了。」圍觀村民幾次聽到淫賊二字，想當然耳地補充。
顛倒黑白！如此混淆視聽，顛倒黑白呀！四個江湖好漢氣得差點背過氣去，怎奈無法開口。
幾個正副村長腿腳慢，來時看到熱情如火的村民漢子們一湧而上，拿著不知是哪家送來的繩子，將四個亂賊五花大綁，捆得結結實實。
鐵頭激動地衝著四人臉上吐口水。「壞蛋，大壞蛋！」他痛快罵著，然後指使一幫跟來的孩子們有樣學樣。
一群孩子們輪流朝四人臉上吐口水，罵著：「壞蛋！」
四個江湖好漢乾脆一翻白眼，活生生氣暈了。
鐵頭一臉佩服地看著安雨。剛才安雨出招，招招狠辣，劍氣都是狠辣無比，他雖然不懂功夫，但安雨是十人當中最狠的，他感覺到了。
對，我要學這種狠的！他心中叫囂，撲通一聲跪下來。「雨大人，懇請雨大人收我為徒。」他請求著。
安雨驚訝地看著鐵頭。寧王與三虎哈哈大笑。
「自己的事，自己處理。哈哈哈……」寧王樂呵呵笑道。
「這是……這是出了什麼事？」村長終於出聲打破安雨的尷尬，詢問村民。
好心的村民們解惑。「那四個是淫賊來著，被王大人發現，打了起來，然後林家人來了，就把這四個賊子給擒住了。」

「淫賊？」村長驚呼。這可是大事，桃村村風一向好，就是有些偷雞摸狗的事件，也不過是一些村民們相互有些小怨氣，拿著對方家裡的雞狗撒氣，從沒出過這等大事，這四個人淫了哪家的女子，那家人以後怎麼抬得起頭做人啊？天大的事！這可怎生是好？

「是官府正追捕的呢，這幾個賊人無處躲藏，竟然逃來我們村了。那不是敢巧嗎？正逢王大人在此，就撞了個正著。王大人好身手，一對四啊，厲害啊……」村民們很是熱情地又詳細補充。

那就是沒禍害到村裡的女子嘍?村長們提著的心放下了。

「那，王大人您看，要不要……送官。」正村長小心上前問道。

「好，去清水縣帶幾個捕快來，讓那縣令也來一趟，我正好有事要和他說。」寧王道。

那個在晌午通報通緝令一事的護院，此時神情莫測。到底是三品京官，如此淡然，翻手為雲覆手為雨，那四人明明是來……抓淫賊的。王大人背景深，有人設計對付他，也應付得這般雲淡風輕。

張年道：「我去吧，那田縣令認得我。」

「不必，村長你派個人去吧。」寧王淡然道。

這等小事，還用不著曾經是京城軍隊的張年出馬。

「是是，小的這就派人去。」村長點頭如雞啄米。

鐵頭依然跪地不起，目光直直地看著安雨，彷彿不答應他就不起身一般。

鐵頭這樣子，使得家福、耗子、雞毛等人都有些奇怪了。不是說好了一起學武功的嗎？還要讀書識字，一直是虎老大在教他們的基本功，說基本功學紮實了，再因材教授他們嗎？怎麼鐵頭又發擰非要拜雨大人為師呢？

虎大說：「噯，臭小子，跟著我學有什麼不好的，論基本功，你虎大哥那是厲害的。」

寧王了然笑道：「想是鐵頭喜歡安雨的狠戾，安雨出招最狠最辣。」

「好狠的小子。」虎大笑啐一口。「那基本功也得學，像你們虎大哥這樣，力大無窮，管他怎麼殺招，只憑一把力氣就能擋住。」

眾人都笑了。

直到這時，林小寧才姍姍來遲。

「都解決了？」

「解決了。」寧王笑道。

「怎麼回事？」

「回去再說。」寧王有些尷尬。

「我是說鐵頭跪那兒怎麼回事？」林小寧笑問。

「哈哈哈，那小子要拜師，拜安雨為師。」寧王笑道。

「喔，那安雨是個什麼意思？收，還是不收？」林小寧樂了。

鐵頭乘機又道：「懇請雨大人收我為徒。」

安雨看向林小寧，林小寧嘿嘿一笑，一臉事不關己。

鐵頭雙膝跪行到安雨身前，咚咚咚就磕了幾個響頭。「懇請雨大人收我為徒。」鐵頭只是不斷重複這一句。

曾經被人欺辱，狗都不如的時光一一在腦中浮現，老大是他拚著命打下來的身分。他才多大，還要護著幾個小乞兒，靠的就是一股狠勁。安雨的身手狠戾，讓他覺得親切無比。

安風、寧王、三虎的功夫，都沒有安雨給他帶來的感覺清晰與震撼。他一看見安雨出手，就感覺是見了親人一般，那麼親切，讓人鼻酸。

鐵頭最不怕的就是臉皮厚。笑話，一個乞兒，哪來的臉皮。

見安雨不語，他又繼續磕頭，一邊重複。「懇請雨大人收我為徒。」

林小寧有些感嘆鐵頭的執著。「鐵頭，回家再說，先把這殘局給收拾了。」給了鐵頭一個「回家我幫你」的眼神。

「是，小姐，」鐵頭應身起來。「雨大人，有什麼要我做的只管吩咐，鐵頭萬死不辭。」

安雨噴笑。「去搭把手，把那幾個人放到馬背上，拉回家。」

「是！大人。」鐵頭響亮地回答著。

林老爺子對賊人一事很氣惱。林家已今非昔比，如今桃村八成的土地都是林家的，所有的產業也是林家的，家有兩個官身，還有眾多護院及高手，說林家是桃村一方霸主一點也不為過。

可如今，他的準孫女婿擒賊，竟然沒一個漢子上前幫忙，只知道同婦人孩童一般通風報信，合著太平日子過久了，都不知道自己身上的力氣應該往哪處使了嗎？

不說別的，只說磚窯那處，多少壯漢使不完的勁，個個都是能打的，竟然只知道圍觀看著，就是一人拎著一把鋤頭，也能拿下那四個賊人啊，就算四人功夫高強，可亂拳能打死老師父不知道嗎？

甚至不如鐵頭家福這幫子娃娃們，他們這群娃娃還知道助威呢！說起來都丟人。

村民們現在家家戶戶富足，都儍懶了，都忘了要保護自己的家園了。

當然，除了張年。

張年一向默默無聞的，這次卻如一顆璀璨的星星。

林老爺子召集了鄭老、方老、魏老爺三個老頭，以及盧、衛兩先生與幾個村長，各作坊各窯大小管事，當然還有前任村長，現在的總管事老馬等這些重要職務人員，開了一個緊急會議。

林老爺子是真的難過了。他林家以兩千兩銀子發家，收留眾多流民，老弱病幼，那時他可沒料到有如今的光景，又逢天涼，光棉衣棉被等東西，銀子如同流水一般花了出去，都不待貶眼的，只想著大家都不易，從沒委屈過哪家哪戶。

可如今呢，賊人進村，竟然個個只作壁上觀，丟人哪！

下回如果賊人要禍害村裡人，是不是也這般無動於衷？

林老爺子一番話說得大家都沈默不語。

「村規要加上幾條了……」三個老頭感嘆道。

「不僅僅是村規，規定是死的，要的是人身上的血性氣。漢子們成天只知道東家長西家短的，只知道跟著婆娘怨著偷雞摸狗的小破事，與婦人一般無二。」鄭老鄭重說道。

盧先生沈吟道：「這次事件，也正好給大家敲醒……」

清水縣令田大人帶著幾個捕快風塵僕僕趕來桃村，下馬車時沒站穩，差點跌了一跤。田縣令慌慌張張地說道：「失禮了失禮了。」

田縣令是繼蘇大人之後，才調來清水縣的，他是相當清楚林家的深厚背景，四品安通大人與胡大人與蘇大人都交好，這等人家，不是他一個小小的七品縣令能攀附得了的，如今得聞賊人逃往桃村，被京城王大人擒住，那可是大事啊，在他治轄下，卻不知有朝廷重犯逃來，罪該萬死！

但他從來沒看過寧王。

寧王與安雨坐在那兒，三虎立在邊上。

「下官管治不嚴，竟不知有重犯逃來，下官罪應該萬死，請大人降罪。」田縣令撲通跪下，口中大呼著，身後幾個捕快也都跪趴在地。
寧王道：「起來吧。」
田縣令與幾個捕快口中謝著，起了身，抬頭一看便大驚失色。
田縣令腦門子上冷汗淋漓。這、這、這是怎麼回事？眼前這兩人，是通緝犯！
寧王審視著他們，微微笑著，緩緩開口。「我是採花大盜。」
田縣令身如篩糠，幾個捕頭一臉震驚。
寧王仍是笑著。「我不是王大人。」
田縣令幾乎恨不得立刻辭官歸家。這、這到底是怎麼回事?!
寧王又道：「我是安國將軍。」
田縣令傻眼了。老天爺啊，這到底是怎麼一回事，誰來和他說清楚……
寧王笑著。「通緝令是陰謀。」
田縣令快要錯亂了。
安雨從懷中掏出一塊牌子。「好好看看。」
七品官，但只要這牌子就可唬住了。
田縣令哆哆嗦嗦接過牌子，像被火燙一般。那牌子上面刻著一個「暗」字。
田縣令好歹是個七品官，沒吃過豬肉也見過豬跑，這是皇室成員身邊的暗衛標誌牌，暗紅色是一等。

假造是不可能的，胡大人、蘇大人都是認得這個王大人的，就算他眼拙識不出真假，難道胡大人與蘇大人還不識嗎？

果然是寧王殿下！

田縣令惶恐又跪下，那幾個捕頭跟著跪下了。

「下官知道怎麼做了。」田縣令顫聲說道。

「那四人帶走，聽得進便罷，聽不進就關起來，別讓爺在這兒的時候，還被人當作採花盜。」安雨說道。

這一次亂賊事件，除了張年被人視為英雄，張嬸與大牛、二牛也被拋上了風頭浪尖。張年那飛身一躍，不斷閃過眾婦腦海，越發生動迷人。

原來張年這漢子竟是如此英俊英雄。

眾婦口中酸溜溜地旁敲側擊，詢問著關於張年的點點滴滴。張嬸嫁給張年後，頭一回在眾人面前如此榮耀，之前多少總是有人私下偷嚼舌根，畢竟她是和離帶著娃再婚的。

如今她的男人一展身手，給她與大牛、二牛帶來這等榮耀，心裡比蜜還甜，大牛、二牛叫爹也叫得更親，張年歡喜得一臉意氣風發。

第四十七章

第二日清早，林小寧帶著禮正式去拜訪張嬸。昨天一眾婦人闖進林府，拉著林小寧問東問西，問長問短，什麼話也沒法與張嬸說道。

張嬸含笑問道：「小寧，妳的婚事這次定下了？」雖是問句，話裡卻是肯定的，張嬸昨天就從付冠月那知道了。

林小寧笑著點頭。

張嬸畢竟是張年媳婦，張年透過大黃知道寧王身分，張嬸也知道一些，有了準備，只是輕聲確認著。「王大人？」

林小寧笑著又點頭。

張嬸低語道：「張年說他是六王爺。」

「是的，這事暫時別讓人知道，還是王大人。」

張嬸歡喜地看著林小寧，說不出話來。

「嬸子，妳看妳都傻了。」林小寧笑道。

「這是替妳開心，樂傻了。」

「嬸子覺得他怎麼樣？」林小寧小聲笑道。

「還怎麼樣？哪有比他更好的？不然我會樂成這樣？聽月兒說，婚禮籌備至少要一年，我這陣子得與她開始琢磨妳的嫁妝了。」

「要不我為何送禮來呢？不就是得要麻煩妳嘛。」林小寧大方笑著。

「都不知道裝點羞。」張嬸嗔笑著拉著林小寧的手，不住笑著。

拜訪完張嬸，林小寧才悠悠找到馬總管的媳婦，笑說有事忙活了，但沒有錢拿，白忙活，幹不幹？

馬總管統管林家各大生意，很是得意，他的月銀又漲了，再也不用考慮自家婆娘開雜貨鋪一事了，但林小寧還記得要他把婆娘給自己留著後用一事，現在正好水到渠成。

馬總管的婆娘趙氏聞言笑道：「這說的什麼話？有活做就行，都閒出病來了，林小姐是幫我治病呢，我還能管妳要錢？」

趙氏極能說會道，一張嘴圓滑得不行，樂顛顛地跟著林小寧去了林府。

林小寧又叫上付冠月，三人一起合計在清水縣辦粥棚、藥棚之事。荷花就沒參與，她要調教下人，暫時抽不出身。

這次辦粥藥棚是試水溫，如果可能，趙氏很是適合林小寧心中的一個職務。

林小寧還打算再看看縣城周邊有沒孤寡老人、生活困難的，每戶發些銀兩、米糧及棉衣棉被，再有半個來月就得穿棉衣了。

以前林小寧做善事，最初是被胡大人設計而收留流民的，後來收留新流民，一是為瞭解胡大人的難，二是要開山修路為大哥捐官；再後來的流民，是為了幫自己種地，順手而為之。

那些救人什麼的事，是前世和平年代，對生命的尊重使然。當然，林小寧前世心腸也不錯，只是沒那能力與機會做什麼大善事，餵餵流浪貓狗倒是幾年如一日，但也只能餵餵貓狗了，前世的慈善機構與富翁乞丐啊，不提也罷。

這世她既然要做王妃了，那自然得有「慈善公益」這等要事要做。這在前世一點也不稀奇，這世總得發揚光大一番，好壞也能散散貪官地主手中的錢財，取之於民，到底也得有一些用之於民吧。

林小寧忍不住取笑自己，這等矯情之事也要做了，但再矯情，畢竟總有人是出於本心的，至少她是這樣，她是真正想改變一些事情。來這一世，不僅賺了錢，也留下些說法，才不算白來。

趙氏身體健康、為人熱情、能說會道、處事圓滑，又不是陰險狡詐之輩，正是做慈善事業的好人選。她負責具體統籌，趙氏來負責細節執行，從桃村開始，建個慈善機構的雛形，叫個什麼名呢？要好聽響亮的。

就叫三千堂吧。佛家有云，大千世界，三千有芸芸眾生之意。多好的名，看他還會不會嫌她不會取名。

三千堂，一人一滴水便能匯江海。林小寧心中樂著。

林小寧不知道她這個決定，改變了名朝眾多閒在深院，只以爭寵為已任的夫人的命運，三千堂將會成為名朝著名的夫人善堂。

趙氏這膀闊腰圓，識不得幾個大字的鄉下婦人，將會走遍大江南北，覽遍各地風光，在上流夫人圈中大展身手，如魚得水，獲得無數肯定與榮耀，連周太妃、胡夫人、太傅夫人都肯定她的煽動力與執行力。

關於三千堂，後來名朝的百姓們是這樣描述的——

三千堂是由醫仙、醫聖，還有當朝大儒之女胡夫人、太傅夫人等人在京城號召起來，然後得到太妃、長敬公主、皇后、貴妃等人的支持，慢慢越辦越大，參與的人員越來越多。

三千堂非官辦，並且只要夫人不要官，此等夫人公益實乃創舉，女子本就心善啊！

各地眨眼間就建設了三千養濟堂、三千學堂、三千醫堂等分堂，針對災、孤、幼、寡等人群進行養濟救助，所有分堂都屬於三千總堂之下，由各地官夫人、富夫人、貴夫人們義務監管。

三千堂資金雄厚，資金來源全是名朝各地那些個面慈心善的夫人們求來的善款，還有許多三千善款箱放置在各夫人陪嫁鋪子的櫃面上，好心客人們可扔些零碎錢進去，如此這般一點一滴匯集而來。

各地善款由三千堂指派的幾位監管之人共同掌管，監管之人每年輪換，並立帳冊，捐款百兩以上者有權察看帳冊。每年開春各地還會貼出公告，列舉當地一年來的帳單，帳目清楚完全不是空話與瞎話。

每逢哪地有災，三千總堂就義不容辭撥下一半災款，另一半則由各地無數的夫人們臨時募集，真不知道大江南北的夫人們怎麼會那麼快速知曉災情的，真是一呼天下應。

那時，粉紅色勸捐的絲綢標語漫天都是，那些面慈心善尊貴的夫人們在坊市擺著募銀箱，對每一位往箱裡扔銀子或銅板的人微微笑著，溫柔輕語：「好心必有好報。」

三千堂的問世，預示了名朝後來的鼎盛繁榮。

對於三千堂的設想，林小寧對寧王大致提了提，然後很是得意地問：「這個名字怎麼樣？」一臉討誇獎的表情。

寧王驚訝地微張著嘴，林小寧渾身不自在，沒好氣道：「說話啊你。」

寧王問：「妳怎麼想的？」

他是想問：妳怎麼想出這樣的點子來的？為官者，哪個不求讚譽，最易得美譽之事就是行善，但官者親自勸捐總有說不出的矯情，有沽名釣譽或強制之嫌，反倒惹來怨言。

可夫人行善帶頭捐銀並勸捐，名正言順不矯情，倒是絕妙。當朝盛行夫人外交，夫人的力量不可小覷！

這是一個巨大的交際圈，哪怕只是每人少少的捐款，再加少少勸捐之款，也能積累成一個大的善款庫，可以緩解部分災民、乞丐、孤童寡老們，還能給當朝的養濟堂一個響亮耳光。

林小寧噘了噘嘴。「怎麼想的？不是你說的，為你媳婦身分打下口碑嗎？便想做這個夫人公益了。」

寧王溫柔看著她，只嘆那晚的月亮沒摘下來，沒能送到她面前。她說話如此直白不知羞，真教他疼不過來。

但是，公益是什麼？

「公益就是有關天下公眾的福祉和利益，簡稱公益，就是慈善。」林小寧解釋。

「丫頭，妳可知道夫人外交？」寧王問道。

「算是知道一些。」

「夫人公益與此有異曲同工之處，妳要辦成此事，有幾個人妳非得拉進來不可。」

「哪幾個人？」

「首選是周太妃。」

林小寧納悶看著寧王。

「周太妃便是周賦的嫡親姑姑。」寧王解惑。

「哈，周少爺還有個太妃姑姑，等於就是你的……庶母？」

「算是吧，」寧王笑道。「周太妃年輕，不過三十出頭，精力足得很，又閒得很。她在宮中地位僅次於我母后，所以她的加入能助聲威，京中高官夫人肯定會趨之若鶩。」

「還有呢？」

「還有就是太傅夫人。太傅雖然近兩年隱有退意，雖也未必是真，許是韜光養晦之舉，但太傅夫人出身大家，大方識禮，進退有度，在京中貴婦圈裡聲譽極好。」

「呀，說起太傅夫人，我覺得曾嬤嬤也要拉進來。」

寧王噴笑。「曾嬤嬤是個癡人，心裡除了醫術，還能裝下別的事物嗎？再說她那一本正經的刻薄嘴臉，別把夫人們都氣走了。」

「誰說的？我就覺得嬤嬤很是可愛，癡也癡得可愛。」

「那是，除了妳這等女子，還有哪個能得曾嬤嬤的歡喜，還巴巴地與妳結拜金蘭。」

「呿，你不懂，嬤嬤是真性情、真單純，絕不會把我賣了。」林小寧白了白眼。

寧王笑道：「倒是，妳這等蠢笨不堪的女子，被人賣了還幫人數銀子呢。」

「記得你初扮王大人來桃村時，就愛這樣說我蠢笨不堪。」

「妳再蠢笨，我也是喜歡的。」寧王低語道。

林小寧笑道：「你也蠢笨，去摘月亮。」

「剛好一對，很配。」寧王笑道。

「好了好了說正事，還有哪些人？」林小寧笑著。

「再就是胡大人的夫人。她父親是胡大人恩師，更是我朝大儒，只是現已隱退做田舍翁，但其下門生萬千，在朝為官者眾多，胡大人的人脈多是這些人。胡大人又正是當朝炙手可熱的紅官，近年來甚得我皇兄看重，雖目前是三品，可朝中一品大員，沒人敢正面針對他。」

「喲，我的胡老頭這麼厲害？」林小寧驚訝。怪不得當初胡大人讓張年帶話說以後再買鋪子，報他的名頭未必不好用。這知音老頭，竟是深藏功與名啊。

「妳才知道啊，我估計不差的話，不用多久胡大人就又會升官了。」

「能升到幾品？」

「妳就惦著妳的知音大人升官。」

「我覺得他人好，又清廉又聰明，做官就得像他這樣，才是天下百姓之福，哪像河芒鎮縣令那樣糊塗。」

「是。」寧王尷尬不已地承認著。

昨天在田縣令來前，便把採花盜的事情給林小寧說了。

林小寧只覺得好笑，堂堂六王爺一下子就成了採花大盜了。她看著寧王表情，調笑著。

「那河芒鎮的寡婦長得如何？好不好看啊？有張嬸好看嗎？」

寧王氣笑了，懶得理她，過了一會兒又道：「好看，比妳還好看。」

「騙子，我才不信呢。」林小寧笑道。

寧王笑得不行，罵道：「妳這個臭丫頭。」

鐵頭對安雨就寸步不離。林小寧雖說要幫他，卻是沒有馬上幫他。

她不了解鐵頭的心思是如何激動不已，一門心思要馬上拜師，一刻也等不及。

她原是想著，等粥藥棚一事完後再和安雨說說，況且設粥藥棚一事還得要他們幾個年長的孩子們幫忙呢，趁著一日後的休沐，馬上設起來，後面就可以讓孩子們下了學再來幫了，也得讓村裡一些年長的孩子們瞭解民生疾苦。

鐵頭早已瞭解求人不如求已，只是一聲不吭地跟著安雨。

小香同時安排妥入學一事，鐵頭幾個人休沐後入啟蒙班，荷花與小丫入女子學堂。

可鐵頭只說著要拜師學藝，跪在安雨屋前不起身。

安雨頭大得很，不是不想收，只是鐵頭年歲大了，看模樣個頭至少有十四、五了，早過了學武的年紀，怕是教不起來。

只有對雞毛最上眼，雞毛個頭瘦小，骨格極輕軟，最適合練輕功與隱匿。雖然已過十歲了，若是好好教，專使暗器，能逃能隱，必堪大用。

鐵頭這孩子其實適合虎老大的那種大力功夫，耍耍力氣唬唬人，可這孩子偏就盯上他了，真是讓他為難。他心下不忍，又不願收一個明知道是教不出師的徒弟。

林小寧關著門，與付冠月還有馬大總管媳婦趙氏商議著粥藥棚一事，正列出具體細則。

卻聽小香急匆匆來敲門，說是鐵頭在安雨屋前跪了半天了，家福與耗子還有雞毛也跟著一起跪在安雨屋前，求他收下鐵頭。小寶才下學也過去了，跟著他們一起鬧著。

這是鬧的什麼事？林小寧是哭笑不得，這孩子怎麼就這麼性急呢？一天兩天的都等不得。

鐵頭定定正跪著，家福、耗子還有雞毛在勸著。「鐵頭，雨大人事多，沒時間教你，可三虎大哥有時間啊，他教我們也一樣啊。」

小寶沒陪著跪，正色勸著。「鐵頭，你想習武也得先讀好書，胸無點墨，毫無謀略，豈能運籌帷幄、決勝千里？不過是莽漢一名，空有一身功夫，就算一敵十，也不過是個勇兵，成不了你心中的將軍。如今你書沒讀，字沒識，沒學會做人道理，只想著拜師習武，是急功近利……」

林小寧正聽到小寶此番言論，驚訝得說不出話來。

小寶才九歲啊，盧先生曾說小寶是少年天才，以前一直沒有概念，如今才是真切體會了。

「小寶，說得真好！」林小寧拍著掌，自豪地看著小寶。這是她的弟弟，那個曾經的傻子弟弟，好像上天讓他傻幾年，是為了把那幾年的聰明在後來加倍還給他。

「大姊來了。」小寶叫著。

林小寧挨個摸著他們的腦袋。「都起來，乖。」

家福等人依言起了身，唯有鐵頭仍是跪著不動。

「鐵頭，你也起來。」林小寧說道。

鐵頭仍是沒動，林小寧一巴掌拍到鐵頭的腦袋上。「起來，跟著我。」

鐵頭看著林小寧，立刻明白過來，馬上面露欣喜站起身，還拍拍膝蓋上的灰塵，說道：「可別讓雨大人看到我髒兮兮的。」

「臭小子，」林小寧點著他的腦袋罵道：「你要是能有小寶那樣的聽話懂事理就好了。」

「小寶那是要做文官的，我是要做武將的。」鐵頭喜道。

「得意個勁，小寶說的你沒聽到啊，胸無點墨，沒有謀略如何做得了將才？」

「小姐放心，我會好好讀書識字學道理的，這些我明白，只是雨大人不收我，我這心裡放不下，慌慌的。」鐵頭聲音有些委屈。

「慌什麼慌？不管怎麼樣，書要下死力讀，武功也要下死力學。」

「當然，小姐，鐵頭定不辜負雨大人與小姐的期望。」鐵頭大聲回答。

「在門口好好守著聽吩咐，知道不？」

「是，小姐。」鐵頭喜笑顏開。

小寶與家福在一邊也擠眉弄眼偷笑著。

安雨在屋裡為難得不好出門，看到林小寧進來，叫了聲：「小姐。」

林小寧對著門口道：「鐵頭，去，沏壺好茶來。」

「好勒。」鐵頭歡快應著。

門外的腳步聲響起，家福的聲音傳來。「我就說這事能成，不過鐵頭哥你為何非要拜雨大人呢，我們年紀小，學基本功不是說虎大哥與虎二哥是最好的嘛……」

「你們不知道，雨大人出招時，我的心會顫……」鐵頭的聲音傳來。

「我知道，那是一眼千年緣。」小寶聲音已很小了，腳步聲漸漸聽不到了。

「哈哈哈。」林小寧大笑。

安雨啼笑皆非。

「你說我是讓他來說呢，還是我來說呢？你到底為何這般為難，好歹看在鐵頭心肝發顫的分上，給句明白話吧。」林小寧笑吟吟說道。

「小姐，鐵頭年歲大了，學也學不出師了，出不了師的徒弟，怎麼收？」安雨道。

「那行，我也不說這事了，等鐵頭的茶到了，喝一盅茶，我和他說明白就是。」林小寧安逸地笑道。

安雨苦笑。「小姐能開得了口？」

「你都做了，我只是一說，為何開不了口？」

安雨頭更大了。

林小寧又笑。「收徒未必是為了出師，出不了師的徒弟也是徒弟。就好比你們說是我的人，其實你們還是他的人，我也清楚，不過是個名分的事，我都不計較，你一個男子卻計較了。」

安雨看向林小寧。

「我知道你們不是普通護衛，必是要做其他事情的。安風去做什麼了？我都知道。你們轉眼就能身居高職、一展身手，他把你們送我，讓你們露了臉，做不回暗衛，就能做別的了。」林小寧仍是笑道。

「小姐，是安風告訴妳的？」

林小寧看著安雨微笑著。「安風什麼也沒說。但我慢慢也明白一些不對的地方。你們做的事不是護衛做的事，你們聽的只是一個人，就是他，你們的爺。我都明白，但我不介意。你介意收一個教不出的徒弟，是怕壞了你的名聲吧。」

「我能收，再把雞毛加上吧。」安雨敗道。

「雞毛？」

「是，雞毛特別些，可以教出來。」

「哈哈哈，雞毛都能教出來，鐵頭這麼狠怎麼不行？安雨你賺到了，趁著安風不在，收了兩個好徒弟。對了，雞毛怎麼特別了？」

「他骨骼極軟，可學一些不同的功夫。」

林小寧八卦心頓起，目光閃閃問道：「什麼不同的功夫？」

「就是輕功隱匿之類的，適合做暗探或暗殺。」

「探子殺手有什麼出息？」

「小姐妳不懂，一等暗探出息可大了。」

「喲，這麼說來雞毛將來可是出息大了？」
「那得看他能不能吃得了苦。」
「怕什麼？你做師父的，怕他不吃苦？打唄，打得他不得不乖乖吃苦。不是說一日為師終身為父嗎？打他也是為他好，他還得念著你的恩。」
「小姐就這麼看待師徒關係的？」安雨驚訝道。
「難道不是嗎？」
安雨乾笑兩聲，又是啼笑皆非的表情。
「那家福呢？家福與耗子能不能教出來？」林小寧小聲詢問。
安雨笑道：「他們啊，讓他們還有小寶跟著虎老大學基本功，保證身體健康無事，長命百歲。」
「那就是教不出來了，說得這麼九轉十八彎的，和後宅的婦人一樣。」
安雨一臉黑線。小姐與爺都說他像婦人，桃村可真是太安逸了。
鐵頭端著沏好的茶來時，安雨一本正經地端坐著，乾咳了幾聲。
鐵頭小心恭敬給倒上茶，聞聲有些明白，又有些不大明白，一時是歡喜、慌張各種情緒湧上。
「還不跪下請師父喝茶？」林小寧抿嘴笑。
鐵頭放下茶盅跪下，咚咚咚磕了三個響亮的頭。「師父在上，受徒兒一拜，鐵頭謝師父，謝師父大恩……」聲音滿是掩飾不住的驚喜。

「真不愧叫鐵頭，這頭磕得結結實實，不帶半點水分。」林小寧笑道。

安雨不苟言笑地咳了一聲。

林小寧笑吟吟遞去茶盅。

鐵頭反應過來，忙接過茶盅恭敬端起，舉在安雨面前。「師父在上，徒兒鐵頭請師父用茶！」

安雨不動聲色拿起茶盅抿了一口，悠悠然放下。

「雞毛在外面嗎？」林小寧笑著叫道。

「小姐，雞毛在。」雞毛笑嘻嘻從屋外進來了。

安雨也不說話，又是一本正經地乾咳兩聲。

雞毛不知所以地站在那兒，呆呆看著跪在地上的鐵頭的後腦勺。

安雨又乾咳了兩聲。

雞毛仍是不明就裡地發著呆。

林小寧肚子要笑破了。這個安雨，想收雞毛也要言語一聲啊，這樣人家怎麼明白嘛？

「雞毛，還不跪下敬師父茶？」林小寧解圍。

雞毛這才反應過來，一時有些發愣，鐵頭扭頭狠瞪了他一眼，他兩腿一軟就撲通跪地。

「雞毛請師父用茶。」雞毛叫著，手中卻沒有茶。

林小寧快要笑死了，說道：「磕頭。」

雞毛忙磕了三個響頭，又愣呆呆的。

林小寧又倒了一盅茶，看著這等笑話，只覺有趣極了。

「奉茶。」鐵頭恨鐵不成鋼地小聲提醒。

雞毛接過茶，雙膝跪行上前，兩隻細胳膊舉著茶盅。

「雞毛請師父用茶。」雞毛說道。但他還是不明白，怎麼他也要拜師了？

安雨接過茶盅，抿了一口，清了清喉嚨道：「鐵頭，你已過最佳習武的年歲，想要學到真本事，那就得下苦功夫。你能吃苦下力，我自傾囊相授，但你中途不得半點退縮，也不要有半分氣餒，明白嗎？」

「師父，徒兒明白。」鐵頭這才感覺已成定局一般，歡喜答應著。

「雞毛，」安雨望向雞毛。「你既已拜師，那便得與鐵頭一樣，想要學到真本事，就得下苦功夫，不得半點退縮，也不要有半分氣餒。你們本就是兄弟，如今先後拜師，鐵頭為師兄，你是師弟，我對你們絕無半分區別，你明白嗎？」

雞毛不明白，學武功不是虎大哥教的那樣，紮紮馬步，跑跑圈嗎？怎麼成了吃苦下力了，他不想吃苦啊……

鐵頭又瞪了他一眼，他一慌。「雞毛明白了。」

「嗯……你們倆從今天起，姓安，你們這一輩，就空字輩吧，鐵頭你以後叫安空煥，雞毛你就叫安空翔，聽明白了嗎？」安雨沈思著說道。

「徒兒聽明白了，謝師父賜名！」鐵頭大聲答道。

「謝師父賜名。」雞毛待鐵頭回答後才反應過來，也跟著回答。

「行了，下去吧，明日四更來我屋外候著。」安雨擺著師父譜，揮揮手。

「是，師父。」這次雞毛學乖了，與鐵頭同聲回答著。

林小寧忍著笑，快岔氣了。

兩個小子出了屋，外面就各種詢問。

「怎麼雞毛也拜師了？怎麼回事啊？」

鐵頭罵著。「你個臭小子，身在福中不知福，是師父看上你了，還懵著呢！也不知道你哪世修來的福。」

家福樂道：「好啊好啊，一下好事成雙。」

「可我不想再吃苦了，師父說得好嚇人。」雞毛苦著張臉。

「你忘記我們以前的日子了，吃苦，再苦也天天有肉吃，這能叫苦嗎？」鐵頭罵道。

小寶笑道：「安雨大人是真心賞識你們，賜了姓，還為你們定了一個空字輩，那名字一聽就知，鐵頭的『煥』，取意脫胎換骨，煥然一新；雞毛的『翔』，是天下之大，任你展翅啊！安雨大人的一片苦心，你們不要辜負。」

「聽聽小寶是怎麼說的，臭雞毛，你敢辜負師父看看，看我怎麼收拾你。」鐵頭凶狠瞪著眼。

雞毛哭喪著臉。「我不敢。」

耗子憂疑不定。「那我們呢？家福，我們要不要也拜師？」

小寶道：「三虎大哥們教你們的還沒學好呢。」

鐵頭很老大地說道：「是，先把三虎大哥們教的學成了再說，一口氣吃不成胖子。」

耗子道：「可你們不是拜師了嗎？」

鐵頭道：「我是老大，年紀大，你們還小，要拜師等到了我這個年紀再拜不遲。」

「可雞毛比我還小呢。」家福道。

「雞毛是師父瞧上他了，估計就是小寶說的那個什麼一眼……」鐵頭解釋著。

「一眼千年緣。」小寶道。

「對，就是那個緣。」

小寶笑道：「各人有各志也有各緣，耗子與家福有自己的緣呢。依我之見，先讀書識字再想拜師之事，以及拜什麼師、學什麼藝，可不更好？」

耗子點頭。「小寶的話有道理，家福，我們先入學堂再說。」

家福嘻嘻笑著。「嗯，好啊，我可是想文武雙全呢。」

「美得你喲，苦得你喲。」雞毛呵呵笑道。

一群孩子笑笑鬧鬧地散了。

林小寧這才放聲大笑，安雨也忍不住大笑。
「你的愛徒雞毛啊，怕是吃不得苦喲。」林小寧樂得很。
「怕什麼？我做師父的，怕他不吃苦？打唄，打得他不得不乖乖吃苦。不是說一日為師終身為父嗎？打他也是為他好，他還得念著我的恩。」安雨笑著說道。
「哈哈哈……」林小寧指著安雨大笑。「雞毛真能被打出息嗎？」
「雞毛的骨軟是天生的，他要不用功，就把他塞到罈子裡一晚上，教訓了他，又讓他練了功。」
「真狠。」林小寧打了個冷顫。
「習武之人，不狠哪能出息？當初爺練功時，沒人對他狠，還哄騙他功夫極好，所有餵招的人都假意敗給他，結果直到大了才知道自己的功夫不行，開始對自己狠。那個狠，我們看著都後怕，可爺都過來了，練成了現在的本事。」
林小寧覺得根本是在聽故事。他的功夫那麼好，怎麼以前竟然還不好？
「爺以前的功夫並不怎麼好，所以才遇刺受傷，但現在不同了，這才多長時間，爺是如何對自己狠的，這麼短時間就脫胎換骨。」
「你是說那年在桃村山上遇刺那次？」
「是的，小姐。」
「他竟這麼厲害，這麼狠？」

「是的，爺是個了不起的人。」

真不知道他還有這樣一面，林小寧心中感慨萬千。

「鐵頭如果這樣，不也能學成嗎？」林小寧問道。

「鐵頭資質不如爺，況且爺雖然那時功夫不怎麼好，但底子打得好，從五歲就泡藥澡，基本功是紮紮實實的。」

都是以資質論人，林小寧嘆了一口氣。

「安雨，你可看過一個話本，說的是一個武林盟主的故事。那人姓郭名靖，他天資愚鈍，從小就笨，記性也不好，昨天學的明天就忘。他最早有七個師父，名叫江南七怪，七個師父輪流傾囊而授，都被他氣得半死。」

「後來呢？」安雨樂笑了。對於習武卻又資質愚笨的人，他們都只能嘆息，卻給不了任何幫助，資質好的就得慶幸上天厚愛。這等有關資質愚笨人的話本，怎能不感興趣？

「可他勤奮能吃苦，謙虛又平和，自知自己資質不好，也不求巧，只管死記硬背，面對師父的氣惱嘲笑，只是謙卑討教。這樣一日日、一年年，踏踏實實、勤勤懇懇，遇到哪個高手就黏上去討上一招半式，如此下來，竟被他學成一身高強本事，還遇到一個傾心於他的美貌靈慧女子，兩人結為夫妻，他也成了武功天下第一的武林盟主、威名蓋世的大英雄！」

「小姐！這是哪個話本裡的故事？太是激勵人心，可是真有其人其事?!」安雨激動起來。

「以前買一些雜書時無意中看到的，是本破破爛爛的書。當時也沒買回來，太破了，只翻看了一遍。開篇是說真有其人其事，書中年代雖沒明示，但肯定不是我朝背景。當時覺得非常有趣，現在覺得很有道理。資質是天生的，但後天的努力與勤奮卻更為重要。多少書本上說勤能補拙，這可是古來聖賢之言，說的不正是郭靖這樣的人嗎？」林小寧撒謊早已爐火純青。

「小姐，既是真有其人其事，就算是幾百年前的事，怎麼我朝不得而聞呢？」

「那我就不清楚了，不過那書殘破不堪、蟲蛀鼠咬，還只有前半本，他成武林盟主後的事，就沒有了。」

「不對，」安雨皺眉苦思著。「這必定不對！」

怎麼不對了？林小寧納悶了。

她只是把郭靖的故事簡化，加工一番說出來，為何安雨非得尋根問底呢？話本講的就是個趣味故事，哪本不是說真人真事啊，大家都心如明鏡一般。

「小姐妳想，這等蓋世英雄，朝廷怎能任其威名蓋世，卻不為所用呢？」

「這……我哪知道？」林小寧頭大了。這種涉及到朝廷的事，她就像個白癡一般。

「所以小姐，這個蓋世英雄最後只能是歸隱田間，他的故事之所以不被我朝知曉，應是當時被禁了。」安雨正色說道。

哈啊！林小寧在心裡狂擦汗。

「小姐，那書殘破不堪、蟲蛀鼠咬，只得前半本對吧？」

「是啊。」林小寧呆呆點頭。

「這或許是倖免的殘本，卻是可惜了小姐沒買回來，估計最後也只能丟掉或引火。」

「這樣啊……」林小寧心中狂冒汗。這樣也行?!

「但幸運的是小姐看完了，記下了他的精彩半生，是天下習武之人的榜樣。這等精神，太激勵、太鼓舞了！」安雨感嘆著。「這個故事，我會告訴鐵頭與雞毛。」

第四十八章

清水縣的通緝令那日田縣令回去後就撤了，四個江湖好漢也被田縣令勸得打道回府了。田縣令只說了一段話。「採花盜是陰謀，各地懸賞通緝令將會撤去。大人憐你們正義之心，並不降罪。你們想，名朝立朝百年來，可有這等鉅額的懸賞令？用腦子想想就知道，是有人設局呢！江湖人士不要來蹚這水，太深了。」

而後，田縣令因林家施粥送藥一事，冷汗淋漓地跑來桃村，小意討好說道：「如今清水縣相比周邊縣城來說，要富裕得多，流民因前兩年林家的收留，全落戶桃村了，後來三三兩兩的人家，也都被馬總管收去做長工了，今年也沒鬧災，沒流離失所的百姓……」

寧王沒有表情，田縣令心裡直發毛，又繼續說道：「雖然本縣富裕，但也是有許多貧困人家……」

「那就只義診、施糧贈衣好了。」林小寧說道。

如此一來，就重新更改計劃。

孫氏與方老的兩個兒媳都來幫忙了。林小寧與她們，還有趙氏、付冠月、小香等一堆婦人女子與田縣令一起商議著。

田縣令在一堆婦人女子當中，極不自在，猶猶豫豫地指向西郊貧區。

那裡環境惡劣，幾乎沒幾戶有田地的人家，只是做些散碎活維生，有些大戶請短工，他們也會去扛活的，這樣有一搭沒一搭的，家中生計艱難得很。

若是勞力多的人家，倒也說得過去，若是女子多的人家，賣女求生之事一大把。

義診與施糧贈衣之事是分開進行的，田縣令將城西一所宅子前的空地撥出來設義診點，那處地界廣闊又乾淨，離城西貧區近，宅院裡還可放置藥材與各種物資。

宅子主人當然沒有二話，熱情配合。

施糧是由趙氏、孫氏、方老兩個兒媳與小香帶頭執行的，付冠月有孕不便參與。但幸好沒來，因為施糧贈衣之事差點引起了貧民動亂。

當時三虎們推著三輛板車，車上放著滿麻袋的米糧與布疋、豬肉，拉進了那片臭氣熏天的貧區裡。

趙氏扯著嗓門大喊著：「桃村林家施糧贈衣了！每戶贈糙米三斗，白米一斗，粗棉布兩疋，豬肉一斤！」

那些貧區裡的人全是積年累月的窮困潦倒，說話物以類聚，人以群分，在不知不覺中，最窮最刁的那些人就聚集在此了，貧區的房子不是快要倒塌的破舊爛屋，就是簡陋的棚子，且相當密集，水源又遠，光線、空氣極差，居民的脾氣也極差。

那些漢子們面無表情，是那種為了攬個活計就能打群架的，那些婦人女子們面黃肌瘦，嗓門尖厲，是為了一把糠都能與人打破頭的。

老漢、老婦們個個都佝僂著腰身，沒有絲毫活力。

他們是清水縣的窮土著，不知道從哪輩起就在這裡落腳了，慢慢生根發芽，比起曾在郊外破廟裡聚集的流民，看起來要凶狠殘暴得多了。

隨著趙氏的這一嗓子，流民們紛紛出來探看，看到滿滿的米糧袋子，豬肉堆成小山，青布花布堆成小山，個個尖叫著，紅著眼爭搶上前領取，生怕落了後，就分沒了。

「都有，都有，每家每戶都有！」趙氏的聲音被淹沒在沸騰瘋狂的人群中。

所有從桃村來的女子婦人都傻了眼。

「排好隊！」虎老大一聲獅吼，把哄搶著的人群嚇得一愣，但也只是一愣。

那幾車物資的誘惑讓他們徹底喪失了理智，隨後則更是瘋狂地湧上來，不過眨眼間，米糧袋子就破了，精米、糙米洩了一地，豬肉車上那些肉，布疋車上的布，都是一片狼藉……

三虎們見勢不對，忙拿出武器，虎大一把臨時配的大刀，虎二一根黑幽幽的鐵棍，虎三一柄閃閃的劍，逼退了人群，緩解了局面。

仍有難纏的婦人們就地哭鬧糾纏不休，等到寧王、安雨聞動前來，才有所好轉。

「都他娘的歸屋，我們每家每戶地送，哪家哪戶都不會落下，東西夠，不止這些，後面還有，聽清楚了！」

虎老大的吼聲在城西貧區的天空上，如雷聲翻滾，終於止住了哄搶。

趙氏適時打圓場。「收完了米布的人家，可往東邊那所有井的宅子前面去看病，那裡設了義診，藥材免費！」

義診是由林小寧與桃村的耿大夫主持，耿大夫是林小寧邀請的，本是沒打算他會來，卻是沒想到他竟然應下了。馬總管可是會認藥材的，與耿大夫的小夥計打著下手，待施糧贈布時，趙氏她們每家每戶告之義診之處。

城西多少窮人看不起病啊，如今有米糧、布疋和豬肉，還有義診贈藥，天上掉餡餅能有幾回？白花花的大米與嶄新的青布、花布是真的送進了家裡，布是粗布，卻是棉布啊，不是粗葛、粗麻，豬肉的生肉味讓人嚥口水。

於是收了糧與布後，大家不管有病沒病都來看病了，若是有些藥材拿回去，哪天真病了不就能用上嗎？

這下林小寧與老大夫可是忙活開了，義診棚前排著的隊越來越長。

寧王像普通漢子一樣裝扮，身穿青棉布便服，解決了先頭的動亂事，留下安雨在那，自己則前來守著義診點，皺著眉看著排隊看病的人，不知道在想些什麼。

田縣令知道了先頭哄搶亂事，想帶衙差來守義診點，但被拒絕了。這事與官方無一絲關係，放幾個衙差杵在那兒做什麼？

田縣令又是擦著冷汗退去了。

對於前來問診的健康婦人、女子，林小寧與老大夫勸著，病要對症才能治，沒病不能亂吃藥，沒病的婦人、女子們只得失望離開了。

有的婦人還趁人不注意，偷溜進院裡摸一把草藥揣在懷裡就跑得沒影了。到底是窮怕了，只覺得是個藥材就是能治百病的。

義診整整一天，熱鬧的人群終於少了，真有病的不過二成，還有許多是一些輕微咳嗽或傷風，只要一碗薑湯，蓋上被子發點汗就能好的，但人家不拿到藥不肯走，只得配一些簡單藥材，多少是個安慰。

真正有病的，有些是老病舊疾，不是一朝一夕能好的，得長期服藥，還得定時複診換方。

事情慢慢越來越清晰。為何哄搶動亂？窮困太久，生存才是目標，禮義廉恥那是有錢人家的玩意，他們不作興這些。

義診、施糧贈衣只能暫時解決一些問題。

三千堂，是時機了。

寧王與安雨在人最多的時候不見影了，人快散去時，又冒出來了。

此時衙門是人心惶惶，又有人追殺寧王殿下了，幸好被寧王與雨大人發現這幾個鬼鬼祟祟、混在義診的人群中。

寧王與安雨見人跡可疑，故意匆匆離去，走到郊外，把那幾人拿下了，送去了衙門。

田縣令只覺得怎麼自己那麼倒楣，前兩任清水縣令都升官了，雖然兩位大人都比較特殊，胡大人是降職後復職，蘇大人本就有背景，遲早要升官的，沒滿任就回京做了郡馬任新職了，但至少在眾官眼中，清水縣令可不是清水衙門，那是升官的跳板，只要任了清水縣令，必有錦繡前程。

當時蘇大人一走，這個位置多少人眼紅，他運氣好，調來此地，原以為三年任滿後，憑著清水縣這樣的太平富足，不出意外肯定會升官去也，卻沒料到竟頻出意外。

寧王殿下這等大人物在此地，雖然本縣的通緝令撤了，可各地的還沒撤呢，追殺者仍然不斷。通緝令真是水深啊，何止是江湖人士不要蹚，他一個小小縣令又有何等實力敢蹚呢？

可寧王殿下一點要走的意思都沒有，他只覺得前途一片黯淡。

再有，這個醫仙小姐，好好的非要辦個什麼義診、施糧、贈布。那些窮人是窮，可越窮就越刁啊，千百年都是這個說法，窮山惡水出刁民啊！

再說哪裡沒有窮人？天子再英明，窮人仍是遍布天下的，不可能人人富足嘛，千百年來都是這個道理，哪個地方都有窮人，都有餓死、凍死、病死的，不過是數量多少的問題。

卻非得在他任期出這樣的事，採花盜、貧區哄搶物資、裝病偷藥……

唉，他還能不倒楣嗎？

鐵頭與狗兒帶著八個村裡選出來幫忙的年長孩子，目睹了貧區哄搶，義診裝病等事件。

鐵頭倒是熟悉這些場面，他與家福幾人曾經的舊日時光正是這般模樣，有大戶人家施饅頭時，也會有這樣的哄搶事件。如今他們幾人可以天天有肉吃、能讀書、還有師父了，鐵頭心中五味雜陳。

以狗兒為首的桃村娃娃過了一陣富足的生活，淡忘了的貧困擺在了他們面前，內心盡是震動不已。

桃村的四個先生抽空來了義診點，也幫些小忙。

日頭西沈，義診桌前的人群終於散了。

趙氏一行人帶著十個孩子，下午時就先回村了，留下小香跟在林小寧身邊。

林小寧與耿大夫累得直不起腰來。耿大夫臉色有些發白，耿小寧心裡愧疚得不行。耿大夫有五十了吧，還有這等心腸做這樣的事，真是不易。

便小心扶著他坐在一邊休息，宅院主人家又送來一壺新泡的熱茶，耿大夫慢慢喝著，不大想說話的樣子。小香又送來一碟上等點心，耿大夫就著熱茶吃了兩塊點心，氣色終於稍有緩解。

九月初一，林家棟與方大人回到桃村。

林家棟膚色更黑了，眼神卻凌厲無比，看家人時又極為溫暖。

親人相見，自是一番噓寒問暖，大、小白撲到林小寧身上開心地直蹭，也不嫌自己的爪子髒，林小寧推都推不開，只好偷偷帶牠們兩個回自己的院子，放到空間裡猛喝一頓水才算完事。

大、小白喝飽了，與望仔、火兒嬉鬧不休，在村裡瘋了一般地撒野。

寧王與林家棟、安雨關門密談。

對於西北的局勢，三人都有些猜測不透。按林家棟所說，西北前陣子動了那一下後，卻又不動了，倒是有說和的跡象，但夏國能這樣輕易就和談嗎？不過西北目前的太平，倒是讓名朝緩了口氣，畢竟兩邊同時開戰，人力、財力都吃不消。

對林小寧將要成為寧王妃，林家棟與林老爺子一樣心知肚明。如今是真的提了親，正正式式過了明路，只等報京後由內務府接手，親自派人來交換庚帖，心中也是說不出的歡喜。

趁著林家棟回村，林老爺子第二天就請來了清水縣著名的風水先生，給家福與鐵頭他們四個算好生辰。

本是要算家福的生辰，結果那三個也都不知道自己的生辰，乾脆一併算了。

風水先生眯著眼，算了半天，說道：「福少爺大福大富之命，就定在下月，十月十二辰時，為十二週歲生辰。定十二，有道是月盈則虧、水滿則溢。辰時，正是陽升之時……」

「先生說得很有道理。」林老爺子開心道：「那下個月就是家福的生辰了。」

先生看了鐵頭半天，又算著了半天。「模樣有十四了，身如猛虎，目光有神，那就定為寅月而生，來年正月初一寅時，便是你的十四生辰了。」

輪到耗子，他對著先生嘻嘻笑著，風水先生沈默不語，半天才道：「小子你面相極有財運，又是極愛斂財之人，八月是收穫之月，就八月八生辰，時辰定為卯時。已過，那就來年八月初八是你十三歲。」

最後輪到雞毛，風水先生道：「小子就乞巧節生辰吧，時辰定為雙星相會之時。來年乞巧節，你十二歲。」

大家有些愣了，風水先生對林老爺子低語：「小子面相孤寡無妻……」

林老爺子明白了，這是想用八字壓雞毛的面相，助雞毛有情人終成眷屬啊。

然後就設壇作法，風水先生好一陣忙活，說是改了生辰，得讓天老爺知道。直搗鼓了一個時辰，風水先生才算結束，最後認真在四張紙上寫下了他們四人的生辰八字，然後篤定地說：「林老爺子，妥了，全都妥了。」

把林小寧看得目瞪口呆。這樣裝神弄鬼的，真有用？

但林家所有的人，包括寧王、安雨、虎三他們都是十分認真嚴肅。他們是相信的。

林老爺子聽得妥了，鄭重地接過生辰紙，付奶奶則送上紅紙封的銀錠子。

風水先生收了銀子又道：「家福少爺入族譜的日子，就定在本月二十最適宜。」

之後，風水先生便由林家的一個護院送回清水縣了。

這次林家棟在桃村待了到了二十日，林家夜夜杯觥交錯，歡聲笑語，直到家福的名字記入族譜，林家棟才與方大人騎著大、小白回去西北了。

寧王在桃村偷得浮生半日閒，過得悠閒滋潤無比，每日像個紈袴一般，不是喝酒吃肉，陪幾個老爺子聊天打獵，就是與林小寧打鬧嬉笑，又哄著她下廚給他做些好吃的。

兩人抽著空一起上了山，去了最初的林小寧救他的山洞。

林小寧只覺恍然一夢，有些失神。

「可惜大黃沒帶來。」寧王笑道。

「就是，下回帶大黃來村裡多住些時日。」林小寧說道。

「好。」

林小寧又道：「知道嗎？這山上有一處地方，真是一處仙境，回頭在那裡蓋幾棟房子，你以後不忙時，我們就來這裡住上一段時日。那是望仔帶我找到的，要不我還真不知道這山裡竟有這樣的地方。望仔肯定在那裡玩，我叫牠來帶路。」

「望仔——」林小寧又是神氣地叫了。

寧王笑了。「妳的望仔都成精了，天下沒有比牠更靈的靈物了。」

「那可不是，大黃在也得對牠俯首帖耳。」林小寧驕傲地抬了抬下巴，又問：「說起大黃，你離京這麼久，大黃會不會孤單？」

「牠孤單？牠哪會孤單！」寧王大笑。「我不在，小陸子伺候得好好的，還有我皇兄與牠也親，日子比大、小白，千里、如風牠們好過多了。」

「好好的狗給你養歪了，不思正事，成天就只知道玩。」

「妳可知道，在西南時，我接到管家的信，說大黃現在脾氣見長，知道自己受寵，很會恃寵而驕，貴氣得很，只和我母后與皇兄親，宮裡的一些嬪妃們想摸摸牠都懶得搭理，說牠臉上的神情，與人一般模樣。」

「看吧看吧，好好的大黃竟成這副模樣了。」林小寧氣笑了。

寧王卻是隱然得意的樣子。「要說大黃這性子，其實我在京城時就看出了些，只是不明顯，沒承想離了京城這陣子，管家說是小陸子伺候得稍有不精心，大黃就不高興。除了肉，什麼都不吃，極挑嘴。小陸子想著法子弄些青菜給牠吃，牠倒好，聞都不聞。打理毛髮時，稍有不舒服就齜牙發怒。唉，早知道就應該帶著牠去西南，好好了解民生疾苦才是。」

「這個臭大黃，真是被你養歪了，本來好好的一條狗。」林小寧笑道。

「還沒完呢。」寧王又笑。「大黃這陣子都一直是跟著我母后了，知道為什麼嗎？小陸子帶牠進宮去玩，在御花園逛著時，遇上我母后在逛園子，我母后不小心絆了一下，大黃可真是人精，撲過去趴在地上做了肉墊子，母后毫髮未傷。妳想想看，這大黃可是成了精吧，救人都知道挑人救。我母后自那之後可是心疼大黃呢，接了牠進宮，吃食上可變著花樣伺弄著，現在大黃吃只吃一個月的小牛肉，或者是三個月的羊肉，要不就是才出生的小豬仔。牠不是不愛吃青菜嗎？我母后就把青菜打成汁水餵牠。奇了，牠每天早晚要喝一大碗。在我母后那裡，小陸子與大黃兩個實在是神靈活現，日子比在我王府還要風光。」

林小寧聽得瞠目結舌。這……這還是狗過的日子嗎？天哪！臭不要臉的大黃，這日子過得真是朱門酒肉臭啊！她心裡狂罵著。

又想到什麼問道：「小陸子可是男的，能進你母后的宮裡？」

寧王哭笑不得。「小陸子本就是宮裡配給我的人……」

林小寧一陣汗，原來小陸子是小太監，真是沒看出來。

說話間，望仔與火兒來了，竄到寧王懷裡吱吱叫著。

「望仔，帶我們去你常玩的那地方。」林小寧摸著牠們的腦袋說道。

望仔神氣地咧了咧嘴，吱吱向一個方向叫著。

寧王拉起林小寧的手。「那地方真有那麼好？看望仔那表情。」

「去了你就知道了。安風沒和你說過？安風說那兒太深，建房不安全。不過安風心裡想的是建功立業，不是逍遙自在做仙人。」

「安風與安雨是男子，男子當然這樣。」

「嗯，那就不知道你喜歡不喜歡了，你也是男人。」林小寧笑著。「看了再說，也許你與一般男人不同。」

「走，我們快點。」寧王笑道。

正是深秋時，山上的樹木也是有些枯敗的。

可是那處不知道怎麼就走到的樂園，或許是溫泉使得這一處的溫度有所不同，竟然依然是青蔥茂盛，花開錦簇，競相爭妍，芳果累累。

飛鳥停在樹幹上，看到望仔來，就嘰嘰喳喳地鳴叫著，大大小小的猴子們好奇地盯著兩人。

不遠外，岩石圍繞著的溫泉水潭，騰騰熱氣，氤氳繚繞。

「真是一處寶地。」寧王驚喜，又探手試水溫。「不是高溫水，是適宜的中溫，真是一處妙地。」

「怎麼樣？算不算仙境？」林小寧得意說道。

寧王試了下水溫，嘆息著。「仙境不過如此了，水溫不錯，不是高溫，略燙了些，成人可以直接泡，只是小了些，回頭把這裡擴大些，建個小溫泉莊子。」

林小寧也蹲下試水溫。「我可恰恰喜歡燙的。可不可以多引幾處池子？」

「當然可以的，京城的溫泉山莊便是這樣，有許多池子，可接待來客。難道妳想與他們一樣？」

「不，我們建幾個小池子，有露天的，有室內的，一屋一個，至少要有三、五個，因為到時爺爺啊，大哥、大嫂啊，村裡那幾個老頭子啊，有自己的專屬池子泡溫泉會舒坦些。」

「這主意不錯，回頭給我母后與皇兄也建專門的池子。」

「那是自然，只要他們願意來。還得有我們的池子。只是這水溫能調整嗎？老人與孩子不能泡太燙的。」

寧王歡愉笑著，輕聲說道：「當然可以，可以引山泉水來摻著，自然就不燙了。等我收復了西南與夏國，我們就在此處過仙人般的生活。」

林小寧笑看寧王，尋了一處石塊坐了下來，寧王在一邊也坐下。

「你說，這地方取個什麼名？」林小寧謙虛地問道。

「寧境。」

林小寧甜蜜笑著，一臉欽佩地看著寧王。「你真會取名。」

「妳也會取名啊，妳的『三千堂』取得多好。再說，名字不是非得取得好看。妳的望仔、火兒、大、小白、得意，我真覺得取得好，琅琅上口又易記。況且這些名字，都是妳心之所想，望仔與得意是按意取名，火兒與大、小白是按形取名，極為高深……」

「你真會誇我。」林小寧滿臉感動。

寧王握著林小寧的手。「妳喜歡被人誇獎，還喜歡誇人。」

「嗯。」林小寧笑著點頭。

「妳很是智慧。」寧王環抱著林小寧說。

「我只是一介小草民，哪來的智慧。」

「妳的智慧，只我看得到。」

「你是喜歡自誇。」

「不是，我是看得到。」寧王肯定地說。

「好吧，你是最智慧的人，什麼都看得到，竟看出我是智慧的。說來我也是智慧的，要不，怎麼會送大黃給你呢？如今你得娶我做王妃了，誰讓大黃是我的呢？」林小寧戲道。

「妳比大黃還讓人心疼。」寧王笑了。

「拿我與狗比，你找打呢。」林小寧笑著。
「那妳打好了。」
「懶得打。再問你正經的，你不娶側室，皇上與太后可會答應？」
「他們都依我的。」
「那倒是，你之前也是——」林小寧頓時後悔收口，可來不及了。
果然，寧王抱著她的手臂僵硬了。
心裡惱著，好好的提那死去的王妃做什麼？真是蠢，永遠不能在男人面前提他的前任女人，這是真理。
可又有些酸澀，他心中是惦著那死去的王妃吧，聽說她豔絕天下，無人能及。
林小寧沈默不再作聲
寧王嘆息說道：「我只為妳追過月亮。」
林小寧偷偷低頭笑了。
寧王又道：「妳聽到的是怎麼說的？」
林小寧有些吃驚，但仍是回答。「豔冠天下，無人能及。」
寧王沈默不語。
林小寧又不舒服了。白癡！提她做什麼，還接話？好吧，現在這個抱著自己的男人追憶起舊人了。

可是他自己問她的，她照實回答還有錯了？他要問，要追憶舊人，還非得從她這口裡說出她有多美貌嗎？

林小寧越想就越生氣來火，口氣冷淡地說：「回去吧，晚了家人會擔心。」

「再坐會兒。」寧王低聲說。

林小寧只覺得羞惱得很。

「我知道妳想什麼。」寧王又道。

林小寧氣道：「我想什麼你都知道？」

寧王抱著她的手收得更緊了。「我真知道妳想什麼，但不是妳想的那樣。本來這事我是打算大婚時告訴妳的，妳這樣，我便說於妳聽。」

林小寧心中氣惱，懶得聽寧王說話，罵道：「你說我還不愛聽呢。」說話間就有些委屈了，眼眶也紅了。

「妳、妳是吃醋了嗎？」寧王說道。

「你個老鰥夫，你美得你……」林小寧破口大罵。

「以後別叫我鰥夫。」寧王的聲音有些傷感。

林小寧一下心軟了，不知道再說什麼好。

「她，是夏國的奸細。」

林小寧沒返過神來，過了一會兒，突然轉頭看向寧王。

寧王的臉色平靜如水。「她是夏國公主，是潛在我身邊的奸細，是我賜死了她。所以，不是妳想的那樣……」

林小寧震驚不已。這是怎麼回事？王妃是他賜死的？

寧王用下巴輕輕蹭了蹭著她的頭髮。「山洞那次遇刺，就是她安排……」

林小寧呆呆看著寧王。

他當時心中一定難過吧……

「那次妳救我，後來我想，這就是說，妳注定是我的王妃……」寧王的手又緊了緊。

林小寧突地心疼，又生出甜蜜，實在不知說什麼才好，便靠在寧王懷裡，輕撫著腰上的手，彷彿安慰，又彷彿要表達自己的心情。

寧王輕聲問道：「妳不吃醋了吧？」

「本來就沒吃醋。」

「不生氣了？」

「我才沒那麼小心眼呢。」

寧王溫言細語又道：「這事只有我親近的人才知曉，妳的知音胡大人也是知曉的，但並沒昭告天下，因為還想抓住來頭更大的……」

「那……抓到沒？」林小寧關切問道。

「沒有，她的假父親一見事敗就自殺了，我們暗查許久，倒是有些端倪。」

「那是誰？」

「不是一人，是許多人，盤根錯節，牽扯眾多，還有許多人或許都不知道自己被奸細利用了。苦於奸細們辦事乾淨得很，沒有任何證據，我們也沒太大把握與確認。若是沒有合適名目對眾多朝臣下手，反會使得政局不穩，不好控制。」

「那就任他們這樣？」林小寧驚道。

寧王笑道：「可能嗎？我一直沒停過暗查，但要辦也得有正當名目，幾個幾個地辦。怕這次採花盜一事，剛好可以拿下幾個不大不小的來治罪，引蛇出洞。」

「採花盜一事不是誤會嗎？是那個蠢官所為，怎麼又與奸細扯上了呢？要說奸細，綁架我與周少爺的才可能是奸細呢。」

「那事查出來也不能以那名頭治罪，妳是我的王妃，不可能被劫過。」寧王笑道。明白了！這是要拿採花盜一事嫁禍給那幾人，把水攪渾來。

林小寧嘆道：「政治真複雜。」

「妳不喜這些，不說就是了。」寧王體貼道。

林小寧有些慚愧。「只是不大明白這些，也不大願意去明白。我很不求上進是吧？」

「是，但我喜歡。」寧王笑道。

「唉，我只恨我不是絕色女子，都有些對不起你了，怎麼辦？」林小寧笑著。

寧王笑了。「妳要想著對不起我，那就嫁來後好好待我，以後不准叫我鰥夫，還加個老字，我是大妳不少，可也不老。」

林小寧偷笑。

「我有一事想問妳。蘇志懷做郡馬時，妳難過嗎？」

「你……也吃醋了。」林小寧笑道。

「醋不醋，他也是郡馬了，妳也馬上是寧王妃了。」寧王笑道。

林小寧大方笑著。「要說不難過是假的……」

看了看寧王的臉色，又道：「我當時也就難過一下就好了，那天我的天命之星升起了，情緒很複雜，所以，沒時間難過了，只好不難過了，就看星星去了。」

「喔，蘇志懷一做郡馬，妳的天星就升起？」寧王有些促狹地笑起來。

林小寧無奈道：「可不是嘛，早不升晚不升，偏那天晚上升起來，我都莫名其妙，怎麼一知道他要做郡馬，天星就升了呢？你說，天命之星升起呢，多大的事啊，我當時能有心情難過嗎？想不通倒是真的。」又嗔道：「倒是你，為了她傷心不已，說起來我還虧了呢。」

「這妳也要與我吵架，再說誰又告訴妳我為她傷心不已的。」寧王氣笑了。

「誰都知道啊，說是你為她傷心憔悴……再說了，你難過也是正常的。」林小寧安慰地撫著寧王的手。

「是啊，要說不難過是假的，可傳言說的那些，卻不是為了她。」寧王說道。「傳言我也聽聞，不過更不會去理會。我當時情緒極差，一是枕邊人是奸細而不得知，驚覺自己也竟被美色所迷。再是遇刺事件後，才知道我功夫根本不行，卻從來認為自己是天下高手，那時的心情……」

「……爺後來才知道自己的功夫差，開始對自己狠。那個狠，我們看著都後怕，可爺都過來了，練成了今天的本事，爺是個了不起的人。」

林小寧轉身抱著寧王的腰。「你是個了不起的人。」

寧王很是愉悅地笑了，又問道：「妳一直知道自己有天命之星？」

「也不算一直，是有了望仔後才知道的，是望仔告訴我的。」

「望仔真靈。」寧王情不自禁讚道。

「你再誇牠，你看牠那樣。」

望仔與火兒正在林間與猴子們打鬧，玩得不亦樂乎。

寧王笑著。「望仔靈，才跟了妳，照妳這麼說，妳的天命之星是先有而後升的？」

林小寧點頭。

「我也是，我是後來才升起來的，但之前算出我是有天星的，只是沒升起而已。」

「你的也是先有而後升的？你說是你跟著我呢，還是我跟著你呢？」林小寧笑道。

「妳跟著我。」寧王笑道。

「好吧，是我跟著你。」林小寧笑了。「你知道嗎？其實我真沒指望會升起來的，因為望仔說我的天星要靠機緣才能升起，什麼機緣卻不知道。聽聽牠說的，多嘔人。可結果就那麼升起來了，那天晚上下了一場雨，然後天星就起了……」

「妳的天星是哪一顆？」寧王驚問。

「不知道，我又不會觀天相，望仔告訴我說，東邊最亮的那顆星星邊上有顆小星星，就是我的天命之星。」

寧王頓住。

「妳的天命之星是什麼時候升起的？」寧王問道。

「就那次啊，你也在桃村那次，大黃也在。那天晚上下了雨，雨停了後，天上的星星亮得很，望仔就告訴我說天星升起了，我還騎著我的小毛驢看星星去了……」

寧王定定地看著林小寧。

東邊最亮的星就是帝星，他的星在旁邊，是輔星，他的星是在桃村那次雨後升起的……她的天星與他是同一顆！

林小寧仍是輕聲細語說道：「你呢，是王爺，有天星是正常的，我一介草民，有天星應該要比你得意吧？算是配得上你了，雖然我沒有絕色容貌……」

「傻丫頭。」寧王按捺情緒，輕聲罵道。

「你是哪顆星啊？」林小寧問道。

「望仔沒告訴過妳嗎？」寧王溫柔問道。

「牠沒告訴過我。」林小寧撇撇嘴。「不是老道那次，我還不知道你有天命之星呢。望仔有時也很笨的，不問牠，牠就什麼都不知道，問了才知道，笨死了，到底不是人。」
寧王實在忍不住大笑起來，然後輕聲道：「我的天命之星是帝星輔星，與妳的是互為陰陽。早說了妳就是我的王妃，天相都顯示了。」
「我是哪顆你都不知道呢，就說得這麼清楚。」林小寧甜美笑道。
「我就知道。」寧王意味深長笑著。
「是，你都知道，你什麼都知道，你最了不起了。」林小寧情真意切說道。

回到林府時，寧王仍是心潮起伏不定。
天星可以兩人同占一顆的嗎？從來也沒聽說過這等情況。
望仔靈得很，不會看錯，那老道也看出丫頭是靈胎，是沒錯的，但，真的能同占一顆，各為陰陽？等回頭問了欽天監正使，瞭解這情況到底是何意，是否真是喜妙之事再說。

第四十九章

第二天傍晚，安風帶著十個黑衣人與千里、如風回村了，與寧王等人密談許久。出屋後，安風給林小寧與荷花報了周少爺的平安信，說是周少爺已平安歸家，周家正籌備禮物要送來桃村，估計最多十天就能送來了。

林小寧笑了笑。「周少爺是個性情中人，很是可愛。」

寧王聽了顯然不舒服，臉色有些沈。

林老爺子疑惑地問道：「周家送禮？哪個周家啊？」

「爺爺，是周記珠寶的周家。在京城時，與周少爺有些機緣結識了，原來他就是那年我們賣玉的那個胖少爺，他說賺了我們的錢過意不去，所以才要送禮來。」林小寧笑道。

「天哪，這個實誠的孩子，果真是真性情，那玉也給我了們兩千兩銀呢，沒欺負我們啊。周家怪不得生意做得大，竟是這麼實誠的人家，這都過去幾年了，還覺得過意不去，還送個什麼禮啊？」林老爺子讚道。

寧王苦笑。

晚餐後，寧王和林老爺子關門談話，林小寧被毫不客氣地擋在門外。兩人出來時，均是滿面春風。

林老爺子高興得都想唱兩嗓子，樂顛顛地找鄭老與方老兩個老頭去了。

寧王帶著林小寧一起去看星星。

林小寧騎著得意，寧王騎著馬，在桃村慢慢逛著。

「那，看到沒？那顆星就是我的天星，指給你看了，我家人都不知道呢。」林小寧笑道。

寧王只是神秘笑著。

「你的星是哪顆，指給我看看啊。」林小寧道。

「與妳的是同一顆。」寧王輕輕笑道。

「哄我呢。」林小寧罵道。

「沒哄妳，真是那顆。」寧王笑著。

「討厭，你就是心裡不高興，先是蘇大人，後來是周少爺，你這個小氣鬼，蘇大人都是郡馬了，周少爺更是妻妾成群，誇他一句你就不開心了。」

「妳以後不要用這種話誇人，妳是寧王妃了。安風已把我提親的事上報皇兄，只等安排內務府接辦了。」寧王有些氣悶。

林小寧在桃村的星光下，笑看寧王，然後扯著他的衣袖小意討好地嬌聲哄著：「好嘛，我都聽你的就是，我以後再也不誇別人了，只誇你……」

寧王展顏而笑。

「來嘛，告訴我，你的天星是哪顆？」林小寧繼續哄著。

「那顆。」寧王指向星空。

「討厭，你不告訴我算了，我回頭問望仔去。」林小寧撇著嘴。

她認定他在哄她。寧王哭笑不得，也撇著嘴說：「望仔那麼笨，妳去問吧。」

「笨也比你這個小氣鬼好。」

寧王側身一拍得意的屁股，得意揹著林小寧飛快跑了起來。

林小寧驚了一下，便歡快大笑。

寧王心裡滿滿的快樂歡愉，看著得意的驢屁股，策馬追了上去。

魏老爺回村了，帶來了曾嫣嫣的信。

信裡先是囉哩囉嗦地把林小寧罵了一通，說她丟下公事不管，獨自逍遙去了，又是抱怨又是甜蜜說她懷了孩子後，老是作夢，睡不好，操心太多，還要一個人做兩個人的活，箇中辛苦誰人知。

然後很是自豪地細細描述了醫院那些孩子們的成長，還有梅子與蘭兒現在也做得上手，真是兩大助力。太醫院那幫老朽們也是隔陣子前來看熱鬧，盡可能地挑毛病，可都被她給堵回去了。

最後話鋒一轉：她回家享福去了，自己這雙身子的人卻勞苦奔波，可要思量如何報答。

林小寧看了曾嬤嬤的信後，笑得不行。

寧王笑著。「曾嬤嬤對妳倒是真性情。」

「是啊，嬤嬤對我很真，還有她的爹娘對我也相當好，知道我不喜規矩，不愛應酬，從不要求我上門拜訪什麼的，只一味對我關照。我入醫仙府便送來賀禮和十六個下人，還有滿府的上好家具擺設，都是太傅夫人所贈。哪次回京，不是一頓上好席面送來；還有胡大人，說起來，我這等鄉野村姑，竟得了這兩位大人的青眼，真是前世修來的。」

「曾嬤嬤孤單刻薄，從來沒有閨中密友，只得妳一個金蘭姊妹，太傅夫人當然是恨不得對妳再好些，讓妳們兩姊妹關係再親密些才好。胡大人與妳是忘年交知音，對妳好也是正常。」

「我可真覺得受之有愧，到底人家是長輩。胡大人還好，可太傅府我卻是從沒去拜訪過的，真是愧對他們對我的好，下回進京一定要去鄭重拜訪他們。」

「太傅一家對妳倒真如對曾嬤嬤那樣，不求多孝順懂禮，只求妳們開心。」

「是啊，不過曾嬤嬤可是不喜你呢。」

「她？」寧王失笑。「這天下，她除了她相公魏清凡，還喜哪個男子啊？」

林小寧也失聲而笑。

「以後妳也得和她學學。」寧王含笑卻正經說道。

「嗯，一定的，嬤嬤是姊姊，我自然要學習她的長處。」林小寧乖順地笑著回答。

寧王滿心歡喜。

寧王在桃村過得不亦樂乎，但追捕採花盜之事仍在繼續，開始向桃村大肆蔓延。

先是一對男女，男的年輕英俊，白衣勝雪；女子容貌秀麗，紫衫似蘭，顯然是大門派出來歷練的。兩人進了村，引來村民們的側目。

村民問著：「公子、小姐，可是要買磚？」

一對男女迷茫地對視一眼，搖頭。

「可是要買瓷片？」

還是搖頭。

「可是要買酒？」

仍是搖頭。

村民們眼神不善了。

孩子受到暗示，撒腿就跑，一路報信去了。

自上次採花盜事件後，村民們在各作坊的大會上被大管事狠批了一通，讓他們汗顏。尤其是其中一句：「如果採花盜壞的是你們家的閨女、婆娘，你們還有那心情看熱鬧嗎？」

村長把盧先生說給他的一席話背得滾瓜爛熟，在村裡的大會上，扯著喉嚨大聲道：「桃村有如今的太平與富裕，不容易！不只是林家老爺子、鄭家老爺子、方家老爺子和魏家老爺子的功勞，是我們每個村民們的功勞。哪一塊磚不是你們燒出來的？哪一塊瓷片不是你們燒出來的？哪一塊地不是你們辛苦種出來的？桃村的太平安逸是大家每一個人的功勞，豈能容壞人毀了去！大家是漢子就拿起鋤頭，把那些壞賊打倒，送進官府。我們桃村的人，不是那樣好欺負的！我們這些年輕力壯的漢子們，就得保護我們村的婦人、女子不受欺負，保護老人、孩子不受欺負！」

村民們血性頓起，早想一雪前恥了。

一對男女還沒反應過來，就被村民們團團圍住，問東問西問長問短。可見村民們還是聰明的，知道曲線救國、迂迴戰術，把一雙人兒困在原地，弄得暈頭轉向，不明所以。

最後安風、安雨來了，混在村民中，趁亂把兩人給點了，輕鬆拿下。

可憐一雙名門大派出來歷練的人兒，出師未捷就懵懵懂懂被扭送去田大人那兒。

安風、安雨只說是京城的逃犯，想來壞王大人的要事。

村民們的胸一下子就挺起來了。果真是壞人！這次可沒做縮頭龜，可算是智擒逃犯了。

安風、安雨不停誇著，村民們回家少不得要得意兩下，自己也不比張年那漢子差不是。

沒多久又來了幾個，顯然像是山匪，穿著打扮像種地的漢子，還有補丁。為首的是一個大鬍子，一批六人正困在村民中很是不耐煩，其中一個眼尖看到安風，就大叫：「大哥，淫賊！」

大鬍子一聽，衝著安風就去了，安風只好拔劍擋著，一邊喝道：「大家退遠些，危險！」

村民們奔相走告，一堆漢子拿著鐽子鋤頭，越來越多圍在一起，想乘機相幫拿下悍賊。

這六人當中，為首的大鬍子功夫相對好些，但六人的功夫實在入不了安風、安雨的眼，沒幾下他們就招架不住了。

大鬍子見勢不對，吹了一聲哨，一邊打一邊退，嘴裡還呱呱叫著。「各位婦老鄉親們，上前來幫忙啊！這人是個大淫賊啊，千萬莫給他的長相給矇騙了，他是名朝懸賞捉拿的採花大盜之一，殺人如麻，其淫無比，犯下累累血案，是人神共憤的淫賊啊，人人得而誅之……」

林家的四個護院也來了，魏家、鄭家、方家都請了護院，也都來了，張年與傷藥坊的幾個能打的舊兵也來了，幾乎村裡一半壯年的漢子們都收到消息趕來了。

所有人都聽到了大鬍子的話。

大鬍子還在勸說道：「此人慣會裝貴家公子哄騙於世人，他以各種身分出現在名朝各地，還有一個從犯，兩人風流倜儻卻心如毒蠍，專門姦淫良家婦人女子。先前在河芒鎮，於眾目睽睽之下，殺掉了一個男子，就因為這男子撞破了他們的『好事』。此等凶殘人渣，必要除之而後快！大家別愣著啊，快上啊……」

安風氣得臉都黑了，又不願傷這大鬍子性命。

村民們結合前兩次的逃犯事件，也開始議論紛紛。

安風點住一人，然後又一劍抵住大鬍子的喉間，另四個也被虎三還有安雨制住，整個過程不過半晌，這六人功夫太差了，可大鬍子的話卻如驚雷一般在村民們心中翻滾著。

到底是怎麼回事？

大鬍子還閉著眼，一臉視死如歸之態啐了一口。「如今世風日下，歹人作亂，小人升天，我等正義好漢空有一腔熱血，今日死在爾等人渣劍下，各位鄉親們給作個見證，把我們六人的血債記清楚。不信天下沒有能拿住你們的高手，到時必能為我六人報仇血恨……」

安雨立刻點住大鬍子，大鬍子頓時收聲。

安風在桃村待的時間比安雨久，村民們都認得他的臉。

可前陣子他不見了，然後又回村了，然後就出來這些的所謂賊人重犯，每次拿人都是點中人家讓人家開不了口，看來這事真是說不好了。

沒準他真是在外面做了壞事，只是林家人不知道而已。

此時，村民們說不清道不明的眼神，讓安風都恨不得有個地洞鑽進去。

一個老漢問道：「風護衛，這……到底是怎麼回事？」

安風臉黑如墨。

他去京城後，辦了好幾件事。

第一件就是把通緝令的事處理了，各地通緝令正在一一撤去，可到底名朝這麼大，沒那麼快撤得乾淨，就算撤乾淨了，這些人哪裡又那麼快得知？

第二件事是與王府管事碰面，知道周少的贖金對方根本沒來取，這說明他們已知道周少與小姐不在手中了，這麼快速就得知，可見是一張多大的網。他與管事商議後，又拉上胡大人，暗中設計布局，從通緝令一事下手，定要將幾個在朝中極不安分的東西屈打成招，扯上與三王或夏國的關係。

第三件事是與周家合謀，只以周少被綁一事來清查。銀影派出的五人仍留在京中相助，把水再攪渾些。

第四件事是把爺的婚事報給皇上了。那毒婦死後，爺一直沒再動心思，皇上很是憂心，現爺的情事終於雨過天晴，想娶新妃，皇上自是開心，又聽說是醫仙小姐，哈哈大笑。

他去京城時，一路帶著千里、如風，沒遇到半點麻煩，辦完這些事才回村來，還把打好的虎大的重刀也帶來。

哪知一回村來，就這麼晦氣，連番有人來追捕採花盜，看今天這勢，竟是指向他一人了。

安雨見勢不對，上前道：「是這樣的，風護衛替王大人辦事時，招惹了江湖上一個賊人，這賊人懷恨在心，易成風護衛模樣，做下一樁案子，倒也沒有說得那麼嚇人，都知道這種事都是以訛傳訛的，只是殺了一人而已，卻放出風聲，把許多無頭公案都攬在身上，為風護衛與王大人招來麻煩，以求洩憤。目前各地衙門都已查清，正追捕那賊子。」

老漢與村民們懷疑地看著安雨。

他們都是一起的，能不為自己人說話嗎？

張年見勢上前道：「此事確是這樣，我派人去叫田大人來，讓田大人為大家說明白，田大人也是知道的，這種事田大人能搞錯嗎？」

村民們這才信了。

是啊，這淫賊是不是風護衛，田大人能搞錯嗎？

但是，有的人卻不是這般淳樸簡單，聽到田大人就深信不疑。

他們對官場陰暗之事心如明鏡，又不懼權勢，敢於開口直言質問。

他們就是桃村的幾位先生。

幾次的要犯進村事件，已讓幾位先生心生疑惑，心知事情絕不是那般如此，必有蹊蹺。

這次六人來村，正是學堂下學後，盧先生恰好在耿大夫的藥鋪中給夫人買一些燕窩，便把此事撞了個正著，一直冷眼旁觀，把事情經過看得清楚分明，大鬍子的言語更是一字不落地聽到耳中。

盧先生拎著一包包得嚴嚴實實的燕窩，從人群中走出來，走向安風幾人，面無表情清冷道：「如果是被冤，和對方說清楚就是了，為何這時才道明，還每每都將人扭送去衙門？」

村民們被盧先生這般一說，又開始狐疑議論起來。

「之前不說明是因為當時通緝令沒撤，怎麼說得明白？」虎三也已知道這事，對盧先生低語。

「那就是說現在通緝令撤了？」

虎三點頭。

盧先生冷笑了一聲。「王大人倒是好本事，通緝令也能撤，到底是三品京官。」

「先生你這話是何意？」安風也不客氣了。

「何意？你聽到是何意，就是何意。如今世風日下，小人作亂，你若真無辜，為何每每都點住那些人，不讓開口？是真易容嫁禍，還是你風護衛恃寵而橫行？田大人不過是個七品官，真說起來，還不如你這個能在王大人面前說得上話的護衛。」

安風的臉都氣歪了。這個酸舉子！他知道什麼？亂嘮叨！

盧先生清冷笑著。「風護衛，不如讓他們開口？」

那六人正被點倒，東倒西歪在地，身穿打著補丁的舊衣，還是單衣，如今剛入十月，談不上寒冷，卻也不能只穿單衣。他們這裝扮很是引來同情，尤其是大鬍子先前的言語，說得那是義正辭嚴，讓人生不出惡感。

盧先生一番話語引得眾村民紛紛私下議論，各種聲音都有，各種猜測也有。

安風苦笑。

安雨與張年也是暗自叫苦。盧先生幾人可是在桃村德高望眾，不亞於幾個老爺子，況且幾位先生還滿腹經綸，吃錯藥才會得罪桃村的幾位先生。

事已至此，安風無奈叫道：「虎三。」

虎三便上前解了六人的穴。

大鬍子六人聽到說是有人易容嫁禍，啞穴被解，倒也不再亂喊淫賊了。

盧先生手中仍然拎著燕窩包，走到大鬍子面前問道：「剛才說的你們也聽到了，這事是有賊人易容所為。你們這邊可有確切的說法？」

大鬍子有些遺憾道：「許是真是嫁禍吧。唉，我們又不是官差，哪來什麼說法，只是看到通緝令想著抓到人收些銀子過年。那上面的畫像，畫的就是他的模樣，真的不差，就那模樣，極為俊朗。還有一個要年輕些，更是玉樹臨風，這兩人一起，還有兩條大白狗為坐騎，速度驚人，所以極難追捕……」

大白狗，那是千里與如風！村民一片譁然……

林小寧與寧王又去山上逛了一圈，回府時，寧王道：「妳可知道，這次安風去京城辦事，採花盜一事請胡大人相助，胡大人竟以為是妳的主意。」

「什麼？以為是我的主意?!」林小寧失笑。

「是啊，胡大人說是妳說的，用個陰損的招把奸人辦了，要辦奸人，就得比奸人更奸。」

林小寧慚愧笑著。「當時我是覺得胡大人那些事鬧心得很，然後就這麼一說。這道理人人都知道，只是事情放在面前，卻未必能看到其中機會。」

「這些道理著實精彩，哪是人人都知道的？」

「說起來，就是中醫的以毒攻毒演變而來，觸類旁通嘛。」

林府裡，付冠月、小香、小寶、生兒正著急著，家福鐵頭四人報完信後又回村口觀看。林老爺子不在家，他與鄭老、方老去看山上設下的陷阱。小香本想讓鐵頭他們去尋，被荷花攔住，只說等小姐與王大人一回來，此事必能解決。

十個黑衣人正與千里、如風以及小東西在後院玩耍著，根本不聞也不問。

辛婆罵道：「到底是事不關己。」

荷花淡然笑道：「多大點事啊。」

天大的事都過來了，這等事算什麼。

荷花的冷靜帶動了付冠月，付冠月暗地自嘲，自從有了身孕後就容易激動，一點事都禁不住，以後得多向荷花學學。

隨後就回屋裡休息去了。

當寧王與林小寧笑著進門，荷花便迎上前把村口之事的情況簡單說清楚講明白。

寧王便去牽馬，林小寧不騎得意了，也去牽馬。

兩人趕到村口時，正是氣氛詭異之時。

安風很是惱這個多管閒事的盧先生。一個先生，好好教書育人就是，管個什麼閒事？這事複雜得很，不是一句兩句能說得清的；還有就是盧先生那嚴謹的性子，又聰明，胡編的假話根本哄不住他，到底這事牽扯到小姐被劫的源頭，能亂說嗎？豈不毀了小姐名聲？一時想著怎麼編個圓滿謊，就沈思著。

其實盧先生最初時也期望當中是有些誤會，但他之前的態度先讓安風不快，而安風的沈思又讓他認定安風真犯了事了。

大鬍子說的兩條大白狗坐騎，實在沒法解釋啊……

大白狗說的當然不是大、小白，說的是王大人帶來的千里、如風。銀狼可不是那麼好尋，人可以易容，銀狼也能尋到一對嗎？說笑吧。

於是盧先生心裡認定是安風做下的事，可能沒那麼誇張，但肯定是做下什麼壞事了。從來都這樣，一旦有個什麼逃竄犯，那所有的無頭公案都必然是他做的，他雖不為官，卻也是深諳其道。

於是盧先生恨鐵不成鋼、咄咄逼人的質問，讓安風更為上火。

安風脾氣上來後，懶得解釋，上前就把六人被制的穴位都解開，冷冰冰道：「你們六人想拿我去領賞銀，恐怕還得練上幾十年，都回去吧。」

又隨手掏了幾錠銀子丟給大鬍子道：「念你們也不易，這些銀子置辦幾衣棉衣，做些小生意或買幾塊地種也行，想行俠仗義，憑你們這功夫還辦不到。」

竟囂張至此！

盧先生氣得一個倒仰，拎著燕窩的手，指著安風的鼻尖說不出話來。

張年上前打著圓場。「先生，其中真有誤會。」

「什麼誤會?!」盧先生怒道。

張年緘默了。他知道必有誤會，可並不清楚此間來龍去脈。盧先生臉色很難看，村民淳樸竟被利用助紂為虐，可嘆他之前也被利用了，一時怒火攻心，一包燕窩就甩到安風身上，大罵道：「憑你功夫再高，背景再深，名朝也是有王法的！你逍遙一時，豈能逍遙一世……」

村民們這時也都不知道說什麼才好，他們也都認定安風是犯事了，而自己這些人都被其利用，為他抓住了那些正義好漢，扭送至田大人那兒，這麼說，田大人他……村民們頓時冷汗淋漓。天哪，林家太厲害了，王大人太有本事了，瞞天過海不算，還嫁禍他人。田大人聽命於他們，通緝令也撤了，這只是個護衛犯事啊！

這時村民們才真正反應過來，三品京官原來可以這樣遮天蔽日。他們在桃村與高官比鄰而居，林家老爺子又親和，時日一長，少了對高官的畏懼，只覺王大人看著氣派得很，風護衛和雨護衛看著冷得很，不好相處是一回事，可心裡卻是覺得還是親近的。

如今才明白，他們可是犯了天大的事，還能撤下通緝令的主。

大鬍子六人則在一邊看著手中的銀子為難。正義是嘴上說的，說到底還是眼紅懸賞的銀子才鋌而走險。他們在山中過得實在難，要打劫，富貴人家都有功夫好的護衛，他們占不到便宜，貧困人家也不下了手，況且也沒財物可劫。

現在這場面怪異，賊人囂張，村民發愣，先生發怒。

他們六人就如同擺設一般，被眾人忽視了，一時不知道怎麼辦才好，手上那幾錠銀子沈甸甸的，是收呢，還是丟到淫賊臉上去？

可這是實實在在的五錠銀子啊，五十兩啊！

這時，林小寧與寧王策馬趕到了。

村民們看到寧王來，卻不敢出聲，只是安靜地看著兩人上前。

大鬍子卻抱著銀子驚叫著。「另一個！另一個採花盜就是他！」

盧先生盯著寧王，寧王仍是笑著，從馬上跳下來。「怎麼，想鬧哪樣？」

盧先生冷笑。「王大人，你好本事啊。」

寧王笑著。「盧先生此言差矣，這其中有些誤會，田大人都看得出來，你盧先生卻看不出來？」

「田大人，」盧先生又是冷笑道：「他一個七品縣令，自然是你說什麼就是什麼。」

「說得也是，但也不能盧先生說是什麼就是什麼，他們說是什麼就是什麼。」寧王的眼神凌厲掃過大鬍子六人。

大鬍子打了個冷顫。這人也是高手，眼神好殺！

「盧先生有沒有聽說過我朝有千兩銀子的懸賞？」寧王問道。

盧先生愣住了。大鬍子只說懸賞，卻沒說金額。

「千兩銀子的懸賞還不是官家所出，是一個富家所出，只為抓住我與安風，先生再想，這其中有什麼原因？一個富家，千兩懸賞，後面還有多少銀子讓當地府衙聽他之命，杜撰出這等案情；讓我與安風惹上這等麻煩，聲名盡失，為的是什麼？」寧王說道。

「一個富家，敢對京官對板，為的是一個寡婦。」寧王說得振振有詞。「那寡婦是富家親戚，相看上了安風，自薦枕席被拒，惱羞成怒，因此才用黃白之物打動貪官，只是他們並不知道我的身分，只當我們是普通人家的公子而已。」

寧王正色說著，神情憤慨。「若我們是普通人家的公子，這等冤屈，待要如何申辯？」

盧先生呆住了。

林小寧心中狂笑，嘴上趁熱打鐵。「盧先生，安風一直不想提那噁心寡婦，這事我也知道。」

虎三也忙說道：「還有那些扭送去田大人那的幾批人，其實都是私下把實情告之，讓他們回去了，這事田大人也知道的。這事一直不說，實是此事難以啟齒。」

村民們卻是熱鬧了，一下子覺得王大人與安風等人又親近了，一起哄笑沸騰開來。「原是這麼回事。」

「風護衛長得模樣確實好……」

「小媳婦們都喜歡這等男子……」

「是啊是啊，不過風護衛太冷了……」

村民們很是好哄，但盧先生並不好哄，冷笑道：「難以啟齒，王大人大手筆，為了一個護衛的名聲，連田大人都幫忙遮掩，這等風月笑話要這般大動作？」

「爺，小姐，我們先回了。」安風的心情很不好，說完就走。安雨得到暗示，上前跟著。鐵頭與家福四人忙跟在後面，他們一直觀看不語，因為大人說了，三思後言，三思後行，很多事情不是聽到、看到的那樣。

盧先生聽著安風的口氣，怒道：「這等囂張之人……」

安風也怒了。「你認定我是淫賊，認定田大人與我們同流合污，為我掩護，你怎麼不認定那邊是個蠢官，我安風在桃村待這麼久，村民們都信，你一個先生竟然看得不如他們明白。」

盧先生反唇相稽。「這種風月笑話，也就他們信。」

寧王笑道：「安風，你怎麼這麼大脾氣？」

「換你被冤枉試試，看你脾氣大不大？」林小寧說道。

盧先生只覺失了清明，一片混亂，不知應信何言，突生疲倦，嘆息一聲，神情黯然。

林小寧細心地發現了，輕聲道：「先生，真的誤會了。」

「這等說辭，笑話連篇，實難服眾。」盧先生嘆息著，彎腰撿起地上的燕窩包。

村民們又有人起鬨。「許是那寡婦看中的是王大人，而非風護衛啊。」

「是啊，王大人的聲名當然重要。」

盧先生搖頭笑著，不理眾人便轉身要走。

張年上前耳語。「先生，安風是皇家一等暗衛轉明，將來必如西北的銀夜大帥一般……」

銀夜在西北掛副帥，他與銀影是寧王陪練，從小受到精心培養，林家棟、小方師傅都知道，此事盧先生也知。當今名朝尚文輕武，除了鎮國將軍那輩武才眾多，現今真正胸有謀略的武才寥寥無幾，每界武舉都是塞了好處過了文考，實為識不得幾個大字之人，只空有功夫，根本不堪大用。朝堂另闢蹊徑才讓了不少皇家護衛轉為武官，非常英明，他還曾讚朝堂之舉是「人盡其才，才盡其用」。

盧先生猛然看向張年，張年點點頭。

盧先生立刻問向寧王。「王大人是三品武官？」

寧王意味深長地笑道：「三品武將。」

名朝只有一個將軍是三品，安國將軍。

盧先生恍然大悟，此事必是另有極深隱情，卻編了這個風月笑話，讓安風揹了這風流笑名。

盧先生神情急速變化著。寧王、安國將軍，威名赫赫，功績顯著，更是自律專情之人，聲譽也難得地好。早就應該猜到了，要不然能離西南軍營這麼久，除了他還有誰有這等權力呢？

原來安風他們是寧王的人，卻送給了林家丫頭，那林家丫頭與寧王舉止親密，村裡都說是王大人提了親，林家丫頭才做了官，又要做官夫人了。

怪不得林老爺子最近說話都透著喜氣，這不是官夫人，是王妃啊！

那風月笑話怕是那林家丫頭編出來的吧？好笑得很。

盧先生噗哧一聲笑了。

盧先生這一笑，村民們納悶了。

盧先生和顏悅色道：「大家都聽到了，風護衛是被冤枉的，卻是我迷糊了，竟是信他地的蠢官卻不信眼前人，大家都散了吧。還有你們，」又對大鬍子道：「你們六人也回去吧，帶上銀子回去置些地，好好過日子去。」

盧先生說完後，又對寧王笑道：「王大人，回去後和那大脾氣的安風說一聲，老夫抱歉了，冤了他。」

至此，安風的風流美名在桃村傳揚起來。美貌寡婦相中安風，自薦枕席、破釜沈舟、一擲千金、毀他名聲……喔，後面有多少可以想像的空間啊！

安風在村民無限的想像中，越來越英俊，冷面成了一種迷人的風景，冷面下面掩蓋著怎樣的心情？是一顆怎樣冰冷的心？讓那美貌寡婦怎樣酸楚絕望，可要怎樣才能捂熱？

婦人女子們看向安風的眼神，生出了說不清道不明的難言情緒。

那些眼神讓安風如芒刺在背，渾身不舒服，讓寧王與安雨直樂。

第五十章

京城來人了，好幾個是由田大人帶來，專門來過問糧食畝產量的。

這些人由林老爺子、馬大總管還有張年與虎三接待。這種風頭，林小寧一個姑娘家不應該出，得留給當家的爺爺出。

寧王當然也不會出面。

於是，林府前院的大廳裡，每日晚上又是歡聲笑語，喝酒吃肉。

來人一吃米飯大驚。「這米竟然這麼香軟，和江南的貢米比也不差了。」

那是自然。寧王他們是吃慣西南軍營的粗糧，吃什麼都是香的，這等細微差別也因為初來時天天喝酒吃肉，被幾個老爺子灌得暈乎乎的，感受不到。

後面再覺出滋味極美，只道是桃村風好水好，什麼都好也見怪不怪了。

京城的官員巡看了幾天，終於走了，走時自然是土特產啊、酒啊塞滿了車廂，還有滿滿一貨車的糧種與滿滿一車大米。

桃村的日子太平安逸。

再有人來尋淫賊就被村民們哄騙走了，只是當天對於安風的言論又會被提升至沸點。

安風之前回村時，本對安雨收下雞毛很有意見，還時時與安雨吵嘴。雞毛是他在裕縣時就相中的，想著回頭尋個好時機收下雞毛，沒承想被安雨搶了先，但他現正為他的各種桃色言論哭笑不得，也沒了心情吵嘴。

鐵頭與雞毛兩人的訓練越來越凶殘，安雨每日天未亮就把雞毛從床上拎起來，但鐵頭卻是每日準時到安雨屋前報到。

兩人辛苦得連小寶、家福、小香都看不下去了，因為他們的功課還不能誤，安雨的懲罰可比盧先生的戒尺嚴厲駭人得多。

耗子被啟蒙班的秀才先生取了個極好聽的名，「林文策」，因他曾是家福的兄弟，給了他林姓。

但耗子入學不過半月之久，就辜負了先生為他取的名，聖賢之說學得磕磕絆絆，三字經都記不住幾句，卻在算學方面示出了無比的才華，摸著算盤就像摸上了雞大腿一樣親，珠算口訣與新式算術的九九乘法表倒背如流，算盤珠子在他手下噼啪作響，速度快如飛。

看來風水先生所說不假，在算學方面有著如此驚人天賦，怎麼能財運不旺？怎麼能不愛斂財？

倒是家福，中規中矩，每天讀書識字背書，與小寶和耗子每天早晚跟著虎三練體能，雖不是多出色，但臉上神色有些內斂了，說話也不是那樣沒心沒肺。

林小寧這時才後知後覺那清水縣的風水先生是真有兩把刷子，拉著林老爺子偷偷問：

「那風水先生有沒有給小寶算算啊？」

林老爺子眼眯成一條縫。「早算過了，說是狀元命。」他的聲音很小，恐被老天爺聽到就收回這福運一般。

林小寧眼睛閃亮。「太好了，怪不得盧先生這麼疼他。」

「盧先生一直就疼他，小寶聰明、讀書好，哪個先生不疼啊？」林老爺子自豪笑道。

「那狗兒呢？」林小寧也低聲問。

「狗兒是官命，卻沒說狀元。」林老爺子壓低聲音道。

「大牛、二牛有沒有算過？」

「先是算了大牛的，說是大牛一生辛苦耕耘卻無穫，後來張年就不算了，說是大牛、二牛現在是他的娃，命格換了，先生算不了。」

「要是大牛真無所成，鄭老才是最難過的。」

「可鄭老頭說是大牛有靈氣呢，現在做的瓷器也有兩只沒被摔呢。」林老爺子疑惑地說。

「鄭老頭也說先生算得不準，說大牛對畫畫靈氣是天生的，不是多聰明，這種人才能有收穫，因為踏實。」

「是啊，鄭老說得對，這種算命之事也不能全信，況且那風水先生也不能個個都算得準，是吧？」

「是啊，親家奶奶也這麼說。」林老爺子說道。

荷花已能認識一百多個字了，算術也學得不錯，她每天晚上都要用沙盤練字，還有各種加減乘除演算法。

小丫學得慢些，但也只是相比於荷花而言。

林家的好事已越來越多了。

周家貨車進桃村時，引起了村民們譁然。

那不是一輛車，是一個小車隊，由一群穿著體面、雄赳赳、氣昂昂的護衛家丁們跟著，另外還有鏢師在一邊護送。

到底是周家出手，果然不同凡響。

每輛車都塞得滿滿的，光是各式絲綢、錦帛、緞子就幾車。

還有各色的細棉布滿滿一車，棉布織得極細極密極軟，各種色澤均是大氣沈穩的同色布，那色染得一瞧就知是名家染坊裡訂製，及少量碎花布，這顯見就是給林小寧準備的。

還有各種乾果大半車，大部分都是松子與核桃，以及各色果脯、小食，京城一些能放的糕點，也湊成滿滿一車。林小寧曾說過愛吃乾果，尤其是松子與核桃，可惜桃村沒有這玩意，清水縣也少有賣的。

還有一車名紙與一匣子名墨條。

周家為這些禮，著實是花費了不少心思，光那些棉布與乾果，就透著周少爺的一腔守望深情。

最讓人驚嘆的是，一車裡全是首飾，一個個錦盒堆在車裡，都是當下最流行款式的首飾，成套成套的各種頭面、鐲子、環珮……金光閃閃，鑲嵌的各類珠寶玉石熠熠生輝。男式的腰釦、玉珮也有許多，華貴逼人。

一個管事模樣的人唱著禮單，一唱就唱了大半時辰，最後還有一匣子金頭面是指明送給荷花的。

寧王對林小寧笑著低語：「那二百萬贖金真是應該幫綁匪給收了。」

管事唱完禮單，恭敬上前把禮單送到林老爺子手中。

林老爺子驚呆了。「這……會不會是搞錯了啊?!」

寧王笑道：「林老爺子，錯不了，周家送禮，沒車隊那是送不出手的，是丟周家的臉呢。」

林家一家人都大吃一驚。這要怎麼還禮啊？

林小寧也有些頭大。這禮怎麼還？

寧王授意。「還桃村的特產啊！什麼張嬸的臘肉、孫氏娘親泡的脆黃瓜、酸蘿蔔、付奶奶醃的紅糖薑片和甜麵醬，我看就滿好的。」

管事忙道：「對對對，這些事物在京城可是希罕得不行了，千金難買啊。老爺、夫人、少爺定會開心得不得了。」

林小寧哭笑不得，心想只好再加上清泉酒和一株人參了。

周家的管事堅持不肯在林家休息，只吃了一頓飯就帶人趕回去了。

林家把寧王說的禮匆匆備好，禮單都沒寫，讓管事帶著，然後帶著空車與人走了。走時，對林家的熱情款待連聲道謝，禮貌周到挑不出毛病，不愧是百年富家的管事。

周家的管事一離開桃村就大鬆一口氣。老天爺啊，寧王殿下竟然在林家！快回去報信去！這事是定局，不是夫人想的那般。

少爺自打被劫回京後，整個人就大變，竟然收了那些風流心思，好生學著打理生意了，喜得老爺老淚縱橫，只道祖宗保佑。

府裡上下除了幾個主子，誰也不知道少爺被劫的隱情，唯有他與大總管事知道。他一個小管事能得聞這樣的機密，還是因為他是福生的叔叔。

福生與少爺回來後，就與夫人、少夫人入了老爺屋裡，他與大總管事守在門口。

福生一把鼻涕一把淚，說起被劫後一路的事情。

且不提少爺犯春心，自報家門跟著一起被劫，少爺的毛病大家都知道，根本沒人會怪林家小姐。況且林家小姐還說：「不要殺他，殺了他我也不獨活。」

那林家小姐能在那樣危機下，使計救下一個護衛，不說心腸，只說這臨危不亂的膽色就令人嘆服。

再就是與綁匪打架，咬下綁匪的一塊肉，這女子夠狠戾。

別說老爺與夫人、少夫人都如聽戲一般目瞪口呆，他與大總管事也一樣都傻了。

誰能料想，林家小姐一個女子有這般膽識，聰慧過人，還果斷狠辣，一路救過少爺多回。

尤其是福生說到在道觀裡，林家小姐編謊騙老道那一段時，眾人都哭了，少爺更是流著眼淚不說話。福生哭個不停，說那林家小姐重情重義，天下難尋。

少爺只是流淚不語，最後才道：「她就是我的妹妹，我會如她所說那樣，護她一生……」

當時夫人與少夫人哭得說不了話，福生忙上前伺候茶水。

夫人喝了茶後，才擦著眼淚說：「兒啊，既是這般，那林家小姐也不能嫁於他人了，只得嫁周家。」

少爺卻流淚搖頭，說他不娶，只想護她一生。

少爺什麼理由都沒說，但說這話時，那樣的口氣與神情，看了真教人心碎。

少夫人也哭道：「相公，把她娶進來，我必對她親姊妹相待，不分大小。她要是介意，由她做大婦，我做平妻便是。」

少爺仍是流淚搖頭。福生才小聲說：「林小姐是寧王的女人，少爺娶不得……」

夫人與少夫人都傻眼了。

最後老爺發話說，不許再提娶林家小姐過門的事，林家小姐從來沒有被劫過，被劫的只是少爺一人，誰敢洩漏出去，全家打死！

然後又讓夫人、少夫人、他與大總管事都退了，只留福生與少爺在屋裡繼續說話。可他是福生的叔叔，後面的事他也一清二楚，寧王殿下救少爺是順帶的，他們是為了救林家小姐，林家小姐是未來的王妃。

可是夫人卻看不得少爺改頭換面的樣子，天天憂心，私下對他說：「是賦兒心裡還惦著那林家小姐啊，所以才這般模樣，其實是想做些事來給林小姐瞧瞧。他的心思，做娘的能不知道？再說了，寧王知道林家小姐與賦兒一同被劫，同行同宿那麼久，哪能沒有芥蒂？他們倆的事肯定成不了。」

這次來桃村送禮，夫人還私下叮囑他，探一下林家老爺與林小姐的口風，或許少爺還有機會。

夫人想錯了啊，少爺沒有機會。寧王殿下送了林小姐回村後，根本沒走，一直待在桃村。他在林家逗留短短半天，寧王殿下與林小姐那般親密無間，話語眉眼間全是情意，他一外人都能感覺出來，還有林老爺與寧王說話時，語氣是長輩對晚輩的疼愛，根本不是恭敬。

此次少爺被劫，福生那小子一路相隨，以後鐵定是要提成少爺的管事，前程似錦，少爺眾多小廝，福生不是最受寵的，卻因這事鹹魚翻身。現在少爺和他說話都溫言細語，許多事情都交由他辦，已然是少爺身邊的大紅人。

少爺還為福生買了個小廝，名叫「福來」，這名字聽說還是福生取的。少爺說福生有才，名字取得極好，真是讓全府上下都不知道說什麼好。

福來只聽臭小子一人使喚，連少爺都不能使喚，也是少爺說的。

這臭小子，這一趟可是賺到了！周家多少美貌的大丫鬟對他送眼波，還有多少管事婆娘想把自家的女兒許給他，他爹娘也問了，可他都不樂意，不管多漂亮、多聰明，甚至是夫人貼身的一等大丫鬟他都搖頭，只說自己年歲還小。小個屁，都十七了！

不過這臭小子，真是機靈又好運。

十月十二日，家福的生辰到了。

林老爺子老家的習慣是，娃兒不管男女，沒成家是不能做生辰的，有條件的人家煮個雞蛋吃就算完事，沒條件的人家就和往常沒兩樣，說這樣才不至於驚動「地下的」，孩子們才能平安長大成人。

以前，小寶、小香還吃過幾顆雞蛋，林小寧卻是一顆沒吃過，她是臘月三十生辰，也正是除夕過大年時，她來的第一年家已富裕了，誰還吃煮雞蛋？

但這是家福第一個生辰，雞蛋是一定要煮的，於是家福的生辰就是林家一如既往的滿桌菜餚上，多了一顆圓滾滾的煮雞蛋。

家福有些發愣，林老爺子笑咪咪又振振有詞說了那通道理。

家福對著林老爺子跪地大拜，口中說道：「謝謝爺爺為我過生辰，家福定要孝順爺爺！」

樂得林老爺子忙把家福扶起。「乖，起來吃雞蛋！」

家福鄭重地剝了雞蛋殼，一點點認真地嚥下去，說道：「爺爺，這是家福第一個生辰，吃了雞蛋，家福就是有福的人了，但雞蛋以後別煮了，等家福出息後再過。」

然後又笑道：「爺爺，其實煮雞蛋不如炒雞蛋香。」

這都知道挑食了。鐵頭他們三個捂嘴偷笑。

林小寧也樂，其實她也不愛吃那煮雞蛋，多難下嚥啊。

「這小子！」林老爺子啐了一口，笑了。

家福生辰後不久，小南瓜從西南回到桃村，帶來了銀影的信。

千里、如風看到小南瓜回來，親舔個不停。小南瓜終於見到爹娘也是歡樂無比，在千里、如風的肚皮底下竄來竄去，連帶著小東西也跟著一起在千里、如風的肚皮下撒嬌，場面讓人看著就歡喜。

寧王辭別林家人，帶著十個黑衣人還有千里、如風回西南。

寧王走的時候身穿林家棟的薄襖，林小寧小聲叮囑，戰場上要小心，要保重身體，天冷，不要喝涼水……

每說一句，寧王就含笑點頭。

而林老爺子則像送親孫子一樣，目送了好久才回頭。

千里、如風在桃村被好水好肉養得膘肥體壯，銀毛發亮，跟在寧王馬後，神靈活現，尾巴甩得歡快無比。

寧王走後，林小寧就開始操辦三千堂的執行了。

先是把在城西義診時的那所宅子買了下來。那宅子的地界的確好，宅前空地開闊，院裡有一口井，也不算小。

宅主人一聽說她們要買，高興極了。他可是早就想賣了，這宅子離城西貧區太近，早想賣了換到別處去，可一直沒人願意買。人家買宅子，誰會想買城西這邊的宅子啊？

於是很快就辦妥了相關手續，過了戶，又找了田大人，看了宅子周邊的那些亂石地，倒不如圈下來，把宅子擴大些，改建做成公益醫堂和學堂。

田大人正找著機會想巴結林家呢，林小寧一開口，立馬就應下了，地也免費批給林小寧，把相關地契辦好後，她開始了改建規劃。

改建以節儉為準則，但又要考慮適用性能，還有要符合學堂與醫堂的各種必要的結構。

田大人熱情地將衙門一個有建築才學的人員撥給林小寧，此人雖不如幫林家建宅那樣的有名老師傅，但畫這種圖紙卻也不在話下。

此人與林小寧溝通交流，又去了桃村的學堂藥坊參觀，然後用了幾天的時間，畫了幾張草圖專程送到桃村給林小寧看。

林小寧提了些許建議，又做了一些修改。

最終，圖紙上的結構基本讓林小寧滿意，學堂與醫堂分別是獨立城院，中間隔著小小的綠地，種些樹木什麼的。

學堂仍是分為兩塊，分別是女子學堂與男子學堂，中間以院牆相隔。所有的房間都以簡易、寬敞、通風、適用為主。

定下圖紙後，便請了泥瓦工開始施工，又請了城西貧區的一些漢子來幫忙運磚，按日發工錢，結果那些城西的漢子為了搶活，竟然又鬧起來了。

這城西的刁民，這麼剽悍的風氣，何時能收一收呢？林小寧頭痛得很。

最後是虎三撐住了場面，虎三很是威風，大罵一通，把那些漢子們都趕走了，直接找到了人牙子，問他們要人手來幫工。

最終請了十個漢子往來桃村與清水縣拉磚運泥，還有六個婦人煮所有建築工與臨時工的吃食。這樣吃食真令人驚訝，竟然有肉菜，不是那種飄著幾滴油花卻看不見肉的肉菜，是菜裡面清清楚楚、明明白白摻著結結實實的肉片。

就衝著這飯食，不給工錢都幹，這可是打著燈籠也難尋的。

林小寧要求把食堂放在大宅前面的空地上，肉香飄到城西上空，引來許多城西的貧民圍觀。她是想存著心晾一晾這些貧區的人，由著他們懊惱去。

他們這樣的性子任著下去，也不是個事。她不能確認這樣晾著他們有沒有效果，但現在的情況是，清水縣貧困的顯然不只是城西這些人，還有別人也一樣非常貧窮，但他們知禮懂進退。

善堂不是獨為城西人開的，這事是要長長久久做下去的，一定要公平，要有聲譽。

在施工的過程中，空地上立了一塊巨大的牌子，貼上布告。上面說明，城裡沒有條件看病但有病人的人家，可以到縣城林家的千金鋪裡申報情況，留下住址。林家將在兩天內核實情況，條件屬實後，會有大夫去診治，還特意註明了，並非城西，是整個清水縣。

而千金鋪裡也由趙氏與方老二兒媳婦候著，接待前來申報的人。方老的兩個兒媳婦在桃村的女子學堂一直學著，現在能寫不少字了。

田大人馬上就嗅到了其中翻身的機會，之前他只覺得天下沒有比自己更倒楣的清水縣縣令了，清水縣前二任縣令現在都身居高位，只他，前程暗淡無光。

可現在，這是天大的機會！

當天，田夫人就熱情洋溢地表示也想參與進來，林小寧含笑同意了。她也是夫人，說起來還是第一個正式的官夫人，到底付冠月有身孕不能參與執行。

於是，千金鋪裡接待申報看病的有三個夫人，一是縣令夫人，二是馬總管的夫人趙氏，三是小方師傅的夫人。

三位夫人與千金鋪的女掌櫃李嬸——那個曾經因為長得醜沒人要的李嬸打得火熱。

李嬸現在已越發富相，她把千金鋪管理得很是妥當，也早早添了兩個女夥計。在專門賣女性棉巾與各種軟枕的鋪子裡，女掌櫃與女夥計一點也不出格，反倒十分體貼。

李嬸從流民到穩當當的掌櫃，算是鹹魚翻身，但她在其間付出的努力也是有目共睹的。她一個成年的婦人只因懂得簡單加減，被訓練了一陣子就來管鋪子，然後學著做這樣大的帳目，又不能出錯，她卻硬是撐下來了，還做得有聲有色，現在千金鋪裡的生意穩步增長，帳目清楚了然。

她的兒子在大戶人的莊子上，因她的關係，很是得莊頭的關照，每旬都會來千金鋪一次，母子倆說說話，吃上一頓，住上一夜。

李嬸現在樂觀健談，大家忙時各忙各的，閒時就東家長西家短地聊著，很是滋潤滿足。

既然醫堂這事開了頭，那林小寧往返清水縣與桃村也不是長久之計。

李嬸獻計，兒子莊上鄰近的村裡有一個遊醫，醫術卻是不錯，只是村裡人生病的到底少，就是有個什麼頭痛腦熱的，治下來也給不了兩個銅板。那遊醫家中有幾畝薄田，農閒時就會來縣城走街竄巷地瞧病，辛苦一天也就接上一、兩個病人，收三、兩個銅板，所以那遊醫仍是以種田為主，日子過得並不好，倒不如請來做醫堂的大夫，給些月錢。

倒是個不錯的主意，醫堂開起來也就初時看病的人多些，後面肯定就少了，一個大夫能搞定。清水縣富裕，貧困人家相對少些，小毛小病的，也不用自己出面，不然光是跑縣城就得活活累死。若是有重病治不了的再看，如果自己不在，就可動用醫堂的基金，去名大夫那兒看。

這樣，大夫也請到了。

那遊醫聽得這樣天下掉下餡餅的事，一時竟懵了。他一個種田的，從小跟爺爺習得醫術，但說到底是個種田的農夫，現在不僅僅有月錢可得，還是為和自己一樣的貧苦人家看病，心裡直道是爺爺在天庇佑。

遊醫姓朱，李嬸在千金鋪隔壁那個瓷片鋪子裡騰兩個空房，一間給他住，一間做藥房，住的那間家具被褥子一應俱全，吃飯是跟著兩個鋪子的人一起吃。

朱大夫只管看病配藥，藥材缺了就與趙氏一起去採購。

若是沒病可看，朱大夫就看醫書。他祖上就是遊醫，醫書家裡也是有的，不過傳了這麼多代，認字的越發少了，比如醫書裡有些字他就認錯了，也唸錯了，但意思卻不會搞錯。

布告貼出去後，有許多虛假申報的人，有些人家中並不貧困，只是小氣摳門，能占一點便宜都不放過。

核查後，只有少數人家符合條件，朱大夫忙了兩天也就沒事了，後面的日子實是輕鬆無比，醫書上的字若是感覺認得不是很有把握時，便問問小方夫人，有時小方夫人不識得，卻總會碰到有認得這個字的人，幾天下來，竟然也糾正了幾個唸錯的字。

學堂在十月底就休了學，孩子們開始玩鬧不休，完全不理會天寒地凍。

但鐵頭與雞毛沒有這樣的快樂時光，被安雨拉著沒日沒夜地訓練著。

雞毛總是天不亮就被安雨從溫暖的被窩裡拎出來，穿著單衣在寒冷的星空下打著哆嗦，流著清鼻涕，被安雨喝斥。

十一月上旬，氣溫驟降，下了一場薄雪。

三千堂的建設才開始沒多久就不得不停工了。

本來清水縣的氣候是比北邊要略溫暖些的，通常一年只有一場雪，最多十天就化了。

可像今年這樣冷得這麼早，雪也下得早，雖然是薄雪，可積在屋頂成冰，硬是不化，還越來越冷，這是往年都沒遇到過的。

朱大夫與林小寧及三位夫人堅守在崗位上。

因為驟然降溫，病人一時暴增，全是沒注意保暖受了寒。朱大夫不緊不慢採購來一些藥材，配出了風寒的中藥包，但全都搗碎了，一包包分裝好，按核實名單的地址，也不號脈，受涼的病人就發一包，竟然一包、兩包就好，很有效果。

田夫人也受寒了，也是服了這藥才治好了風寒。

然後，一些有錢人都想要花錢來買這個藥包了。

林小寧自然樂意，乾脆做個義賣箱，風寒藥二十文起賣，若有條件可多給些；錢則由買家直接丟進箱子頂上的小口裡，箱面上貼出紅紙，上書：每包藥都有您的善心在其中。

這算是第一筆義賣的收入了，銀兩自然入了三千堂的善款庫。

就這樣，朱大夫的藥竟然治好了不少的風寒病患，果真一劑見效，嚴重的三劑必好。

朱大夫有些驕傲地說：「這是祖上傳下的方子，我祖上就靠這方子吃了幾輩子了，只是到我爺爺這輩就不行了。」

古代的大夫是這樣，一個方子吃幾輩子，怪不得藥包裡的藥全是搗碎的，為的就是不讓行家盜方。

她可不會強求這方子，反正朱大夫已是她的人了，拿著她的月錢，為她做事。

林小寧笑笑。「朱大夫，你祖上真了不起，這個月加五百文錢。」

朱大夫月銀是一兩銀子，在他看來覺得是林家施捨了，他一個遊醫，就是沒日沒夜看病，也賺不到一兩銀子的診費，對這個月銀很是滿意。現在因這藥包又多了五百文賞錢，心裡很是歡喜，也為自己的祖上自豪。

義賣的同時，林小寧又與田夫人在坊市勸捐舊衣與舊被，竟然很有收穫，畢竟田夫人縣令夫人的名頭十分管用，一些大戶紛紛翻出積年不用的舊衣、舊被送了過來。

而朱大夫的藥包所賣之銀兩也購置了一些棉衣、棉被，與舊的混在一起，讓了虎三帶著桃村的一些年歲大的孩子們，去已核實的貧家發放。

三千堂還沒建成，已在清水縣有了一定的美譽，至少那些貧區的老人、孩子們是真正蓋上了棉被，穿上了棉衣，雖然有舊有新，但他們哪會介意這些，那可是棉被、棉衣啊，裡面絮的可是棉花。

所幸這樣的寒冷沒持續多久，氣溫終於慢慢回升，積雪結成的冰，一天就化了。

然而，沒幾天又下起雨來，雨不大，卻是斷斷續續，停停下下地折騰了好幾天。

風寒病人更多了，其實就是流行感冒。

好在朱大夫的藥包仍是有效果，雖然不如上回那麼明顯，但五、六包下去也是能好，比起清水縣其他鋪子裡開的方子，算下來省錢多了，還更管用些。

於是義賣藥包又是火熱得很。

朱大夫不得不把自己的兒子與兄弟也叫來清水縣配藥包，實在是一個人配不過來。

趙氏、小方夫人乾脆在田大人府上住下來了，好接待陸續申報的病人。

桃村也有許多人受了風寒，天氣變化大，就是風寒時。

林小寧也沒法一一開方號脈，拉了一堆朱大夫配的藥包進了村，交給耿大夫的藥鋪裡代為義賣。

桃村比清水縣還要冷些，因為靠山，自十一月下雪後，家家戶戶就燒著炕。當初為流民建的磚房都是砌炕，柴是山上砍的，不用錢，早就把柴備得足足的。

只是最早的老村民，後來改建磚房時，有的砌炕，有的卻沒有，便用炭爐取暖，雖然今年的炭價漲了一成，目前還在上漲，可黑炭還是燒得起的。

桃村幾個老爺子家裡的炭爐子都是燒得旺旺的，暖得很。

但安風、安雨還有鐵頭和雞毛的屋裡不能擺炭爐子，說是練武之人，冬天正常的寒冷都扛不住，怎麼練得成一身功夫。

小南瓜與小東西長大許多，成天與望仔、火兒上山去野，下雪也不見牠們收斂一些，成日裡不見蹤影，只到晚上才回來，大吃大喝後再戲耍一番才去睡覺。

柴房什麼的地方，牠們是不會去睡的，牠們只會往有人在的地方鑽。這兩傢伙與林老爺子最親，就在林老爺屋裡的隔壁收拾一間空屋出來，做了個大暖窩給牠們。

兩個小傢伙的房間裡也每晚擺上一爐炭。

林小寧沒心情在家中享樂，不停奔波在縣城與桃村之間。她沒有做這種公益的經驗，許多事只是憑著想法而來，流感、變天這些事讓她明白，要未雨綢繆才行。

這次義賣的藥包是二十文一包，第一回還有近半的利潤，第二回時基本沒多少利潤，因為藥材漲價了。藥材都是林家出的銀子，利潤反倒是那些大戶人買藥包時多給的銀錢。

不過好歹是有了小筆的善款了。

這次的舊棉衣、棉被是直接發放，並沒考慮傳染性疾病什麼的，這是後來才反應過來，但已發放下去就作罷，以後得提前勸捐舊物，並做好消毒處理才能發放。而城西貧區的刁民，實在難以短時就改變性情，但他們又的確貧窮，這一切都要考慮。

這時，京城內務府來人了，還帶來了一雙大雁。

來人嘟囔著。「唉，我的六爺，非得這個時候下聘書，大雁多難找啊，費了多大勁才找著啊！」

來人與林老爺子見了禮後，才忙道：「林老太爺，快把這雙大雁送到屋裡暖和暖和。」

荷花忙接過大雁就進了屋裡。

林小寧則被關在自己屋裡，不能出來。

第二天太陽高照時，內務府一行人便要回京了，在林老爺子耳邊低語。「皇上等著呢，要請欽天監正使合兩人的八字，若是不合也無妨，是能化解的。」

一行人走時，身後由林家的護院抬著幾個箱子放上馬車，都是桃村的特產，其中就有張嬸的臘肉。一行人顯然是私下拿了銀票的，與林老爺子客氣半天，最後人人臉上掛著笑，皆大歡喜地走了。

直到馬車看不到影了，付奶奶才敢發問。

在這樣的官身面前，她是一個沒有見識的老婦人，不敢問什麼，怕出錯，丟了林老爺子的臉。

這時，付奶奶才知道林小寧要做王妃了，王爺還是當今天子嫡親的弟弟，不是普通的什麼王爺。林家是皇親國戚了，她這是攀上了什麼樣的好親家啊！

臘月初七時，好幾次沒回來的林家棟回來了。他錯過了內務府前來下聘書換庚帖的時刻。

林家棟前幾次沒回也是因為天氣的原因，下了大雪了，雪有一尺多深，大、小白根本沒法揹他們回來，也是等著雪化後才能回來。

這次回來，林家棟與方大人就不過去了，等來年春暖後再去。

付冠月聽得喜上眉梢，林小寧促狹地用胳膊，碰碰付冠月，付冠月窘得不行，指尖在林小寧的腰上掐了一把。林小寧低聲笑了起來。

第五十一章

京城周府裡，周老爺罵著：「妳這個蠢婦！還敢瞞著我動這樣的心思，妳真是要氣死我了，慶貴不告訴我我都不知道，我的夫人啊，妳就看不得賦兒好嗎？賦兒現在這樣，多好的事啊。」

周夫人氣道：「我還不是心疼賦兒，那姑娘與賦兒同行同宿——」

周老爺罵道：「住口！再敢說出這樣的話來，我就送妳進家廟。」

周夫人嘟囔道：「不說就是了，也只是在你面前說說，我又不是那種不知道深淺的人。」

周老爺道：「前陣子聽小妹說，宮裡已派內務府去桃村換庚帖了。妳想，六王爺千里相救，可見對那林小姐多看重，又曾交代過，那林小姐被劫一事不可洩漏，這是什麼意思？這是要保全那林小姐的名聲，說明六王爺根本不忌諱林小姐被劫。再說那林家的傷藥多有名氣，林小姐本人更是皇帝親封的五品醫仙，還得了御筆親書，與太傅千金是金蘭姊妹，又做了七品官，成天擺弄華佗術，這樣的人是那重名聲講規矩的女子嗎？妳再看看林家那出手，回禮的泡菜、臘肉什麼的不說，只說那株參，那是千年分，與當初賦兒買的那人參靈芝如出一轍！這等人家的姑娘，就算沒有六王爺相中，也絕不會入周家的門。」

周夫人嘆氣。「知道了。」

今年的冬天特別冷，林小寧與田夫人在東街坊市上與周記珠寶及各大商號商議後，設了一個個臨時的捐舊物站點，趙氏只須安排人隔幾日去取一回就可以了。

城西的舊宅的改建工程仍是停著，天太冷，效率低，不如等春暖後，一鼓作氣日夜趕工建起來。

取回來的衣物，剛好就集中在舊宅裡拆洗，並高溫煮過晾乾再存放好，這樣一來，舊宅沒拆的屋子都派上了用場。

拆洗煮請的是幾個城西貧區的婦人，婦人至少不打架，想偷拿什麼也有趙氏在一邊看著，拿不出去。

這種感覺讓林小寧不舒服，不過一些舊衣、舊被而已，也想著偷回家。治貧先治愚，至理名言，明年開春，三千學堂開了，也許十年後，這些情況就不再有了吧？

但總歸來說，這些都是小事，趙氏是很擅於處理這些事情的，她不僅自己看著，還讓那些婦人相互監督，舉報有賞，精明地利用了她們每個人的貪婪，竟然沒發生什麼醜事。

趙氏因為常往返桃村與縣之間，林小寧體貼地給她備了一輛專車，配一個車夫，車裡軟褥、軟枕都擺放得好好的，讓趙氏不拿錢做事也面上有光得很。

趙氏精力旺盛極了，越來越上手，處理瑣事越來越漂亮有經驗。林小寧基本不用出面，只須待在家裡聽聽彙報就行了。

田夫人與趙氏的關係也越發好，田夫人是真心還是虛情不提，但趙氏感覺滿足極了，縣令夫人與她處得這麼親密，真是讓人開心。

林小寧在這樣的天氣裡，開始犯懶不愛動。比起趙氏，她真的汗顏，但所有人卻都覺得理所當然。

林家棟回村後，林家的年禮車隊就往京城去了，每年的禮尚往來必不可少，尤其在古代，不論是高官還是平民，禮節絕少不了，荷花與辛婆還有付奶奶看著車隊，鬆了一口氣。這些年禮可是林家的體面，總算辦妥當了。

三虎幾人因為路途遠，今年沒有回去，但派了車夫帶了一些銀子與年禮去裕縣。虎大最是細心，置辦年禮時，還小心問林小寧討一對鐲子給妻子。沒辦法，周家送來的首飾太漂亮了，清水縣的周記鋪子也沒那些款式，便忍不住開了口。

虎二聽說後也來討，虎三也跟著來討，林小寧哈哈笑問：「你們是要銀子還是要首飾？」

虎二與虎三一聽，馬上改口說要銀子。

林小寧樂得不行，最後銀子也給了，鐲子三對，三虎一人一對，但屬虎大的那對最粗最重。

林家車隊出發不久後，京城各家送的年禮也陸續到了，太傅的、胡大人的、清凡的、王剛的、沈大人的，還有寧王府。

下了聘書，就算是正式結親了，寧王府這禮送得合情合理。

王剛與清凡今年沒回桃村，因為清淩與曾嫣嫣都懷上了，天冷不宜路途奔波，怕出意外。

魏老爺送來了一些酒，其實魏家的酒在林府早就擺得滿滿的，只是魏老爺這人古板，送禮只送酒，不管人家家裡有沒有，反正淡酒、烈酒都送上一些。

今年秋天時，魏家還釀了果酒，這時正好開缸，也送了好多罈來，說是婦人女子愛喝這種酒。清淩說京城的果酒生意相當好，魏家才動了釀果酒的心思，不然果酒在魏家這種專釀最難高度烈酒的世家眼中，根本不是酒。

林小寧當即開了一罈，喝了一口，實在是太美妙了，她這種不會喝酒，但又喜歡喝酒情趣的人，果酒是正好。

魏老爺是不屑喝、也不屑釀這種酒的，隨意指派了幾個專門為林小寧釀「酒精」的小輩們去釀了幾大缸子。

他對於婦人女子喜歡這種甜滋滋、香噴噴的酒，很是不解，但看到林小寧這樣雀躍，也高興起來，問道：「可是真的好？」

「太好喝了，好喝極了。」林小寧大讚。「魏老爺您是老爺們，這種酒自然是入不了你的眼的，可我們這些女子們就是愛喝啊，老爺們也得為女子們考慮考慮是不？魏老爺，這果酒價格不能定低了。」

魏老爺笑呵呵道：「好好，妳愛喝，那肯定是真的討妳們女子的歡喜了，那以後多釀些，專門為妳們女子釀上。」

「魏老爺，我還知道有一種酒，是用麥芽釀的，非常解暑，熱天喝實在爽快，漢子、婦人都愛喝，但方子是沒有，只知道這麼回事，回頭您也琢磨琢磨可好？」

魏老爺沈思道：「可是一種有泡沫的酒？」

林小寧道：「是啊是啊，您怎麼知道是有泡沫的，魏老爺您知道這種酒嗎？會釀嗎？」

魏老爺笑道：「不會釀，只是以前看祖上記載過此酒，但沒有方子。說是解暑，有泡沫，喝了不易醉，不過小寧妳是怎麼知道這酒的？」

「我是在一本雜記上看到的。您想，酒能解暑，那喝下去有多舒服啊。」林小寧一臉遐思。

魏老爺也來了興致，喝著茶與林小寧細細聊了起來。

林小寧搜腸刮肚，只能說道：「好像是說，那種酒是由麥芽發酵而成，到底是讓麥子發酵生芽，還是用麥芽來發酵也不得而知，只知道酒成後，色如琥珀或金黃，清澈見底，傾倒時會起泡沫，麥香誘人。」

魏老爺哈哈大笑。「麥芽就是麥子浸水讓其發芽啊，妳說的麥芽難道還另有其物？」

林小寧傻笑著。「我以為麥子發芽與麥芽是兩種東西，那是一種就好辦了，您可願意一試？」

林老爺子笑道：「老魏，你別聽這臭丫頭胡謅，她五穀不分的，懂什麼，你都半老頭了，也信她。」

魏老爺正色道：「老林，你家這丫頭可不是胡謅，有依有據呢，她知道那酒色、形、性，還知道原料。我以前從祖上的記載中也只知道有泡沫，能解暑這兩樣，根本不知道是麥芽所釀，丫頭這是有機緣呢。」

林老爺子說道：「那寧丫頭，妳還知道什麼，快和魏老爺說說。」

「還知道什麼？我真不知道了，好像還要用酵母發酵？」林小寧不確定地說道。

魏老爺點頭。「那個酵母，做酒是要的。」

林小寧很無辜地看著林老爺子又看看魏老爺。「我就只知道這些了。魏老爺，莫怪我。」

魏老爺笑道：「知道原料，知道成酒後的色、形、味就行了，我會盡力一試，如是酒成……」

林小寧笑道：「酒成了，可要年年暑天多送些酒來喝。」

魏老爺笑罵著。「姑娘家，這樣厚臉皮討酒喝，沒個正經。」

林小寧只是笑著，林老爺子也聽得樂了。

很快，除夕就到了。

林老爺子帶著眾人入祠堂敬香，下午申時末就開飯了，開了三桌，林老爺子、林家棟、安風、安雨、三虎們一桌喝酒。

另兩桌就是亂坐，想坐哪兒就坐哪兒，桃村沒有那些男女分桌的規矩，就是愛好喝酒吃肉聊天閒扯，無限溫馨。

大、小白、望仔、火兒、小東西、小南瓜吃飽了肉塊，還在人堆裡鑽來鑽去，撒嬌賣萌、討要吃食。

家福與鐵頭他們幾個和小寶坐在一起，吃得胸口上全是油漬。

荷花作為林小寧的心腹，坐在林小寧身邊，看到此景便吃吃低笑。

林小寧笑道：「終是圓了家福他們吃肉的夢想了。」

晚上，大家都坐在一起烤火守歲，吃著京城送來的各種零食，滿地的堅果殼。林老爺子說這些都是財氣，不用掃，又讓辛婆子分了許多零食給下人屋裡，讓他們也一起烤火吃零食。

林家所有人圍著炭爐聊天，那炭爐燒了好幾個，大廳裡像春天一樣暖和，每個炭爐上面還架著鐵網，可以烤著切得薄薄的臘肉片吃。

泛著光彩的臘肉片一烤就爆出香噴噴的油，肉香滿屋都是，引得大家熱情如火地烤著。望仔與火兒不知道多著急，在一邊吱吱叫著要吃，倒是大、小白、小東西和小南瓜興趣一般。

小丫與荷花在一邊的小案上切著臘肉片。小丫的名字荷花不肯取，說是原來叫什麼就叫什麼，總歸是個念想。

等到子時放過大串的鞭炮，又煮上餃子，鐵頭吃了一個煮雞蛋，現在起，他便已是一個十四週歲的小漢子了。

大年初一，林家人全換上了新衣裳，那是早早請了清水縣的鋪子做成一身身漂亮神氣的絲棉緞襖，成年的四套換穿，孩子們兩套不同花色的換穿。

唯有林小寧的仍是棉布襖，卻是請了清水縣幾個女紅相當有名的婦人做的，一共六身，細棉布面料，裡面絮的絲棉，輕薄又保暖，下襬、衣襟、袖口與領口都滾了雪白的皮毛做邊，相當漂亮精緻。

林家準備著大量的魚形和梅花形的銀餅子，還有一大盆銅錢，大開宅門，只等來人拜年。

清早，張嬸與張年帶著大牛、二牛來了。

張嬸去年的年禮是兩頭豬的臘肉，張嬸去年醃製了至少十幾頭豬的臘肉，她的臘肉在桃村是一絕。有人說，如果張嬸賣臘肉，也能賺不少銀子。

林家的回禮是周記的首飾，什麼鐲子、釵子和耳墜子，還有京城的零食堅果以及各種絲綢錦緞。

張嬸就佩戴著金光閃閃的首飾，一家人穿著錦緞襖，笑呵呵地上門拜年。

大牛、二牛給林老爺子與付奶奶磕頭拜大年，嘴裡說的吉祥話讓兩個老輩聽得臉都笑成一朵花，又相繼給林家棟、付冠月、林小寧拜年，得了不少銀餅子。

小寶、家福鐵頭幾個也給張年張嬸鞠躬拜大年，也得許多小銀餅子，樂得幾個孩子眼睛都瞇起來了。他們可是從來沒想到自己有一天還有這樣豐厚的壓歲錢，並且申明了不用上交，自己留著花。

收完壓歲錢後，張嬸偷偷找到林小寧說道：「我月事好久沒來，小寧妳給我看看，是不是有了張年的娃？」

林小寧高興地說道：「若是真有了，張年可得高興壞了呢。」

張嬸滿是期盼。「要是真有就好了，他不說我也知道，他也是想再多生幾個的。」

「就是沒懷上妳也不用急，這種事，越急越懷不上的。」林小寧一邊笑著一邊閉眼號脈。

林小寧號了很久，一直不說話，張嬸有些緊張。

林小寧這才哈哈一笑。「恭喜張嬸、賀喜張嬸，果真是有了。都快三個月了，妳怎麼現在才想到，沒有害過喜嗎？」

張嬸又喜又嗔，瞪了林小寧一眼，搖頭道：「就是沒害喜，才一直沒注意，這才發現好久沒用棉巾了。」

「有的人要月分大一些才害喜，有的人命好，乾脆不害喜，保不定張嬸妳就是這命好的人，是張年疼妳呢，他的娃也懂，也疼妳呢。」林小寧笑道。

張嬸滿心的喜悅，對林小寧的打趣根本不介意，笑得都不接話了。

林小寧也為她高興，笑道：「嬸子妳這身體只要懷上，以後就更加容易懷了，生到四十多歲都沒問題的，妳可要多生幾個，讓張年兒女成群，也讓大牛、二牛弟妹成群。」

張嬸只是笑著，然後又點頭，再細想想，氣得拍著林小寧的背罵著。「妳個壞ㄚ頭，生豬仔啊，還生到四十多歲……」

罵完後又開心著，張嬸長得不嬌媚，是那種特別端莊的美，但這樣笑著，也覺得生出嬌來。

張嬸出了側屋，對著廳裡正和林老爺和林家棟說話的張年嬌笑著，搞得張年有些莫名其妙。

林小寧過去對正說話的三人笑道：「張年要做爹啦！」

張年一聽就跳了起來，呆看著林小寧，林小寧笑著點頭。

林家棟哈哈笑著，對張年道：「年哥，快帶嫂子回去。」林家棟一直是稱張年為年哥，所以改口稱張嬸做嫂子，但林小寧卻是按之前的叫法做張嬸，這混亂的叫法，也沒人指出來，只覺有趣。

張年樂呵呵地帶著張嬸與大牛、二牛回去了，林家棟與林小寧送著，一出大門就聽到張年對大牛、二牛道：「兒子，你們有弟弟了，你娘要給你們生小弟弟了！」

林小寧與林家棟對視一笑。林家棟道：「這陣子月兒懶得很，不會有什麼事吧？」

林小寧笑道：「我可是天天都有給嫂子請平安脈的，大哥你不用擔心。天冷，平常人都犯懶呢，況且是雙身子，讓她在屋裡多走動走動，少出來，太冷了。」

兩人說著話，就見馬總管一家與梅子叔嬸一家來拜年。

拜完年後，馬總管與林老爺子、林家棟去了側屋商議著各地再開分鋪一事。

趙氏拿著花生、瓜子、松子不住嘴地磕著，梅子叔嬸倒是小心問了問：「東家小姐，梅子有沒有來信？這過年的也沒見梅子來一封信報個平安。」

林小寧笑道：「梅子那沒心肺的傢伙，一忙活起來，哪能記得這些啊？現在嫣嫣有身子，我又不在京城，那分院的事就落在蘭兒與梅子身上，估計也是辛苦得很。放心就是，京城府裡的十五個下人都只伺候她一人呢。」

梅子叔嬸惶恐說道：「小姐，不能這般對梅子，梅子是小姐您的人，不可這樣寵著她。」

林小寧笑了笑。「也算不上寵，這也是情況特殊，那十五個下人在府裡，總得伺候個人吧，不然月銀不是白給了？我不在，他們只好伺候梅子了。」

梅子叔嬸惶恐謝道：「謝謝小姐這麼愛護我家梅子……」

林小寧笑道：「沒事沒事，等明年，一定放她與你們一起過大年。」

梅子叔嬸一家人迭聲謝著，然後牽著兒女走了。

拜年一直拜到初三，村裡的交好這才全拜完，鄭老與方老拉著林老爺子就又開始了牌桌、棋桌人生。

時間過得飛快，元宵過了，四個護院也來上工了，三虎們去了清水縣監工舊宅改造工程。

這時，馬總管升了馬大總管，張年升了總管事。藥坊的管事找了一個舊兵來做，又升了幾個做小管事。同時各個作坊也都升了幾個小管事，長工裡升了五個做小管事，專管開荒佃地一事。

這時城西貧區的漢子們如何安排也在計劃中，主要是這幫漢子們愛打架爭活，如果全部去開那千頃地，會不會好些？又會不會偷懶？

馬大總管淡然道：「小姐，這等事妳操什麼心？偷懶就沒工錢，幹得好就工錢多，把我們村的村民還有長工與他們混在一起，分作小組，哪個懶哪個能幹，有自己人在裡面，當然一清二楚。如果他們敢鬧事打架搶什麼輕省的活，就抽鞭子，看他們悍還是我們的鞭子悍。」

林小寧聽得目瞪口呆。「馬大總管，怎麼能抽鞭子呢？」

馬大總管奇道：「偷懶皮賴鬧事不抽鞭子，當林家好欺負啊？林家有錢不是為了養懶漢的。我們不抽，多少漢子都要抽他們呢！占著這樣來錢的活不好好幹，這是糟蹋機會，不如讓出來給其他人做。是小姐妳要幫襯他們，依我，這種賴皮的刁民，根本不會請。」

林小寧心裡狂冒汗，但安風與林家棟卻道：「馬大總管說得有理，就這麼辦。想趁人多鬧事搶輕省的，看是他們刁悍，還是林家的鞭子刁悍。」

這事就這麼定下了。

林小寧笑道：「馬大總管好威風。」

馬大總管笑著回答。「我威風就是林家的威風，林家可以善，但不能沒有威風。」

林小寧對著馬大總管豎起大拇指。

林家棟笑道：「這招還是三虎們教的呢。」

林小寧快笑噴了。「我說呢，這不就是官僚作風？三虎很行啊，這一套用上了。」

「三千堂那工地上是不用鞭子的，只須虎大那柄重刀拔出鞘，扛在肩上走著就行，那柄重刀在清水縣城西中已是赫赫有名，又沈又重又烏亮，吹毛斷髮，一刀下去，兩人合抱的大樹立刻倒下，那是威風得不得了啊。我給他那柄刀時，他高興得要了小半時辰才放下，後來與我喝了一頓酒，說多謝風兄弟。聽聽，都風兄弟了，多得意。」安風笑道。

林家棟也笑。「虎大他們先前不想告訴妳呢，說妳肯定要唧唧歪歪的，只管報進度給妳聽就是。女子免不了想用柔和的法子來管治，但那不起效果。他們三個捕頭還治不了這幫刁民嗎？聽說現在三千堂那裡幫工的城西漢子，乖得很，不敢鬧事打架了，幹活也踏實許多。」

鐵頭失蹤了。

源頭是因為元宵過後，村裡一戶人家上林家的門，說是鐵頭想壞他們的女兒名聲，非讓林家給個說法。

說起來鐵頭是全村男孩當中最勤奮的一個，安雨收下他後明白告訴他：他根骨一般，又年歲大，想要學成，就得自己成全自己。

因此鐵頭鬧出風流事件讓大家有些傻眼。怎麼可能，鐵頭是最勤奮向學的，怎麼會出這樣的事？

不說別的，只看從初一到元宵節，全名朝的百姓們都不幹活了，可鐵頭依然堅持練功。

鐵頭是自知自己天分不高，但安雨曾告訴他一個武林盟主郭大俠的生平事蹟，聽得他熱血沸騰，眼淚在眼眶裡打著轉。

郭大俠，蓋世英雄，就是他這種習武之人的指路明燈。

他要像郭大俠一樣以勤補拙，也要掙出一個安空煥大英雄。

鐵頭如何練功拚命，大家都是看在眼裡的，對鐵頭的看法相當正面與積極。可那村民說得有鼻子有眼，還拿出一塊魚形的小銀餅子說是鐵頭送的，親手送給他們家閨女的，還有村人看見了，不信去問。

一塊銀餅真是證明不了什麼，這是林家大量發出去的壓歲銀子，交好的人家都收過這銀餅子。

可那戶人家只指著鐵頭不放，說是鐵頭私下贈給自己十三歲的閨女的，這是私相授受啊，還有人瞧見了，他們閨女以後該怎麼做人？

林小寧嗤笑。他們要不來找事，誰會亂想啊，有銀餅子不好好捂著，還自動拿自己的閨女名聲來找事？

但安風、安雨與林老爺子，還有林家棟不這麼看。這的確是私相授受，不過看看鐵頭又竄高了不少的個頭，再想想，鐵頭都十四週歲了，許多富貴少爺都有通房了，說不準是真相中了那姑娘，好像聽說那姑娘生得不錯。

當下林老爺心中想著：既是人家找上來了，要個說法，就是想把這醜事變成喜事嘛。只看鐵頭的心思了，若真是對那姑娘有意，就正式訂下來好了。

鐵頭卻不認，分辯道：「那女娃子在後山的樹底下哭，我看她哭得可憐，就問她因何事哭，她說她爹娘過年給弟弟吃糖塊和花生，卻不給她。她哭得我鬧心，我就丟給了一塊銀餅子給她，讓她別哭了，去買就是。」

那戶人家一聽就不依了，氣道：「你、你這是……你想不認帳？」

林老爺子與林家棟這時才明白了，這是想訛鐵頭啊，村裡人誰不知道鐵頭是林家的客居少爺，是家福少爺的異姓兄弟，有閨女年歲相當的人家，估計心裡都盯上鐵頭了。

村裡幾個老爺子家裡，現在能婚配男子的就是鐵頭與狗兒，狗兒大家都知道，是與林家的小香小姐說好口頭親事的，只是因為林小寧親事沒定，小香與狗兒的事才一直沒正式過明路。

如今，這唯一的香餑餑就是鐵頭了。

林老爺子了然地笑笑，說道：「你有你的說法，鐵頭有鐵頭的說法，光聽一邊不是個事，不如你回去問問你家閨女，她是不是記錯了，可好？」

林老爺子是給了這村民留了一點臉面。這種事，男人不認，女人就只等著身敗名裂吧，況且他們明顯是想訛親。

那村民哭鬧起來，只說來前問得清清楚楚，鐵頭那小子沒良心，做下的事不認。

林家棟笑道：「既是知道人家不認，我林家也不能強讓鐵頭娶你家姑娘，到底不是我林家的人，這種事鬧大了，哪個吃虧，你們心裡難道不清楚？反正我們林家是不怕你鬧的，只管鬧就是。」

林老爺子也氣道：「這事要說也是你家姑娘不檢點，這麼大一塊銀餅子也敢收，收了還敢來找事。」

村民最後灰溜溜地走了。

但這事只是個引頭。

安雨把鐵頭狠訓了一通，安雨知道這事只是對方的銀餅子不能證明什麼，可現在鐵頭這個笨徒弟，已然是村裡的最好提親條件的男子，萬一要是以後真被人設計了，那說不準只能認下。

鐵頭雖然是幾個孩子當中最明事理的，但到底讀書不過一月，還是不夠明事理，對一個與他年歲相仿的姑娘家，怎麼能給銀子呢？

這事雖然過了，但安雨的嚴厲斥責讓鐵頭相當憤怒。這個女子當時真是哭得他煩得很，他根本沒存什麼心思，只是想用銀餅子打發了，因為那樹離後山近，他每日都在那樹下練功的，不想斷了習慣。

於是，忍不住就回了一句嘴。

鐵頭從來不敢忤逆安雨，這下安雨毛了，他收下鐵頭也是無奈之舉，本就不中意這個笨徒弟，還敢和他頂嘴，當下就氣得大罵：「她哭得你鬧心，你就用銀餅子丟過去？你可知道這些銀餅子是長輩給你的，不是你自己掙的，你一個乞兒，有了如今的光景，你竟不知道珍惜，一個鬧心，一個銀餅子就扔過去，你倒是大手筆。我安雨沒你這樣的徒弟，你滾！」

當天，鐵頭就不見人了。

安雨沒當回事，只想著第二天時，鐵頭這笨徒弟仍是會準時守在他的屋門前候著。可第二天鐵頭也沒出現，林府人一看，竟然發現鐵頭的棉衣都沒穿。壓歲銀餅子除了送出去的那塊，全好好在錢袋裡，放在桌上。

元宵才過沒兩天啊，還是天寒地凍之時，不穿棉衣就跑出去，那不得凍壞了？

大家都急壞了，虎三與安風、安雨立刻去尋，整個桃村都尋遍了，清水縣也尋遍了，可仍是沒尋到。

林小寧也急了，雞毛竟然急得哭了起來，跪在安雨面前道：「師父把大師兄找回來，我以後聽你們的話，好好練功就是了。」

安雨心裡更急。其實說起來他也不應該對鐵頭說那麼重的話，是那戶人家心術不正，根本不關鐵頭的事。

但他是師父，不管徒弟做的對不對，到底是因了他才鬧出這樣的噁心事，罵幾句也是應當的。一向懂事聽話的鐵頭，怎麼一下子就擰起來了呢？

這是安雨對鐵頭的瞭解太少，或者說關心較少，反正鐵頭是舔臉拜師，他都忘記鐵頭當初拜師那擰勁了。鐵頭年歲大，自尊心更是明顯，他那麼發狠地拚命練功，就是想讓人家能看得起他，但他到底又是孩子，現在生活條件好，對銀子已看得不重，加上發壓歲錢時也說過了，是他們的銀子，隨他們怎麼花，沒人會說他們花錯了，於是也就隨手施捨一小塊出去，討個清靜。

三天了，都尋不到人，最後雞毛提醒道：「師父，鐵頭哥是不是去了山上？以前鐵頭哥也會去山上練功的，還說過，山上是個好地方，只要有本事就餓不死人，到處都是吃的，還有那麼多獵物。」

正是開春之時，山上一些冬眠初醒的大動物，餓了一個冬天凶殘得很，鐵頭才學功夫沒多久，這要是真上了山，那恐怕……

安風、安雨、林家棟、三虎們立刻帶著武器上了山。

林小寧、付冠月、小香她們一群女眷們，就守在家裡焦急等著，個個心裡頭猶如一盆爐火在燒。

鐵頭雖然不是林家人，但他算是客居少爺，又沈穩懂事，對家福他們幾個，還有小寶、大牛、二牛、方老、鄭老、魏老的幾個孫子輩們，那都如自己的親弟弟一樣關愛，儼然是大哥大的模樣，除了學識少些，但各方面都是很得眾小子的心，都把他當成了自己的大哥。

幾個老爺子家的小輩們也被大牛、二牛帶著趕來林家，急得不行。

所有人都把這事的罪魁禍首——那戶心術不正的人家罵了個半天，但又不忍去找麻煩。說到底，那戶人家也沒訛著，估計當初是抱著試試的心態，看能不能攀到林家這門親，若是大家前去相罵，他家那閨女真就嫁不出去了，那可是生生毀掉一個姑娘的一生。

大家從上午等到了中午，午飯也吃不下去。

付冠月是雙身子，林小寧不忍她憂心，勸道：「沒事，鐵頭是個有福的，絕不會福薄至此，絕不會有事，大家都該幹什麼就幹什麼去，男娃子氣性大很正常，這樣才是好兒郎呢，這次他就是吃些苦頭也是好事，況且這三天、兩天的凍不死人，這年歲的男娃子，不是厚雪根本凍不死，更餓不死人的，山上都是吃的。」

一席話終於讓付冠月扶著貼身丫鬟，挺著肚子走向後院花園。

下午，日頭已偏西。

還是沒有消息，安風、安雨與林家棟還有虎三他們是帶了大、小白去了山上的，但要找到鐵頭哪用等這麼長時間，林小寧的心一點點地沈下來。

日頭的餘熱，照在院中，她只覺得鐵頭真是命苦，好好的非要拜安雨為師，安雨看不上他、對他也一般，平日裡的指點雖然是認真，但對他的勤奮和雞毛的偷懶這樣鮮明的反差，沒有流露出絲毫對鐵頭的讚賞。

鐵頭還是個孩子，內心要承受多大的壓力與失望，他肯定無數次渴望安雨的讚揚卻落空。安雨太不是個東西了，這次要狠狠地罵他一通！真以為天下只有他武功最高嗎？回頭和安風好好說說，把鐵頭換給安風做徒弟。

林小寧抱著一線希望想著，大、小白肯定是懶了，不然怎麼會這麼久也找不到人，回來也好好罵罵牠們。

望仔，你現在在山上玩著吧？去找找鐵頭。林小寧又在心中喚著。

這時，林家門口有人聲躁動，荷花一路小跑進來。「小姐，快點快點，鐵頭找到了，還打到大黑熊了——」

鐵頭！大黑熊！

林小寧沒等荷花說完，健步如飛，向大門衝去。

鐵頭臉上髒得不得了，頭髮像草叢一樣亂，還掛著一點零碎枯葉，身披著安雨的棉襖，寬寬大大地套在身上，裡面的單衣有些破爛，還有些血跡，鞋子掉了一隻，光著的腳邊緣血糊糊的，腳背則凍得發紫，眼睛有淚光閃閃。

「鐵頭！」林小寧叫著，哪知身側一個人影從後面竄出來，飛快地撲向鐵頭。

雞毛練功再偷懶，也是被安雨強硬地教進去了一些，平時不覺得，這時就看出來了。林小寧最先跑，那些與鐵頭交好的男孩子們基本上是最後得到消息的，但雞毛的速度卻超過了所有人，也超過了最先跑的林小寧。

「鐵頭哥——」雞毛撲過去，抱著鐵頭，嚎啕大哭起來。

鐵頭也緊緊地抱著雞毛。

林小寧看到這場面又生氣又鼻酸，罵道：「你個臭小子！害得這麼多人為你擔憂，你還有沒有良心！」

鐵頭來不及認錯，神情激動。「小姐，快，師父與家棟哥打了一隻大黑熊，好大好大一隻。」

林小寧再一次聽到了大黑熊，朝人群走去，又回頭急道：「你，快回去換衣，要穿上棉襖，讓荷花給你清一下傷口，臭小子。」然後才撥開人群，擠了進去。

林小寧好不容易才擠到最前面，入眼就是一隻巨大的黑熊。

她從來沒看到這樣的猛獸，還是這麼大的黑熊。

黑熊血淋淋地躺在地上，身上有好幾處血口子，已停止流血，大嘴微張著，露出白森森的牙，舌頭有些慘白，軟軟地在微張的嘴裡耷拉著。

安風安雨、林家棟、虎三正在一邊回答著村民們的提問，大小白離得黑熊遠遠的，守在林家棟腳下。

林小寧心裡發緊，林家棟看到她，笑道：「快，叫爺爺與小香、小寶出來，這就是當年那隻大黑熊……」

「雞毛，把爺爺與小香、小寶叫出來，快點！」林小寧在人群中大叫著。

小寶的聲音在人群外響著。「大姊、大姊，怎麼了？」

林老爺子與小香、小寶從人群中擠了進來，看著大黑熊都驚得說不出話。

這就是當年的那隻大黑熊？

說起打黑熊，還有鐵頭的功勞。鐵頭那天被安雨的話激得一下子興起，發了擰，脫了棉衣就上了山。

他誓要在山上這樣惡劣的條件下生存下去，這樣就能逼著自己能練得更好的功夫，並不是要鬧失蹤。

他曾聽安雨說過，置之死地而後生，在最凶險的環境中，才能發揮自己根本想不到的潛力。他資質不好，但他能對自己下得了狠心，他一定要改變師父對他的看法。

鐵頭在山上過了三天野人一樣的生活，吃的是他打的小獵物，不過好歹是烤熟來吃的，他上山是為了歷練，自然是帶了火石；喝的是獵物的血，有時也能看到有小水坑，就喝個飽。晚上就尋了一個隱蔽的小洞裡睡著，那洞好像是什麼獵物的窩，臭烘烘的，但他也不計較，睡進去後，也沒哪個獵物前來打擾。

如此這般過了三天，竟然毫髮無損，但今天中午時就被洞外的聲音給吵醒了，他不耐煩地哼了兩聲。

他自上山來，晚上從不生火堆，因為要歷練。

昨天晚上冷，他練功禦寒一夜沒睡，直到上午太陽出來暖和了，又烤了一隻兔子吃飽了才睡下，這會兒有聲音吵著他，他又以為是什麼小獵物，哼了兩聲又睡去。

結果那聲音越來越吵，他才醒了過來，出了洞，才發現是一隻巨大的黑熊在不遠的樹下用腦袋在地下鑽著，好像在吃什麼，發出粗重的聲音。

鐵頭驚了一聲冷汗，再次環顧自己暫時棲身的這洞。還好，這不是黑熊的窩，黑熊的窩不會這麼小。

他的衣服都濕透了，悄悄退到洞裡，安靜地等黑熊吃完了走開。

可黑熊吃完了也沒要走的意思，竟然在樹下安然曬起太陽來。

如此這般，一人一黑熊，洞裡的人緊張不安，洞外的黑熊大搖大擺、愜意得很。

眾人上山去尋鐵頭時，林家棟熟悉山裡路況，與安雨一組，安風與虎三一組帶著大白，虎大、虎二一組帶著小白，分了三組在青山上分頭搜尋著。

大、小白的父母是被黑熊吃掉的，大、小白一聞到黑熊的氣味，不敢近前，帶人繞著走了過去。

只有林家棟與安雨，沒有大、小白繞路，慢慢尋著。

這時，鐵頭的定力已臨極限，大黑熊還不走，看樣子是睡著了，他悄悄出了洞，打算溜走。

大黑熊卻突然吼了一聲，四肢立地，對他齜起了牙。

鐵頭被黑熊一聲吼驚得一愣，馬上反應過來，撒腿就跑。黑熊立刻追來，鐵頭情急之下，鞋也跑丟了一隻，光腳又凍又痛，腦子卻一下清明了，遂往樹林密集中跑著。

他在樹與樹之間竄來竄去不是問題，可黑熊身體龐大，這樣距離就慢慢被拉開了些。

但不多久，黑熊又離他近了，他腦子裡想著，凶險下，潛力出，竟然停了腳不跑了，手中的劍出鞘，與差不多有他兩倍高黑熊對視著。

黑熊一掌向他拍來，他咬牙一劍揮去，竟然把黑熊掌給刺傷了。

黑熊大怒，怒吼起來，一時地動山搖，林中鳥飛。

這一聲大吼，驚動了安風與三虎他們，大、小白背繃得緊緊的，止步不前，也驚動了林家棟與安雨。

林家棟與安雨驚道：「壞了！」兩人以最快的速度朝著聲音的方向奔去。

鐵頭仗著從安雨那學到的那一點基本功與招式，竟然以十四歲的年紀，一把劍就與黑熊周旋起來。

不多時，身上就掛滿了彩，單衣被黑熊掌給抓了一把，背上連皮帶肉被撕下血淋淋的一把，幸好他跑得快，不然這一掌不只是一把皮肉了。

他咬牙轉身，又持劍揮向黑熊，一劍刺向黑熊的腹部。

黑熊一聲怒吼，他呆愣愣地看著自己的劍尖輕鬆刺進黑熊的腹，黑熊卻只是發著抖，然後才舉起雙掌拍向他，他忙抽出劍，狂退幾步。

這時他才看到，師父與大少爺一人一柄劍深深沒入了黑熊的背脊兩側。

「師父，大少爺……」他顫聲叫著，又是後怕，又是欣喜，眼睛紅了。

安雨與林家棟雙劍抽出，又再刺了進去，黑熊又嘶吼了一聲，等兩柄劍再抽出來時，黑熊呆呆地立了會兒，才轟然倒地。

「混小子，真是猛，敢正面面對敵黑熊，不愧是我安雨的大徒弟。」安雨走向鐵頭，脫下棉衣披在了鐵頭身上，拍著他的腦袋，第一次開口誇了他。

鐵頭眼淚都差點掉了下來。

安風與虎三他們拉著不願走的大、小白也趕到了，看到這一幕，都覺得可惜，沒看到混小子鐵頭直擊黑熊那一幕。

安雨這時瞧鐵頭，眼神裡都有些欣賞了，言語間也有些得意。

安風笑道：「家棟兄弟，記得去年與小姐上山，小姐還說，這山上有隻大黑熊殺了她爹，我當時說，你會親手殺死那黑熊，燉黑熊掌給家人吃。沒想到還真說對了。」

「風兄，正是這隻黑熊。那年我也就鐵頭這麼大的樣子。」林家棟神情複雜。

安風、安雨拍著林家棟的肩笑道：「家棟兄，咱們可都是大老爺兒們，現在得好好琢磨，熊掌怎麼做了給你家老爺子和你那弟弟、妹妹吃，才是眼前的事。吃完了熊掌，再把黑熊皮製好，給你家老爺子做椅墊子。」

林家棟聽聞心下頓時開朗，哈哈大笑。「正是如此！走，抬下去！」

第五十二章

鐵頭的傷勢看著嚇人，問題倒也不大，荷花帶著鐵頭清理了傷口，又撒上了藥坊的傷藥，還給他洗了個頭，澡就不洗，怕會發炎。

荷花跟著林小寧時間久了，也瞭解這些常識。

等鐵頭清理好傷口，敷好藥，換上了乾淨棉衣，頂著潮濕的頭髮出來觀看時，林老爺子一臉喜氣，正拿著匕首在剝黑熊皮。

鐵頭因為沒洗澡，即便換了乾淨衣服，身上仍有一股淡淡的臊臭味，厚厚的棉衣也蓋不住那味，令眾人掩鼻。

安雨有些得意地罵道：「臭小子，臭死了。」

鐵頭只是傻笑著。

小寶也受不了，掩鼻說道：「鐵頭哥，你好歹也洗個澡啊。」

鐵頭身上全是大小的傷口，尤其是背上撒了許多藥粉，但鐵頭沒讓他們知道。他們以為是鐵頭偷懶不願意洗澡。

林老爺子對著孩子們笑笑，利索地剝著熊皮。

到底是獵戶出身，傷感緬懷什麼的不是他的強項，但分割獵物是一把好手。兒子、兒媳雖然因這黑熊而去，不過現在孫兒家棟殺了黑熊為他們報了仇，他們如今住在上好的陰宅裡，除了清明上墳，家裡有大、小事時也會去上墳上香，孫子輩們又個個有出息，九泉之下早就樂得合不攏嘴了，搞不好現在還投生到富貴人家，享受著無比的榮華呢。

林老爺子手中的匕首飛快，不一會兒，一張熊皮就完整地剝下來。只是熊皮上有幾個劍孔。

林老爺看了看劍孔道：「補一補就看不出來了。」

林家棟笑道：「爺爺，做個整皮的椅墊子，您一到冬天就坐在上面，可是威風。」

林老爺子哈哈笑道：「我臨到老了卻越發威風，這張皮子要好好製，回頭你再帶些熊肉去你爹娘墳上，讓他們也吃上幾口。」

「知道了，明天我帶弟弟、妹妹們去。還有爺爺，聽三虎說，今年縣城紮紙鋪裡做的紙丫鬟很是新奇有趣，不如我們去訂一些紙丫鬟，等清明時就可以給爹娘、太爺爺、太奶奶他們燒了。」林家棟道。

燒紙丫鬟，這可有趣得很，林家還沒燒過紙丫鬟呢。

林老爺子一聽就眼亮。「這事物新奇，那就多訂些，什麼貼身的、粗使的、洗漿的、還有看門的，統統都要訂。」

「好的爺爺。」林家棟笑道。

林老爺子的刀子這時開始在熊肉上飛舞著。

林小寧興奮得兩眼冒光。「爺爺，熊骨泡酒。」

「知道的，ㄚ頭。」林老爺子手中匕首一動，一顆巨大的黑熊膽便拎在了他手中。

「瞧這膽脹得，估計這黑熊死前是氣得不行啊！」林家棟笑道。

「被鐵頭這混小子氣的，那臭小子這麼點大，毛都沒長齊呢，竟敢與黑熊較量，能不氣嗎？」安風大笑著說道。

林小寧驚訝地問：「熊膽一氣就變大嗎？」

林老爺子解惑。「熊生氣時膽就會脹，越氣，膽脹得越大，怎麼回事也不知道，反正以前妳太爺爺是這麼說的。要取上好熊膽換銀子，有些厲害的獵戶會故意隱藏在暗處，拋擲硬物去惹怒熊，熊發怒，卻找不到攻擊的人，就越來越氣，等牠氣到不行了，獵人才下手殺熊取膽。」

這時，耿大夫在人群中如泥鰍一般鑽來鑽去，擠了進來，像看到稀世珍寶一樣，盯著林老爺子手中的熊膽。

「老林頭，這熊膽……」耿大夫小心翼翼地開口。

「送你了，耿老頭，你不就衝這膽來的嗎？」林老爺子豪氣笑著，把熊膽往耿大夫面前一遞。

耿大夫雙手捧過熊膽。「老林頭，我給銀子。」

「免了老耿，你用那銀子好好燉些湯補補吧，去年義診時你累著了，要送補品給你吧？

你鋪裡都有，送去了布料與乾貨，你又還了燕窩來，你瞧你，就不捨得補，到現在都沒恢復以前的精神呢。」林老爺子笑道。

「瞎說，我老耿精神好著呢，是今天冬天太冷了，開了春也是冷得很，我這把老骨頭總是受些影響的，比不上你到底是有功夫底子啊。」耿老大夫分辯著。

「炭爐別斷啊，老耿。」林老爺子邊說手中的匕首仍是不停舞動著，不多時，一條條、一塊塊的熊肉就切下來許多，整整齊齊碼在一邊。

「沒斷呢，老林頭，那這熊骨……」耿老大夫又試探著。

林小寧笑道：「熊骨，我爺爺要留著泡酒與鄭老方老一起喝。」

耿大夫對林小寧有一種業內長輩對小輩的態度，大大方方正色對她說道：「這麼大的熊，那三個老頭哪用得了這麼多？一根熊腿骨泡酒都夠了，其他的賣給我。」

「不行，熊骨泡酒可強筋健骨呢！幾個老爺子都年歲大了，都得要喝這熊骨酒的。」林小寧說道。

「這樣吧，丫頭，妳留一根腿骨與一根手骨泡酒，真是足夠了，那幾個老頭子喝到老也喝不完，另兩根分給我，可治好不少老寒腿呢，多好的事啊。」耿老大夫討價還價著。

林老爺子笑道：「老耿，我作主了，分兩根骨送你。」

林小寧對耿大夫噘了噘嘴。「那你每月要去給我的三千堂坐診至少兩個時辰。」

「行，四個時辰都行，丫頭。」耿大夫開心地回答。

以為我不想四個時辰啊，是怕您老人家身體吃不消啊。林小寧心中撇著嘴。

「老林頭，我先把熊膽帶回鋪子裡去，那熊骨說好了，回頭我來取。」耿大夫一臉欣喜，好像怕林老爺子反悔，捧著熊膽就要走。

「等等。老耿，帶塊熊肉回去吃。熊肉暖，正好補補。」林老爺子抓起一大塊熊肉，拋給林家棟。「熊骨剔出來後，讓人給你送去。」

「耿大夫，您收下。」林家棟抓著那塊熊肉，很有禮貌地遞到耿老大夫手中。

「那我就不客氣了，熊骨我還是一會兒自己來取，先走了，老林頭，咱們回頭再聊。」

耿老大夫一手拎著熊肉，一手拎著熊膽，樂顛顛地走了。

幾個護院也上前來幫忙處理肉，安風、安雨與三虎把人群勸散了一些，又派人給村裡幾個老爺子、馬大總管、張年以及一些交好的人家裡都分別送去了熊肉。

這麼冷的天氣，吃熊肉正是好時機。

夕陽西下時，林府門口的有幾個下人正在清掃著黑熊的血跡，一邊交頭接耳道：「那熊肉，至少有好幾百斤。這麼大的黑熊第一次看到，在桃村住的村民們，竟然沒被熊騷擾，真是萬幸。」

又有一人道：「你懂什麼？熊不會下山來的，都是待在深山處，只要不進深處就不會有事。」

「鐵頭那小子竟然敢入深山，真是嚇人，才多大年歲啊?!」

「那是安雨的大徒弟，能膽小嗎？我看那小子的膽比熊膽還肥。」

「就是，就是，那小子可不得了，聽說他現在一身的熊臊味，也不洗，還得意得很。」

晚上，桃村幾個老爺子家裡都做了熊肉吃。林家人多，做了熊肉火鍋，林小寧讓小香配了麻辣底料，做了好幾個鴛鴦鍋底。

安雨第一次讓鐵頭坐在他身邊，聞著鐵頭身上的氣味也不嫌棄，只是罵道：「臭小子，你以後再敢這樣自作主張，就給我滾得遠遠的，莫要在人前說是我徒弟。」

鐵頭乖巧地回答。「是，徒兒知錯了，徒兒再也不敢了。」

引得眾人大笑。

鐵頭這一鬧，竟然意外得到了安雨的青睞，並沒懲罰鐵頭，就是罵也透著親暱，實在讓林小寧詫異。

安風笑著低語。「小姐，安雨那傢伙就喜歡狠人，鐵頭這次遇黑熊不畏懼，還敢正面迎擊……」

「安雨喜歡生猛的？不喜歡聰明的？」

「也不能這樣說，小姐，妳不是說不應有資質之分嗎？況且習武之人講的是謀略與勇氣，鐵頭是混了些，也不夠聰明，但他的勇氣卻是假不了的，有這樣的狠與勇，還怕成不了第二個郭大俠嗎？」

林小寧笑道：「你也聽了郭大俠的故事？呵呵，看來鐵頭的春天到了。」

晚飯後，辛婆子親手開始伺弄起熊掌來，一邊還細心地教著小香，還嘴裡唸著，春天的熊掌不如秋天的，不過熊掌就是好吃的，這大黑熊的熊掌肯定肥美。

辛婆子很是喜歡小香，在她的眼中，小香就是那種能入廳堂、能下廚房的大家閨秀，這才是真正的千金，比那不著調的二小姐要踏實得多了。小香現在也有了少女的模樣，因為她是女先生，所以衣著方面不是很華麗，只求大方得體，但村裡人對小香的讚譽是相當高的。

辛婆子準備了許多蔥白與薑，把四隻熊掌放入沸水中煮著，撈起後又換清水煮了一個時辰，再把熊掌撈起，除盡茸毛、削去繭皮什麼的。

再入鍋加雞湯、薑、蔥、黃酒等物，又煮了起來，然後更換雞湯和調料，反覆煮了三回，去盡了羶味後，才撈起待用。

林小寧看著眼睛都睜大了。怪不得熊掌貴，這麼麻煩的烹飪手法，不說熊掌，光滿案的配料都得花多少心思啊。

小香笑道：「姊，妳不愛看就別看，這裡有我與辛婆子就行了。」

林小寧訕笑著離開了，留下興致勃勃的小香與辛婆子在廚房歡樂地忙碌著。

第二天清早，林家棟帶著林小寧、小香、小寶、家福，拎著一個籃子，裡面放著昨天盛出來的一碗乾淨熊肉，上山給爹娘上墳了。

除了林小寧，他們幾個都堅信，帶著這碗肉到墳前擺放，地下的爹娘就能吃到碗裡的熊肉了。為了配上這樣意義非凡的熊肉，還是用鄭老的瓷碗盛放的。

林家人徹底掃除了爹娘去世的傷心，上山路上嘰嘰喳喳地說笑著。「昨天的熊肉真好吃，爹娘吃了肯定也開心。」

「熊掌不給爹娘吃嗎？」林小寧調笑著。

林家棟笑道：「熊掌就四隻，留著給爺爺與幾個老爺子們吃，月兒也吃一些，我們做小輩的有熊肉吃就行了。你們聽話，就給你們每人一碗湯喝。」

「我們都聽話！」林小寧與小香、小寶、家福都同時叫了起來。

林家棟哈哈笑了。

桃村的春天彷彿在一夜間就變暖了。

鄭老、方老、魏老爺被請到林家，幾個老頭，加上付奶奶同席，吃著辛婆子千滾百沸才燉出來的熊掌，裡面有雞肉、豬腿肉，更放了林老爺子拿出來的一截人參，還放了寧王府年禮時送來的鹿茸。

辛婆子說這是參茸熊掌，對上年紀的人最是滋補了，當然滋味也是美極了。老頭子、老太太們一邊吃著熊掌，一邊喝著清泉酒與果酒，開心得笑個不停。

林家的小輩們都分到了一碗湯、一小碗肉，在一邊喝著。

辛苦烹飪的辛婆子與林小寧的心腹荷花也分到了一碗湯與幾塊肉。

熊掌肉非常黏，一碗湯幾塊肉下去，嘴都黏得打不開。大家哄笑著取笑著對方的黏嘴。

林府一片春意盎然，生機勃勃，歡聲笑語。

但京城的春天並不太平，一下子揪出了七個大奸細，這七人勾結夏國與三王叛賊，為亂名朝軍心，不僅指使人易容成六王爺的模樣去到處殺人、姦淫女子，試圖把在西南戰場浴血殺敵的六王爺名聲搞臭，還想把周家的少東家周少爺給綁架了，一是想圖謀贖銀，支持他們做更多的行動，二是妨礙周家捐獻軍糧。

此案原是一樁河芒鎮上的採花盜案件，由河通府謝大人看出其中蹊蹺，暗中由易容的採花大盜查起，後來京兆府主簿小胡大人——胡大人之子，發現逃竄的採花盜一名，及時捉拿，沒想到牽扯出這樣的驚天通敵叛國大案。

此案報上來後，由刑部交由大理寺卿梁大人審理，曾太傅監審，沈尚書之子參與此案證據的收集整理。

七個犯官對以上罪證均供認不諱，判斬立決，但名朝以仁治天下，其直系親屬流放西北煤礦區。

朝堂一片上下譁然，這七人，官職都不算小，還非常敏感，六部就有三人，其中一人竟然是吏部尚書，還有戶部郎中與員外郎也赫然在列，沒料到這些人竟然是奸細，可笑在年前時還曾與他們一同上朝議政，對六王爺擅離軍營之事頗有非議。

此案結後，眾大臣又驚覺，曾太傅哪裡是萌生退意，分明是韜光養晦啊！

更驚人的是，那個倒楣的董參議，去年年底下雪前帶著他的妹妹從西南回京了。此案一結，董參議就升為通政司使，而原通政司使胡大人擢升吏部尚書。名朝沒有三省，只有六部，尚書可是從一品，吏部更是六部之首。胡大人從正三品通政司使飛躍升至從一品尚書，讓眾人跌掉了下巴。

胡大人做尚書是當之無愧，可胡大人從官二十多年在四品的位置上動彈不得，其間還降為七品縣令，好不容易回京城突升為三品，不過一年，又升為從一品尚書。眾望所歸是一回事，但如此動靜，怕是山雨欲來風滿樓啊……

也有許多言官不服，上表者不少，哪知皇帝細細看完所有的摺子，笑咪咪地當堂宣布：「升沈尚書之子，任通政司知事，胡大人之子，由京兆府主簿升為戶部員外郎。」

然後又笑道：「可還有不服的摺子，儘管呈上來。無事，等著報效朝庭的青年才俊可不少，也給他們一些機會，哈哈哈……」

皇上近一年來，身體越來越康健，笑起來時中氣十足，笑聲在朝殿的上空盤旋不休，如龍吟繞樑。

眾臣明白了，皇上這是在明白地敲打大家，別以為還和從前一樣，現在可是他定下的事就不能更改了。

這一下除掉了七個奸細，除了吏部尚書、戶部員外郎，還有五個職位都空著，虎視眈眈的人不少。難道皇上都想讓年輕才俊們來做？年輕人沒經驗啊。官，哪是那麼好做的！

皇上身體見好，底氣也足，掃視眾臣，又笑咪咪道：「去年周家捐了不少糧草去西北，眾卿說應該怎麼褒獎是好？」

眾臣對視著，卻見胡大人開口道：「依老臣之見，本朝早有捐官之事，捐官有品卻無權，俸祿也少。周家這番捐軍糧，倒是可以給他們一個官，可有品無權，又有些寒磣，若是給實官……」

朝堂已有大臣們紛紛議論開了。可不是嘛，周家家主與其公子周賦那都是商人，本就家富，又因著周太妃，富上加貴，捐來的那區區小官怎會入得了他們的眼；可實官，他們又哪裡會做官……

皇上瞇著眼，輕輕淡淡笑著，聽著。

胡大人不急不緩又繼續道：「但，周家家主有兩個庶弟，在外省為官，其中一個在北邊大東府做知府大人，幾年來政績算是可佳，倒不如把此人提到戶部做郎中？」

皇上瞇著的眼睜開了。

群臣一片譁然。

王丞相嗤笑道：「我朝捐官向來是虛職，沒有實權，除了那個磚事大人與安通大人，至少這兩人一是不議政，二是他們一直在建造與西北邊境的防禦，也算說得過去。你讓一個商家庶子來做戶部郎中，豈不是貽笑大方？敢問胡大人此舉是為討周太妃歡喜嗎？」

群臣暗讚，到底是王丞相，朝中也只有他敢當著皇上的面說這樣的話啊！

胡大人笑道：「王丞相此言差矣。想我胡兆祥，舉賢從來就事就人，也不忌諱什麼避親，況且周家與我向來無交集，周太妃我是敬重，卻從無討好之意。

「我的看法是，戶部本就是掌著天下財政之事，這周家又是百年商家，其家上下老小耳濡目染，故此職交予周大人再合適不過。王丞相可曾知道，大東近三年來所交賦稅，是以前十年都不能比？

「大東是什麼個地方？人少、寒冷、地廣，又是大量荒地，那周大人上任就鼓勵開荒耕地，賒糧種與農具，又開採黑石礦。此舉當年你不是也稱讚過的，怎麼如今卻又說出這等言論？若是你認為還有比他更合適的人選，我且聆聽。」

王丞相冷笑道：「當然有比他更合適的，皇上，戶部郎中之職，我推薦——」

皇帝卻微笑開口。「胡大人說得很是有道理，就這麼定了，升大東知府為戶部郎中……王愛卿，你說什麼？推薦哪個人？大東知府這一職空了，愛卿有合適人選推薦？」

王丞相臉色一變，又平靜如水道：「大東如今已較往年富裕得多，更是礦區，此職位相當重要，切要斟酌。」

「愛卿所言正是。」龍椅上的皇帝樂呵呵笑著。

下朝後，有幾人在一邊走一邊極小聲議論著：「大東那地方，誰願意去？又遠又冷。什麼黑石礦，那麼小的礦，朝堂都不派人去開採，只是當地開採以維持當地所用，怎麼突然成了礦區了……」

其中一人道：「都閉嘴吧，這不是我們能談的事，他們說什麼就是什麼。」

王丞相回府後，面黑如墨。

這是打他的臉，皇上這是在打他的臉！是故意的，提姓胡的狗東西為吏部尚書！之前他一直統管著六部，吏部尚書是他得力下手，那姓胡的是什麼人？與他對著幹了二十年的傢伙，從小小地方官時就對他一直有各種不滿，甚至於前幾年，還聯合言官參本，明白直訴他王丞相把持朝政，暗中培養自己的勢力，以及巧立名目剷除異己，對皇上旨意陽奉陰違……

那次姓胡的狗東西把他惹毛了，直接把這個上竄下跳的小角色貶到清水縣做了七品縣令去了，未料皇上對他還是那樣信任，對他的決定默認，還說：「辛苦愛卿為朕操心國事。」

他是什麼人，是名朝的王丞相，一人之下，萬人之上，就連那個太傅也不是他的對手，這幾年不是也不敢亂蹦躂了嗎？

朝中他說是丞相，開口卻與皇上聖旨一般無二。

為了做到這些，他做了二十年的努力，暗中經營了二十年！只須再過上五年八年，就能兵不血刃地改朝換代，把名朝天下據為己有。

夏國與蜀王暗中給他不少支持，只要求那時，三國相安無事，並且把西北與西南邊境土地再劃分一些給他們就行。蜀國、夏國甚至還言願意做附屬國，年年交貢。但他是那麼蠢的嗎？只要一改朝換代後，他就會立刻發兵把兩國滅掉，他要一人坐擁整個天下，絕不會像龍椅上那個病貨心軟好騙。

一切都那麼順利，怎麼從姓胡的安全回京後，一切就在暗中有了些許變化？寧王那個臭小子，任三王與夏國費盡全力也始終沒把他弄死。只要寧王那臭小子一死，軍中大亂，鎮國老將軍那一輩的幾個老朽，要對付起來不是多難。可偏偏老天也和他作對一般，前寧王妃事敗被賜死就不說了，女人能成個什麼事，也就夏國能想出這樣的招數。

但皇上的病體竟一天天漸好，朝堂中另一派勢力不知不覺中慢慢崛起。先是綁架那林家女子與周賦一事失敗，想到這裡，王丞相就氣得要噴血。蠢貨，一群蠢貨！得手後竟然能讓人把人質救走，且派出去綁架之人銷聲匿跡，根本找不著人影。

再是七個大大小小的助力全被砍了腦袋，理由真是可笑——要搞臭寧王那臭小子？他出手就必是要命，搞寧王臭名聲、綁架周賦為索得銀兩而阻礙周家捐糧草？這理由真是讓他嗤之以鼻，可七人卻都認罪了。

認罪書上條條清楚分明，挑不出毛病。

這時才驚覺，那姓胡的狗東西已然是這一派的老大，當面與他爭鋒，卻已奈何不了他，已成氣候了！

王丞相一口老血堵在喉間，差點沒暈死過去。二十年的努力啊，難道就毀於一旦？

王丞相深吸一口氣，喊道：「來人……」

正月二十五，欽天監正使算好納吉、納徵的日子。納吉是在來年春暖花開時，內務府得忙上一年，這已是最快的速度了。

太后自去年知道寧王要娶新妃後，就開心得不得了。她的兒子終於開了心竅了，雖然過大年迎新春，她的軒兒沒回京，她也覺得滿心歡喜，到了開春，竟似年輕好幾歲一般。

而朝堂又一下查出七個大奸細，皇帝身體越發強健，後宮裡，皇后與三個嬪妃都查出有身孕了，實在是喜上加喜。

太后滿腔喜悅，成天帶著大黃在初春的花園子裡逛著，真是人逢喜事精神爽，她覺得自己身體從去年秋天以來越來越輕鬆，只覺吃什麼都香。

然而，御花園一片春機滿園時，太后的喜悅卻被青青郡主給打斷了。

青青扶著太后逛著園子，一臉不解道：「太后，要說我皇六哥，那是怎樣的豐神俊朗，武功超群，比皇上的龍威又是另一番氣度神韻，怎麼老是娶低門女子做妻室呢？之前是這樣，現在這個又是這樣。」

「軒兒喜歡就行。」太后說道。

「太后，皇六哥可是您──堂堂名朝太后的親子，是皇帝的親弟，怎麼就不娶高門千金呢？京城那麼多高門千金，出身大家，絕色天姿，怎麼就單單要娶一個鄉下的村姑呢？」

長敬公主罵道：「青青，閉嘴，妳皇六哥喜歡人家，就像妳喜歡郡馬一樣。」

青青沈默片刻道：「是，娘親，就像我喜歡郡馬一樣，當初那女子迷得郡馬神魂顛倒，幸而我一腔情深終是讓郡馬知返……」

「什麼？」太后問道：「青青妳說什麼？」

青青郡主看著太后的臉色，黯然道：「太后，那女子當年把我的郡馬迷得要拒做郡馬……」

「什麼?!」太后怒喝。

長敬公主忙道：「皇嫂別動怒，別聽青青瞎說，當初那女子倒是讓得郡馬對她情深，不過後來郡馬遇到青青後，就不再與她往來了。都過去的事了，青青這孩子，是對那女子有心結。當初青青看到郡馬對她的情深，想為郡馬納進門來做妾，結果此事被皇上知道了，派出軒兒去阻止，還殺了幾個迎親的人，又把我訓了一通，讓我好生管教青青……」

青青委屈道：「就是不想進門為妾，好好說就是，這樣的事竟出動皇上與皇六哥……」

太后越發惱怒。「這事我怎麼不知道？怎麼沒人告訴我……」

青青郡主小心翼翼道：「誰敢告訴您啊，皇上、皇六哥都那麼喜歡她，連那個最最難相處的曾嬤嬤都與她結為金蘭姊妹，皇上還封她們為太醫院分院的七品掌事，名朝可從來沒有女子當官的，卻為她破了例。一個村姑能得這樣的眾寵，真是令人大為費解……」

「青青，妳太放肆了！」長敬公主罵道。

「青青妄言了，請太后恕罪。」青青郡主低頭道。

太后此時已渾身僵硬，沈著面色。「回去。」她吩咐道。

青青乖巧道：「太后您別動怒，說到底是青青不好，我娘說得對，是我對她有些心結，都怪我……」

而後，長敬公主與青青郡主出了太后寢殿。青青郡主展顏而笑，姣好的容貌與滿園綠芽枝翠相映成輝。

長敬公主嘆了一口氣。「青青，妳看把太后氣的，我怎麼對得起死去的先帝啊，以後我絕不會再開口了。妳啊，聘書已下，納吉、納徵日子都定了，已交內務府承辦的事，是再難更改。」

青青郡主道：「謝謝娘，只這一次就夠了。皇上不管是怎麼想的，只要太后不舒服，這事就沒那麼順利。哪怕她最終還是會嫁給六表哥，我也要給她添添堵，噁心噁心她！」

太后一直作著夢，夢裡，先帝指責她：「我們的軒兒，怎麼一個一個娶的都是低門小戶？軒兒何等身分，本應該千金圍繞，得天下絕色傾心，兒女成群。妳厚此薄彼，對騰兒倒是上心，對軒兒竟這般漠不關心，任由他被一個村姑灌迷魂湯。寧王正妃，名朝的寧王正妃是一個村姑可以肖想的？這分明是狐精惑人，妳是想毀掉我名朝江山嗎！」

太后驚醒，背心都汗濕了，宮女忙伺候熱茶，飲完茶後，又換了新衣，太后才緩了一口氣。

先帝託夢這女子是狐精，是來毀我名朝百年江山的，有我這老婆子一口氣在，妳這狐精就休想！

大黃聽到太后醒的聲音，跑了進來，甩著黃毛尾巴上前用腦袋蹭著太后的手，發出輕微的嗚嗚撒嬌聲。

小陸子跟在大黃後面，退在一邊躬身候著。

太后笑笑，拍拍著錦被，大黃就用前爪趴到太后的席榻上，一雙溫潤的眼睛溫柔地看著太后。

太后伸出手，輕輕摸著大黃的腦袋，喚道：「小陸子。」

小陸子笑著回答。「太后娘娘，小的在。」

「你過來。」太后摸著大黃，靠著軟枕說道。

小陸子跪到大後榻前。

太后喚了一聲，一個宮女上前遞過一個厚厚軟墊子。

小陸子遂跪到墊子上，笑道：「太后娘娘您可真疼小陸子，小陸子定要孝順太后娘娘。」

太后笑道：「是看在大黃的分上，你要是凍壞了腿，怎麼伺候牠啊？」

大黃聽到太后的話，叫了兩聲，彷彿是回應。

太后寵愛地摸著大黃。「大黃真是靈，人說話都聽得懂。」

小陸子道：「可不是呢，人要是背後說牠壞話，牠也知道，會對人吼呢。」

太后笑道：「你一直伺候大黃，跟著六王爺近，肯定清楚別人不清楚的，那個未來寧王妃，林家姑娘的事，你知道多少？」

小陸子笑著答道：「太后想瞭解哪些？小的知道一些。」

「便和我說說你知道的吧。」太后緩緩道。

「要說起來，這林家姑娘真是天下奇女子，大黃也是她的狗。」

太后的手頓住了。「大黃是她的狗？」

小陸子笑道：「是啊，太后娘娘，大黃當初在桃村附近的山上救了六王爺，被六王爺帶到京城。後來林家捐官又捐磚，六王爺不是去了村桃的林家嗎？那次帶了大黃去玩，發現大黃竟然是林家的狗。太后娘娘，您說這不是天定的姻緣是什麼？天上的月老啊，早早就把他們兩人繫在一起了。」

大黃見太后的手停止撫摸牠，又嗚嗚地撒起嬌來。

太后看了看大黃的眼睛，又摸起大黃來，大黃高興地咧著嘴。太后微微嘆了一口氣。

「再說。」太后又道。

「然後啊，又知道林小姐得過山中隱世高人傳她華佗術，一身醫術驚世駭俗，救人無數……」

太后隨後幾日，先後召見了內務府總管，以及欽天監正使，還有曾太傅。太后的臉色陰晴不定，也開始貪睡到日頭高照才起。

宮女們知道，每日太后娘娘都睡不好，輾轉反側，用上安神的熏香才能沈沈睡去。

同時，太后開始對大黃有些難言的情緒，有時不願意理牠，可一看到牠，又忍不住疼愛，有時還輕輕嘆氣。

大黃委屈得不行，成天跟在太后屁股後面討好賣乖、邀寵獻媚，期待得到往常一樣的撫摸與眼神。

直到有一天，太后不知道怎麼把大黃甩開了，大黃嗚嗚哀鳴著，搖著尾像個討吃的孩子一樣跟在太后身後。

太后聽到大黃發出的聲音，眼淚都快掉下來了，卻硬著口氣道：「把牠拉走，小陸子，莫讓牠靠近我。」

大黃失寵於太后的消息，傳到了皇上耳中。

劉公公說：「皇上，太后娘娘最近身體欠佳，怕是這樣才有些情緒。」

皇上急急趕來太后寢殿。

太后神情鬱鬱坐在羅漢床上。這幾日夜夜夢到先帝，一會兒說那女子是狐精，一會兒又說那女子是福星。前幾日召見欽天監正使，說是女子生辰與軒兒極配，是大好姻緣，絕不作假。此女生辰為十五年前的除夕子時三刻，新舊年交替之時，太后一聽也知是好生辰，這種生辰女必旺夫、旺家，又是肖蛇，蛇為小龍，可不是與軒兒配嘛？

召見曾太傅後，又得知了許多與小陸子不知道的事情。那女子做的極好傷藥捐給朝堂，只換去了一些荒地，那傷藥在西南與西北的戰場上，救治了多少傷者。去年初夏又去西南止疫，一舉破了三王下疫之計，救了名朝四萬兵馬，還叫了曾嫣嫣也去西南相幫止疫治傷。西南一戰如此順利，這兩個女子是功不可沒。

太醫院分院的掌事一職，那是因她們兩人習得失傳近千年的華佗術才封下的，以求將華佗術的神奇發揚光大。

華佗術在戰場上治療外傷，實是立竿見影，肚子破了腸子流滿地的，只要有一口氣就可能救活，名朝才建了太醫院分院，教授曾嫣嫣買來的一些孩子們華佗術，以求不斷學習，不斷挖掘。有更多的人習得華佗術，就意味著將來大名朝戰場上的死亡人數會大大降低……現在婦人難產可以剖腹取嬰，此技已相當成熟，施了多例，均是母子平安，太醫院的人都去察看過……

太后想著太傅說起他那尖酸的女兒時，一點也不掩飾的自豪之色就皺起眉頭。

皇帝匆匆進來，正看到太后蹙眉不語。

「母后，您這是怎麼了，身體不佳，都對大黃發脾氣了？」

「騰兒來了。」太后懶懶地抬眼看了皇帝一眼。

「您是哪裡不舒服？」

「你還知道關心我？你這陣子忙，半月都沒來請安了，我也不好去請你，怕擾了你的大事。」太后慢悠悠道。

「哪裡，母后的事就是大事。」皇帝笑道。

太后白了一眼。「騰兒，那林姑娘與軒兒的親事，我這陣子想了想，還是退親。」

「母后您這是……」

「怎麼，不行嗎？」

「母后，您之前不是很高興嗎？怎麼突然鬧上這一齣了？聘書已下，納吉之日也定下，內務府已在辦了，母后這是怎麼了？」

太后把先帝託夢之事說了一遍。

「這女子是狐精，是來毀我名朝江山的，你可聽明白了？」太后正色道。

皇帝皺眉道：「母后，這事可不是開玩笑的。」

太后生硬道：「我會和你開這種玩笑？一個村姑，與郡馬曾有過婚約，以奇技淫巧博取眾寵，妄想攀龍附鳳，又勾搭軒兒，哄得軒兒這樣專情之人娶為她正妃，這不是狐精轉世是什麼？試問天下有哪個女子能做到這般長袖善舞、取巧鑽營。」

皇帝嘆道：「母后，聽說前幾日長敬姑姑帶著青青來探望您了。」

「是的，她們還記得來看我，你卻不知道來看我。」

皇帝嘆息，才輕聲道：「朝堂之事正緊，我是日夜批摺子，母后別怪罪騰兒。」

「我沒怪罪你的意思。你身體大好，之前多年你因身體一時不能操勞，現在大好，要勤政也是自然。」太后緩了語氣，溫和說道。

「多謝母后體恤，這陣子的事也忙得差不多了，以後騰兒每日來陪母后用晚膳。」

「不用，你還是多陪陪皇后吧。」太后說到皇后時，眼神流露出歡喜。「皇后正是頭幾個月情緒不穩時，你多陪陪她，還有那三個嬪妃，也要去陪陪她們，她們肚子都爭氣，又讓我名朝皇室多添幾個龍子。」

「母后，那林姑娘的事，您和騰兒詳細說說，父皇在夢裡是怎麼說的，明天問問欽天監正使，這其中可是有什麼說法？」皇帝提醒道。

先帝託了幾個夢，一會兒是狐精，一會兒是福星，她怎麼詳細說。

太后不高興了，說道：「我之前說的是白說了嗎？她是狐精，是專門來毀我大名江山的，這門親事得退，一定要退！」

皇帝微微皺眉。「母后，我知道您是聽了青青的話才興起退親的念頭，可皇家婚事，哪是說訂就訂、說退說退的？那林家姑娘，母后不曾有半分瞭解，只聽人言就做決定是否太草率了？」

太后氣得發抖，指著皇帝鼻尖道：「你……是說我老糊塗了，偏聽偏信，可一個女子出身鄉野，又曾有過婚約的，還想攀上軒兒做正妃，你父皇都託夢了，你還相幫於她，可見這狐精哄得你們哥倆是團團轉，一點不假。」

皇帝嘆道：「母后，長敬姑姑為我登基立下天大功勞，我也不想說她什麼。」

「你還知道你這姑姑為了你所做的事情啊！」太后嗔怪著。

皇帝沈吟道：「母后，子軒自打前王妃死後，再也沒動過心思，這好容易才又起了心思……」

「廣徵天下絕色女子，官級五品以上者，家中千金姿色上等，都可招來，不信我不能為軒兒找到比這個狐精更美貌的。」

「母后，聽說那林家姑娘並不絕色，也就是秀麗而已。」

太后一聽就怒了。「一個這樣的女子，憑什麼做軒兒的正妃？」

皇帝沈默一會兒，不接話，而是說道：「母后，父皇託夢是怎麼說的？如若是父皇託夢，照例是要請欽天監司來解的。」

太后怒道：「你和軒兒，一個、一個都被那個狐精哄得團團轉……」

皇帝心下瞭解，說道：「母后，軒兒對其情深意重，說好了要娶為正妃的，您是想讓子軒好容易起的心思又滅了嗎？」

太后嘆了一氣，過了好久才開口道：「軒兒好容易才動了心思，那我也讓一步，讓她做側妃吧！本來這等江山社稷之事，豈能給小人奸細半點可乘之機，我實是心疼軒兒……」

皇帝聽著了笑了起來。「青青與您說了些什麼，與騰兒說說可好？」

太后口氣又生硬起來。「一個村姑，就算有華佗術傍身，也只是村姑出身，想我軒兒是何等身分，她能進寧王府就是幾世修來的福了，還妄想做正妃，皇家臉面還要不要？」

「母后，您要是非讓林家姑娘做側妃，軒兒的性子您不是不知道，那是說什麼就是什麼的，不容有變，這萬一讓軒兒又起興，不肯娶了那可怎生是好？」

「又不是不讓他娶，做側妃而已，林家姑娘要是個本分的，自然無事，要是她想挑得軒兒鬧，那證明她就是狐精。」

皇帝笑道：「母后對林家小姐瞭解多少？」

太后道：「我從太傅口中知道一些，華佗術、西南止疫，還有捐傷藥嘛。」

皇帝又笑。

「母后，您可知道，我的身體為何好得這麼快？」皇帝笑完後，緩緩開口。

太后抬眼詢問。

「是林家獻了三株寶藥，一株人參、一株三七、一朵靈芝。靈芝我讓人送到您這兒了，您應該知道，那都是千年分的。」

太后驚訝望向皇帝。

「母后，還有前王妃不是病死的，是被子軒賜死的。她是夏國公主、是奸細，我當時的身體也是因了她送給皇后的香囊而一直不癒……」

「什麼？為何這些我都不知道？」

「是怕您憂心，所以一直沒和您說過。」

太后一字一句道：「朝堂政事我不管，可這樣的事怎麼能瞞著我？倒是我成了老糊塗了，竟是連這等大事都不知道，你們是想讓我愧對你們的父皇嗎？」

「母后，這真是怕您憂心，這事只有幾人處理的人知道，後宮除了皇后，朝堂上除了幾個心腹，也全都不知，就是皇后知道的也不詳盡。」

太後面有慍色。「前王妃是奸細，更不能讓一個村姑做正妃，更要選個出色的女子給軒兒。林家獻上寶藥也是應當，普天之下莫非王土，在我名朝土地上有此等寶物，當然要獻上來。」

「正是如此，但母后您可知道，那次子軒遇刺入了山中不是迷路，是重傷，不只是大黃救了他，那林家姑娘也救了他。大黃是林家姑娘那次送給子軒的，而那次遇刺，正是前王妃所安排。」

太后大驚。

「母后，還有西南之戰時，子軒被奸細使巫蠱之術，一劍入胸，失了性命……」

「啪！」太后手中的茶盅掉地，臉色慘白。

「但子軒現在好好的呢，母后，別擔心。」皇帝忙扶著太后的背，急著叫道。

「再說，快說！」太后急道。

「那次林家姑娘正在西南止疫，用了高人傳給她的一顆舍利子，把只有一絲氣的子軒救活了。這事千真萬確，鎮國老將軍在一邊瞧得分明，還是鎮國將軍給我來信，我才知道的，一直不敢告訴您。這事連曾嬷嬷那兒都是被禁了口的，太傅都不知道。」

太后緩了緩氣，盯著皇帝的眼睛說道：「再說，還有什麼我不知道的，快說！」

「再有就是，母后，子軒是去了桃村見到了林家小姐後，天命之星才升起的……」

「還有呢？」

「還有，桃村的稻穀畝產八百斤以上，是那林家姑娘配的肥，已有專人去取了大量糧種來，春耕時就試種，林家還打算今年種其他五穀提高畝產。母后，若是名朝的糧食都是這樣的畝產……」

太后狠狠地吸了一口氣，問道：「騰兒，那青青的郡馬是怎麼一回事，說是他們議過親？」

「這事是當初蘇志懷在清水縣做縣令時，對林家姑娘動了情意，提過親事。結果蘇志懷回京時，被青青相中了，橫刀奪愛。蘇志懷拒親不成，最後仍做了郡馬。青青為此心裡不爽快，非要把那林家姑娘納進門為小，好在眼皮底下折騰，背著郡馬與長敬姑母，派人強納。後來子軒知道這事，趕去處理了，長敬姑母又來找我，我便說了讓她管教青青。」

太后沈思許久，緩緩道：「這事是青青做得不地道，但這林家姑娘到底與他人議過親，就算是救過軒兒兩回，也不能做正妃，皇室尊嚴可是不容半點踐踏的。」

「母后！」

「這不是政事，這是我軒兒的親事，我這做母后的不能有些意見嗎？就這麼定了。內府務還是按正妃的制去辦，但名分卻是側妃，也算是回報她曾救過軒兒。」

皇帝待要開口，太后撫額道：「我累了，你回吧。」

「那母后好好休息，騰兒明日再來。」皇帝苦笑著搖頭走了。

「去，叫小陸子把大黃帶來。」皇帝一走，太后就吩咐道。
宮女抿嘴低聲吃吃笑著。
「笑什麼？小蹄子。」太后嗔罵著。
「太后娘娘還是放不下大黃，心疼著呢。」宮女笑道。
「去叫人端碗蔬菜汁來，再叫周太妃來陪我，晚上我與她一起用膳。」太后笑道。
「是，太后娘娘。」宮女含笑應著。

第五十三章

二月的桃村一片欣欣向榮，風也溫和許多，清清涼涼地拂過村民的面容。

林家棟與方大人又帶著大、小白離開了桃村去西北。

學堂也開課了，除了盧先生是在桃村過年，其他三位先生都在去年時回了老家，這時也如期回來桃村，四位先生背著雙手的嚴厲身影又在學堂裡走動著。

野了許久的孩子們也不得不收斂性子，坐在學堂裡，搖頭晃腦地讀著書本。

安雨不知從哪搞來幾本兵書，教授鐵頭與雞毛。

小寶無意中發現了，便不言不語地跟著安雨好幾天。

安雨心裡有些發毛。不是又要像鐵頭那樣拜師吧？安風一個徒弟也沒有呢，不知道去纏安風啊，怎麼全盯上他了？算起來，他的功夫比安風還差上一點點呢。

然而，小寶跟了幾天就不跟了，既不像鐵頭那樣狂熱跪地不起，也不曾開口說要拜師，只是每天晚飯後，安雨教鐵頭與雞毛兵書時，就一聲不響地悄悄走在後面，立在遠遠的暗處，像個小耗子。

「小寶，你到底想鬧哪樣？」安雨終於忍不住發問了。

「雨大人。」小寶有些無措地從暗處走了出來，但眼中有著狂熱的神采。

安雨一看這眼神就發毛，小心哄著。「小寶，你這幾天是怎麼回事？有什麼心事和你雨大哥說。」

「我……我能跟著一起學嗎？」

安雨臉色一變。

「不，我不是要拜師，我就是想學您這幾本兵書……」小寶興奮又討好地說著，眼睛眨也不眨地盯著安雨手中的書，如同大灰狼見到小羔羊，垂涎三尺。

「小鬼頭，眼睛真利呢。誰想學都可以一塊來學。」安雨暗自鬆了一口氣笑道。

小寶的眼睛像黑曜石一樣晶亮。「那我去叫狗兒哥與二牛哥！雞毛，你去叫家福他們也一起來學，這可是千金不換的好書，曾聽先生提過，這些書太希罕了！裡面記載的全是自古以來最最有名的謀略、計策、布局、軍陣、攻心之術，這些都是觸類旁通的，學了不管習文習武，都有極大裨益！」

這麼多娃子，那得多難教啊。安雨頓時垮下臉來。

安風笑著走開了。

安雨只教了一個晚上就累壞了，一堆的孩子們嘰嘰喳喳地問個不休，他頭大如斗、精神恍惚。

林小寧笑著解困。「安雨，我不知道這些書是不是不允許外傳，如果允許，倒不如把書抄一分，送給盧先生與衛先生，由他們來教就是了。這樣不僅兩位先生感激你，孩子們也學到了。而你只管照顧自己的兩個徒弟，輕鬆多了。」

安雨忙道：「對！快，你們幾個臭小子，來抄書！」

盧、衛兩位先生在第二天時，得到了小寶上繳的抄本，付奶奶還用絲線裝訂起來，用了油紙做了封皮。兩位先生一翻閱，竟激動得熱淚盈眶。

盧先生與衛先生兩位文弱的先生，下學後一起上門來道謝。

兩人穿著深青色的棉長袍，一個吃力地拎著一條豬大腿，還十分講究地用油紙包了一下，怕沾上油，污了新長襖。另一個抱著一罈清泉酒和一包上好茶葉。盧生先說要親自給兩位護衛道謝與道歉，上回冤了風護衛，竟不知道兩個好漢是這樣不計前嫌之人，如此珍本，此生竟能有幸得到其抄本，實乃大幸！

安風與安雨面對兩位先生的熱情，有些不好意思。

盧先生嘆道：「名朝的天下是靠當初打下來的，打了十多年，許多珍貴的書籍都遺失與毀掉了，留下來的只不過一小部分，還有一些存在那時的大儒腦中，雖也抄了下來，可百年來，遺失不少，存世的寥寥無幾，尤其是策謀方面的書籍，更是少之又少。現今學子們，都是一味苦讀聖賢書，只知道高潔冰清，卻不懂得智謀與計策，甚至對於擅長使計之人也全視為小人，實是不正之觀，實是大憾哪……」

盧先生一席話說得衛先生紅了眼。

安風與安雨坐如針氈。對於這兩位先生，他們心裡還是有些懼的。不是懼別的，就是懼這兩位先生說話酸，長得也酸，穿衣打扮也酸，怎麼看怎麼酸，但又極能死纏爛打，聰明又難哄騙，一句話說不好，不定又給他們酸言酸語說上一通。

當下也不敢亂接話。

最終還是安風先開口了。「兩位先生，你們太客氣了，書也是正好有幾本，就抄了一份送去，也好教教村裡的孩子們。至於上回的事，我早忘了，況且幾位先生正義敢言，才算不辱沒名朝儒士之風采。」

盧先生長嘆一氣，欲言又止。

安風、安雨一聽這嘆氣，又不知道怎麼接話了。

盧先生話鋒一轉，問著：「林小姐呢，在嗎？可否請她前來？」

卻聽盧先生又喚：「雨護衛……」

安雨應了一聲。

盧先生看著衛先生的眼色，問道：「雨護衛，不知這些書籍您是從何得來？」

安雨奸笑道：「安風給的。」

「那風護衛……」盧先生期待的眼神又轉向安風。

安風恨得牙癢癢，氣惱得不行。這個臭安雨！這幾本書的確是他給的，是他去年從京城帶來的，本是打算找個機會收了雞毛後能用上，結果便宜了安雨這傢伙。

但也只能陪著笑臉道：「先生，這是我們以前所學的書籍，剛好我帶在身上。看著安雨收了徒，他不是先生，不懂教授，但有了書是可以照著教。」

兩位先生肅然起敬的神情浮現，盧先生又小心問道：「風護衛……這幾本抄本……可以再抄一份，給我和老衛一人一份嗎？」

安風笑道：「當然可以，先生抄就是了，那幾個臭小子字抄得潦草，先生要看不過眼，那份也再重抄一份。」

衛先生面色狂喜。

盧先生又熱切道：「村裡還有兩個先生，還有，小寧ㄚ頭叫小香託我找的，清水縣三千學堂的幾位先生我也在元宵後去了信，這個……」

安風、安雨也明白過來了，盧先生其實是想多抄幾份，可先生們真是品性高潔，私下抄誰知道啊，還特意為這事來試探詢問，真是哭笑不得。

「都抄一份就是，再珍貴，沒人讀就是個死物。書就是要給人讀的。」安風爽快說道。

安雨大笑起來。「先生，你這樣害我們坐這兒陪著，生怕哪句話沒說好又被你用燕窩砸過來，原來只是為這事？兩位先生，這書可以傳閱、自書或授於人書，本就是益事，二位看著辦好了。」

盧先生一臉尷尬，但還是因超出了預期而喜悅。

安風笑道：「盧先生那可是用燕窩砸，這是瞧得起我呢。」

「那是那是。」安雨點頭認同，心裡只想送客。

盧先生尷尬之餘也被安風、安雨的態度逗笑了。

兩位先生便樂呵呵地輕鬆說笑起來，全然沒有告辭的意思，滿嘴讚美贈書育人之舉，最後又正色道：「正所謂一年之計，莫如樹穀；十年之計，莫如樹木；終身之計，莫如樹人。一樹一穫者，穀也；一樹十穫者，木也；一樹百穫者，人也……」

安風、安雨跟著笑。「得聞兩位先生所言，是勝於讀書十年。」

盧、衛兩位先生滿足地走了。

胡大人來信了。

林小寧看著胡大人的信，信中說董師爺去年已安全回京，做了通政司使，就是他以前的那個位置，而他擢升為吏部尚書了；又說到京城的茅坑鋪子，他讓夫人幫著打理，同時又為她的官職請了半年假期，讓她安心待在桃村把今年的春耕之事辦好。

然後提到了皇家票號，現在已設了多個分鋪，由戶部主管，郡馬蘇志懷特別協理此事。因這些票號，朝堂收到許多民間定期一年的存銀，竟然有近百萬兩了。

林小寧看了胡大人的來信，心情極好，開心地在後院逛著。

望仔與火兒又不知道跑哪去玩了。這次回桃村後，望仔與火兒成天不見影，除晚上回來吃三七與靈芝，便是睡大覺，第二天又跑出去玩了，野得很，還帶著小南瓜與小東西成天也跟著一起早出晚歸的。

後院中，付冠月挺著大肚子也在慢慢逛著，付奶奶跟在一邊，與付冠月說著她的生育經驗。付奶奶的性子是那種閒不住的，付冠月有孕後，千金鋪與棉巾作坊的帳目就由她接手了，加上府裡的事也幫著管管，難有空閒。這是難得的清閒時，便陪著付冠月來逛園子了。開春後，付冠月就開始不斷逛園子。她是第一胎，本就金貴，孕期的適量運動很重要，這個不用林小寧說，村裡有生育經驗的婦人都知道。

桃村的春風一天比一天有了暖意。

三千堂的建設已如火如荼，那些來幫短工打下手的城西漢子們被虎大的重刀威懾得乖順，像小貓似的，誰也不敢起鬨鬧事。到最後，三千堂的工程就由虎三一人看管也足夠了。趙氏仍是坐著自己專屬的馬車上，隔日就去縣城跑跑，管理著三千醫堂。她實在是個人物，與田夫人打得火熱，召集了城裡好幾個大戶的夫人開始搞募捐了，倒也收到一些善款，雖然不多，卻是很好的開端。

桃村報名開荒的人越來越多，考慮那千頃地太大，沒開荒前就得先蓋房子，廚房、馬棚、牛棚等，以供開荒的漢子與煮飯的婆娘們住。這些都是要許多人力才能建設出來，但桃村現在一千多人，壯年男女勞力才七百多，都各有其職，忙碌不堪。

這些千頃地建設的人力只能外招短工。這地太大，比桃村的整村子都大，得慢慢建設。

魏老爺在林家的千頃地邊上買了一千畝地，打算做個超大的莊子，專種各式釀酒五穀。

林家的地也劃分為一塊一塊的做成莊子，分成莊子可便於管理，又規劃好蓋房、魚塘、穀場等各地各處，還圈了一個莊子專做馬場，這事由虎大負責。

虎大預訂了二十頭小馬駒。第一批不要多，等一年後養得好再配種生養，但目前得先把馬場建好，房屋蓋好，才能送小馬駒來。

桃村的春風暖，人也開始忙碌。

鄭老也開始燒窯了，大牛除了每天一個時辰識字外，大部分時間就是製坯、描畫。鄭老燒窯時，他這個關門大弟子自然忙著打下手。

鄭老燒的這一窯瓷器，是與之前全然不同的風格。鄭老以前的出品，是流暢線條與簡約花色，意境為重，突出鄭老燒瓷特有的、不可思議的瓷品光澤。

而這一窯，卻完全顛覆了鄭老以前的風格，極其精緻繁瑣的花紋，以前所有過的繁華美豔呈現。那是極致的華麗與華貴，如盛裝極豔的女子傲然地立於眾人面前。

林小寧嘆息道：「曾經滄海難為水，除卻巫山不是雲啊……」

鄭老頗為得意的看著自己作品，笑呵呵道：「丫頭，妳說說妳的看法，正好大牛在，讓他也聽聽。」

「鄭老，您的心境與從前不同了，您以前求的是簡，是看淡了，反而出奇制勝。但現在講的卻是繁，還做到極致，是處處的生機、處處的嚮往，是想留世瓷品燒製描繪的所有可能，是想讓大牛看到多和少、加和減、動與靜，功底及意境。」

鄭老滿意笑著。「說到對瓷器的欣賞眼光，妳這丫頭，在整個大名朝都算得上是一流的。大牛可聽清了，靜心想你心裡冒出的東西。」

鄭老啊鄭老，您一定要再活上百年啊。林小寧心中嘆息著，腆著臉強收了一對高瓶到自己的小庫房裡。

荒山那邊的四千畝地，去年時就蓋好了一排排的青磚屋子，現在去那塊地的通路更寬了，因為挖掉了更多的泥，磚窯與瓷片的需要量太大，都要這樣的好泥來摻。一年下來，村裡面的這片荒山群中間的路，已可以並行三輛馬車。

這讓鄭老心疼極了，這些泥都是鄭老的心頭寶。

去年開荒時的漢子們，開荒當時就說要佃地，還有周邊鄰縣的村民們，去年秋收後聽說桃村林家對外以四成租佃地，都按要求紛紛報名。桃村的地肥，畝產驚人的消息，都傳遍了，佃租還只收四成，哪個不願意啊？離得遠也不怕，有房子免費提供住，女眷還可以去棉巾作坊上工。

四千畝地全都佃出去，還有許多沒佃到的，這時桃村的格局開始形成了。

這邊三千畝，有商鋪、作坊、學堂、大宅住戶、魚塘、田地、佃戶房。

那邊四千畝，全是佃戶房、長工房與一塊一塊的田地，還有幾間小鋪子，平均分散著，是專門賣生活必需品的雜貨鋪子。

按林小寧的想法，四千畝的新地，分了三千五百畝種上棉花，五百畝則由林家的長工專門伺弄，在這五百畝的田地上，將會陸續按時節種上黃豆、芝麻、花生等各種桃村能種的作物，試著提高畝產。

至於麥子得秋收後才種，因為桃村這裡的氣候比北邊暖，長工只有二十幾人，五百畝地伺弄不過來，但，農忙時僱短工一起就是。

去年的地仍是種稻子，試看今年不用空間水能不能保持高畝產。

春耕開始了，千頃地的開荒也開始了。

清水縣城西貧區的所有壯年勞力，因為基本都是沒有田地的人家，就沒有春忙，都被請來桃村做短工，在千頃地上先蓋磚房，還有一部分，則分到磚窯做磚坯。

事實證明，以暴制暴是亙古不變的真理，至少從目前來看，權勢與鞭子是最好的方法。

城西的壯年勞力們基本上來全了，包括一些壯年的婦人們也請來做飯、砍柴，還有年輕的女子、男孩，也可以拾些乾柴，拾柴的人雖然不發工錢，但管伙食。

這麼多人，吵鬧鬥毆爭搶之事一時間層出不窮，可馬大總管派出幾十個人高馬大、虎背熊腰、長相凶惡的村民，揮舞著精製的牛皮鞭，毫不留情地落到了這些人身上，如衙門黑暗地牢裡的牢頭，鞭笞的同時還加上了拳腳。鞭鞭帶血、腳腳踹心、拳拳到肉，當天，這幫人就老實許多。

幾天下來，這些城西著名的刁民們都變了個人似的，誰也不敢偷懶耍滑。挨打是一回事，關鍵是這些活雖然極累，可工錢厚，伙食好，頓頓菜裡都摻了薄薄的、香噴噴的肥肉片，米飯還能吃飽，雖然是糙米，可這些飯食在自家，那是過年都吃不著的。

當他們踏實做事後，菜裡的油水顯然更多了，肉片更厚了，就連拾乾柴的那些女子與男孩，如果拾得多，也能得到兩個銅板的工錢。

張嬸的肚子開始微微挺了起來，很能吃，發福了不少，可她沈甸甸的腰身與屁股在張年眼中，比天上的仙女臉蛋還漂亮。

每天上下工時，張年都要親自接送。作坊裡的婦人老是酸溜溜地打趣著張年與張嬸，張年被這幫婦人調侃得面紅耳赤，可仍是堅持接送不間斷。

小方師傅的媳婦也有孕了，現在方老家兩個孕婦，老大媳婦的月分與付冠月差不多，小兒媳婦之前一直不見動靜，現在終於懷上了，方老喜得叫上鄭老與林老爺子狠狠吃了一通。

酒足後，林老爺子與鄭老戲癮上來，在屋裡尖著嗓門對唱著民間流傳的大酸戲「搶新郎」，方老聽得如癡如醉，扯著喉嚨叫好，掌都拍紅了。

方家的下人，耳朵被折磨一個晚上。

鄭老的小孫子能蹣跚走路了，奶聲奶氣地叫著爺爺，孫女更大些，文靜極了，一雙眼睛像一汪泉水一樣。鄭老疼這對孩子疼到骨頭裡去了，越發堅信孫女是他的閨女投胎，他的閨女小時候就這樣文靜、乖巧。

黃姨娘因孫女一樣受寵，倒也得到了不少好的待遇，近年來沒怎麼鬧事。小鄭師傅雖然在孫氏與她兩邊屋子輪睡半月，她卻也沒再懷上。

黃姨娘雖不怎麼鬧，卻變得鬱鬱的。她的爹爹從去年拿著她給的幾十兩銀子就不知道跑哪去了，過年都沒回村，必是賭贏了不少銀子，跑去哪逍遙了，要是沒銀子，肯定要回來找她要銀子。她一想著自己一直沒再懷上，自家老爹又這般不爭氣就氣得肝疼。女兒再受寵，到底是要外嫁的，分不到家產，只有生個兒子才能有半生依靠啊！

魏老爺試釀出了第一窖啤酒，色黃，清澈有泡沫，但酒味發苦，還有臊味，有些像變質的劣質啤酒。

林小寧嚐了後，說了自己的看法。林老爺子笑道：「老魏，寧丫頭又沒喝過這種酒，你也聽她的。」

但魏老爺卻道：「丫頭是有機緣的，沒喝過不表示對酒沒感覺。」然後認真記了下來，開始準備試釀第二窖。

清明時節雨紛紛，細細暖暖的雨如絲一樣落在村裡的土地上。

林家棟在這個重要的日子回村來，林家一家人去青山上墳，燒了許多訂購的紙紮丫鬟、婆子、下人，還有轎子。

付冠月挺著超大的肚子留守在家，好像是想挽留林家棟一般，在第三天，林家棟打算走的時候，付冠月意外地陣痛了。

離當初算的日子早了八天。

村裡已經有兩個很不錯的穩婆，護院又馬上備馬去清水縣接說好的穩婆。

林小寧拎著自己的醫藥箱想進去幫忙，但被付奶奶與辛婆子堅定地攔在門外。

活。

林小寧訕訕地笑了。她們是怕她把付冠月的肚子剖開吧？到時留個大疤，影響夫妻生

付冠月在屋裡叫得厲害，林家棟在屋外急得團團轉。林小寧安慰著。「大哥不要擔心，屋裡有兩個穩婆呢，這是第一胎，都困難些，不會有事的。」

林老爺子可是最急的，這是他的第一個重孫輩。

林家的列祖列宗一定要保佑月兒一舉得男，母子平安。林老爺子心裡不斷說著。

屋裡的穩婆聲音傳出來。「少夫人別急著喚痛，來，夫人，我們扶您起來，要走走才行，這會兒還沒到時候呢。」

林家棟聽到後，急得不知道怎麼才好，轉頭問林小寧：「大妹，那得痛多久啊？」

「這才開始呢，又是頭胎，真到生的時候，估計得有至少兩個時辰，不過中間應該會痛得好一些，是一陣一陣的。」

「有什麼辦法不痛，妳想想辦法啊。」林家棟急壞了。

「生孩子哪有不痛的？沒事的。」嘴裡說著，卻偷偷去一邊注了空間水燒熱後倒在茶壺裡，敲門說是送恢復體力的藥水，穩婆開門接過茶壺，毫不客氣地又把林小寧關在了屋外。

等到清水縣的穩婆到達時，付冠月的叫聲已低了許多，可能是痛得輕了。

林小寧進不了屋，只能靠聽力來判斷，聽屋裡穩婆與付奶奶、辛婆子講話，感覺並不凶險。

清水縣穩婆進屋小半時辰後，終於子宮口開了，順利產下一個男孩。

林家棟看到小被裹著的嬰孩，皺巴巴的小臉，眼也沒睜開地待在他的雙臂中。他一時有些發怔，然後是激動，眼中淚光閃動。

第一次做爹都這樣，現代醫院裡的婦產科，許多男人都這模樣。林小寧心中暗笑。

林老爺激動地抱著嬰孩連聲喜道：「真像家棟，真像家棟……」

等付奶奶抱走孩子，林老爺子與林家棟就急急跑到祠堂去叩謝祖宗去了。

林老爺子添重孫的大喜事，卻沒有擺宴，只是每家每戶送些雞蛋、豬肉什麼的，開荒處的工地便殺了一頭豬加菜。這是林老爺子的主意，省下的銀子可以建三千堂。

林家棟陪著付冠月一週後，才依依不捨地帶著大白去了西北。

林家沒有請乳娘，所有的人想到的沒想到的，都沒考慮這事。孩子當然要自己餵才親，但請個能帶孩子的婦人倒是真的，便又去買了一個三十來歲的婦人何嫂，專門帶孩子。

不過半月後，方大人的媳婦也緊跟著生了，她生的是個女兒，因為之前有個兒子，現在是兒女成雙。可她很是遺憾，因為她很想再生個兒子，但方老卻開心極了，方家現在是五品官家，雖然沒有實權，但現在銀子不缺，不用種地，也想求個千金孫女，到時嫁給高門大戶結為親家，多美啊。

方老也同林老爺子一樣，每家每戶送些雞蛋與豬肉，同喜一番。

寧王在春天的暖風中，來到了桃村，還帶著鎮國將軍一起。

兩人騎著千里與如風，行在清水縣通往桃村的青磚路上。

西南的戰事因怒河的阻隔，已處於僵持狀態，兩邊都按兵不動，得到了暫時的和平。寧王在河邊駐了密集的軍哨，然後從去年起，開始讓當地人重建家園，去年秋天時就已調回一半人馬，到了今年春耕後，就圓滿地與鎮國將軍回京。

西南那邊，留銀影駐守著，另一半人馬分派到幾個城池中駐防，防止亂民鬧事。收復的城池在開春後，與名朝的交通也恢復了，有路引就能輕鬆出入，各地衙門辦路引的人員十人輪流，早晚不休，路引辦起來相當快。這些城池的百姓一年以前還是名朝的百姓，尤其是大戶，許多至親都在京城、江南等繁華富庶之地。

交通開放，這些收復的城池才算是真正回歸了。

寧王此次來桃村，是為接林小寧進京見他母后與皇兄，還有一個想法是讓欽天監正使看看林小寧的天命之星與他的是怎麼回事。

鎮國老將軍一直聽聞桃村這世外桃源，卻沒親見過，便一起跟來了。

接近桃村的那片荒山群時，有許多人與騾車或牛車，還有人力拉車，一車車運著泥往磚窯處走。荒山群挖掉了一個角，建上了許多的磚窯與瓷窯；這些都是去年就擴建的，青磚與瓷片的需求量太大，村裡的幾處窯根本不夠用，今年就乾脆將村裡的舊窯廠都棄了，做成巨大的曬穀場。去年秋收時，畝產太驚人，曬穀場根本不夠用，只好家家戶戶各別曬在自家的院中，幸好院子夠寬敞，才勉勉強強地曬好穀子。

這樣，磚、瓷窯就全部移到了村外這片荒山群腳下，同時，又加建了更多的窯。這裡地方廣闊，拉泥、打坯、製坯，晾曬方便，又是就近挖土，節省勞動力。

鎮國將軍入眼就看到一片熱火朝天，朗聲笑道：「桃村大，人多，富裕，只由這些窯，就可見一斑啊。」

寧王展顏回答。「村裡面您還沒看到呢，包管還會有驚喜。」

又走上七、八里路的樣子，到了桃村村口。

遠遠就看到神氣的桃村牌坊，兩側的高柱氣勢磅礡，如同兩條遊龍盤附仰天，中間的橫架刻著石雕字——「桃村」，字描上了紅漆，非常有氣蘊。

牌坊右側柱子底下立著一塊上好的石板，刻著密密麻麻的小字，是桃村村規。那石板正是當初林老爺子遷墳時用剩的墓石，被精明的村長、現在的馬大總管拿來刻村規了。

廣場側邊是小小的廣場，環繞著廣場的一張張石頭長凳，後面種著低矮的青翠灌木。廣場中間種著一棵巨大的桃樹，粉色花瓣盛開著，地面上有些許凋落的粉色。桃樹下面圍繞著一些花草，全是易活的普通植物，花團錦簇，最多的就是最賤的太陽花，老人家說是不死花，可見是多麼賤，但移栽在桃樹下，五顏六色開遍，現出異樣生機。

田間的小野花也能派上用場，稍稍打理一下，就成就了這般的豔麗奪目。

廣場盡頭是一條青磚路通往遠處，有兩排整齊的商鋪，外牆貼著青色瓷片至四尺高，鋪子前面，間隔種著桃樹，暖風中搖曳著桃紅色花瓣。風稍大些，粉色花瓣雨就在空中飛舞，一派旖旎風光，樹木下邊仍是種上花草，間隔著一張長條石凳子。

鎮國將軍相當吃驚。「這、這可都是桃樹？」

寧王笑著回答。「正是，因為叫桃村，村裡卻沒有一棵桃樹，當初建這廣場時，不知道是哪個提出來的，說乾脆種一株桃樹，應上村名。結果建商鋪時，丫頭又在商鋪前面全種上桃樹，不過鋪子那邊的桃樹要小上許多。」

「這鋪子前面種樹是丫頭的主意？京城都不這麼做，怕擋光，又遮擋住了鋪子的牌匾呢。」

「我曾經與您的想法一樣，可近前了就知道，這商鋪街道極寬，樹與商鋪間還有距離，既不擋光也不擋牌匾。時日久了，每間商鋪門面的樹木花草就歸鋪裡人打理了，還相互比較哪家的樹與花長得好，就是生意旺的勢頭呢！那些長凳子，買家走累若不想進鋪裡坐，就可以坐在外面休憩，來了興趣就摘兩個桃子吃，鋪裡的人隨大家摘，只要不把樹壞了就成。他們自己也摘著吃，或者招待買家。」

「這小妮子，桃樹開花時的風光實在嫵媚，又能摘吃桃子，添情增趣，哈哈哈！」鎮國將軍大笑著。「還如此心細如髮，長凳子的確方便，鋪子裡的人一多就悶，要是走累了全都進鋪坐，又不買東西，那掌櫃也不舒服，這樣一來正是兩廂其好啊。」

鎮國將軍笑完又道：「這桃村的風光實難言表，竟如女子一般嬌豔。」

寧王笑道：「這是村口的景致，因桃樹花開，稍嫌花稍了些，等花謝結果後，倒有另一番景致。」

「桃村嘛，桃樹開花就這樣，」鎮國將軍理解地說道。「我倒覺得滿好，以前的桃村，彼逃非此桃，而現在，卻真成就了這『桃』字。」

桃村此時是忙碌時節，孩童們在學堂，大人們在上工幹活，村中難見閒人，只看到遠處的田間有人與牲畜的忙碌身影。

寧王笑著說道：「老將軍，今天先不逛，我們直接去林家，休息一日，等明日騎馬帶您逛。桃村可不小呢。」

鎮國老將軍點頭。「行，這桃村真是不小，得騎馬逛才能看到全景啊。」

「您還沒看到，裡面更大，那邊山群看到沒？山群後面還有一塊地，有四千畝，已開好養了一年。聽說是花了不少心思，光各式肥料都花了不少銀子從外面買來，這會兒應該都播種插秧了。」

鎮國將軍笑道：「沒想到六王爺也知道開完地要養地和肥地。」

「老將軍又取笑我了，這些書本上也是有記載的，當時覺得甚是奇妙，地裡長出五穀作物，人畜要吃五穀果腹生存，而各種腐物與排泄之物又能肥田，這恰好是天道自衡。」寧王大方地說道。

鎮國將軍寵愛地看著寧王。

寧王又道：「以前是書本上知道，後來到了桃村是實際看到，一車一車的肥拉進村來，熏得我受不了，可時日一久就習慣了。所謂萬物規則，各有其用，就是一堆爛泥，竟然也是肥田的好料，真是令人感嘆這皇天后土啊。」

鎮國將軍大笑不已。「看來那小妮子對你的影響不小啊。」

「是。」寧王坦率地承認。「我一直想讓將軍看看桃村從一個災民村，到現在目前幾百戶，近二千人，且家家富裕，這是怎樣做到的。桃村現在還越來越大，現有的人力遠遠不夠，還得請短工、長工什麼的，如果林家把那千頃荒地再開出來，再放幾千人都嫌少。」

鎮國將軍看著寧王，有些明悟的神情。

寧王繼續說道：「老將軍，桃村再大，比起天下，卻是滄海一粟。但桃村的建設，卻是可以借鑑……」

「民富國強，眾安道泰。」鎮國將軍朗聲說道。

兩人笑著帶著千里與如風向林府行去。

林老爺子與林小寧還有安風、安雨正在千頃荒地上，聽聞寧王與鎮國將軍到了，縱馬歸府。

工地上的民眾一片譁然，鎮國老將軍是一品大將軍，一生戎馬，戰績驚人，威名蓋世，誰人不知，誰人不曉，竟然光臨桃村了！

村民們與清水縣城西的貧民都驚呆了。

第五十四章

鎮國老將軍的氣色更甚從前，和寧王坐在廳堂與付奶奶聊著天。

付奶奶是一介老婦，曾與寧王接觸過，後來才知道這個與寧丫頭訂了親的王大人就是六王爺，是皇上的嫡親弟弟寧王，狂喜過後又後知後覺有些惶恐。

寧王與鎮國將軍和她閒扯了很久，說話又討巧。

付奶奶到底沒太多見識，只是會算帳，識得些許與帳目相關的字，聊了沒多久就放鬆下來，把寧王當林小寧的夫君看待。再聊下去，就樂得忘了形，與他們熟絡地扯著東家長、西家短的趣事。

鎮國將軍不斷笑呵呵地詢問著桃村的點滴發展，對什麼都有興趣。付奶奶覺得老將軍挺有趣，與她們年歲又相對接近，熱情地應他的詢問，回答著她所知道的。

付奶奶的言語很有特色，很土但十分有趣生動，把鎮國將軍逗得樂呵呵大笑。

付奶奶哪裡知道鎮國將軍的威名，更不知道將軍的品級，只道將軍就是帶人打仗的唄，就是張年那種兵頭頭，看他這歲數，應該是比張年管的人要多些吧。

付冠月還在月子裡，辛婆子嚴厲禁止她出屋，荷花也不知道付奶奶不懂，怎麼招待寧王就不提了，但對鎮國將軍的態度，讓荷花暗暗佩服付奶奶待人接物波瀾不驚、熱情禮貌、張弛有度，實在不像沒見識的村婦，太值得她學習了。

付奶奶看到林老爺子與林小寧回來才笑著讓座，把客人交給他們，還笑道：「將軍愛吃肉，就多待在桃村一陣子。桃村可不缺肉，啥肉都有，天上飛的，地上跑的，水裡游的，什麼都有，將軍儘管吃，包管你把舌頭都吃下去，越吃越年輕。桃村啊，可是風水寶地，吃桃村的米飯、桃村的酒肉，那要是不年輕上幾歲，你就來找我算帳。」

鎮國將軍爽朗笑道：「那老夫我無論如何都要多留幾日，得付夫人盛情款待，又能再年輕幾歲，作夢都要笑醒呢。」

付奶奶便笑呵呵地下去看酒肉備得如何。

林小寧上前笑道：「老將軍，您老越發年輕了啊！」

鎮國將軍笑道：「那董長清的妹子做的飯食好吃，我吃吃就這般好氣色了，只可惜去年底他們就回京了，害得我們又吃上了豬食。」

林小寧大笑起來。

林老爺子也被鎮國將軍的話逗樂了。相互介紹後，林老爺子恭敬笑道：「鎮國將軍來得可巧，開春時正好打了一頭黑熊，熊骨泡酒還有許多，正好可以喝個痛快。」

鎮國將軍笑道：「太好了，其實我就愛喝酒吃肉，聽六王爺說桃村的三個老爺子也是這般愛好，真是心下生喜。那軍中的伙食真不是人吃的，看我和六王爺都瘦了許多。」

「包管您吃個夠，但不能光吃肉，青菜也要吃一些。將軍就是吃肉也要少吃肥的，村裡幾個老爺子，現在都慢慢改掉了吃肥肉的習慣了。這樣對身體好。」林小寧說道。

「愛管閒事的丫頭，我還就衝著大肥肉來的呢。」鎮國將軍笑道。

寧王與林老爺子、安風、安雨大笑。

林小寧看著鎮國將軍的氣色，抓起鎮國將軍的手號脈，然後笑道：「老將軍身體見好啊，不過還是不能吃大肥肉，可以吃排骨、瘦肉，雞湯什麼的多喝些，酒不能超過一斤。」

「這個小妮子。」鎮國將軍笑罵著。

付奶奶當天晚上就知道了鎮國將軍的威名，那不僅是帶兵打仗的將軍，還是個封號，是可以世襲的，屬一等公。寧王若沒有六王爺的身分，根本不能與鎮國將軍平起平坐，付奶奶驚得差點摔掉了手中的茶盅。

等林家的小輩們下了學堂回家後，知道了鎮國將軍來了，鐵頭與小寶他們都興奮不已，非想看看這個蓋世的老將軍。

盧先生與衛先生也來了林府，酸酸地說要見見鎮國將軍。

鎮國將軍大笑著揮揮手。「請來、請來，想見老夫，都來喝酒，不管多大多小，喝上一大碗再痛快聊。」

不出意外，盧先生與衛先生一碗酒下去，爛醉如泥，被下人抬去了客房；小寶、家福等人是不省人事。鐵頭一大碗酒下去，卻是興奮極了，對安雨道：「師父，鎮國將軍太威風了，和郭大俠一樣威風凜凜、氣勢如虹。」

「郭大俠是哪個？」鎮國將軍問道。

於是安雨一碗酒入喉，當席把郭靖的故事細細說了一遍。他這回說起來，補充了許多的想像和猜測的內容。

說到當敵國來犯，來勢洶洶，銳不可當，朝堂之兵死傷無數，邊境城池丟失。郭大俠得聞，率眾好漢前去相助。那時正逢冰天雪地，其夫人聰慧無比，一肚子奇巧之技，縫製出許多巨大傘形皮子，用繩子從各個角上拉著，繫在身上，這樣人揹著這樣的皮子，由高處而下，就能御風而飛。那些江湖好漢們從冰山頂上揹著大皮子飛躍而下，竟一下子飛出幾十里，降落在城中，大殺敵軍破城門。此時，對陣的眾兵們就殺入城門，反敗為勝。

這一節還是安雨前幾日苦苦追問，還有沒有遺忘的細節時，林小寧隨口說出的。她不是金庸迷，但看電視連續劇，許多情節也能模糊斷續記得一些，只是並不詳細。她說得簡單，幾句就完事了，卻沒承想安雨能把那幾句話，擴想成一場驚心動魄，精妙絕倫的戰事，都不亞於金老的原著了。

安雨說得兩眼泛光，慷慨激昂，眾人聽了激動萬分，神采奕奕。

再說到朝堂假招安、暗發兵，安雨話語間充滿對當時朝政腐朽黑暗的不屑與嗤之以鼻。

再說到郭大俠率眾人突圍，朝堂眾兵眾將們早對郭大俠之名仰慕欽佩，無奈軍令不可違，於是元帥故意輸於陣前，以己身為人質，助郭大俠夫婦帶得眾人安全逃離。

這時，眾人均沈默不語，林小寧卻是瞠目結舌。這……這還是郭靖的故事嗎？

最後，眾豪傑棄劍歸田，得另一番風景，快意恩仇是前塵往事，伺田弄地卻別有樂趣，守一方鄉野，兒孫繞膝，平淡最真……

滿廳鴉雀無聲，所有人都聽呆了，精彩不說，關鍵是這樣的一代豪俠最終歸田，多少遺憾，多少嗟嘆，多少唏噓！

安風與鐵頭不是第一次聽這故事，但安雨之前說的可沒有如此詳細，尤其是破敵那一仗，今天是頭一回聽到，從來沒聽過這等精妙的戰事，當下也沈浸在其中不能自拔。

鎮國將軍聽得癡了，長嘆一聲，拍案道：「如此英雄人物啊……安雨你從何得知？」

安雨道：「是小姐以前從一本破舊的殘本上看到的，說予我聽。」

林小寧心中汗如雨下。我有說後面這些嗎？

鎮國將軍慨然道：「這樣的英雄，本來帶著眾江湖豪傑歸於朝堂，是一大助力，可嘆生不逢時啊！若是我朝，豈能做出這般小人之舉？若郭大俠生於我朝，必是叱吒風雲的大將軍！」

「正是如此。」安雨正色說道。

寧王笑道：「老將軍，待回京後，可為郭大俠著書立說，將其一生事蹟傳揚。」

鎮國將軍拍案大讚。「理當如此，理當如此，郭大俠雖不是我朝人物，但其俠義精神與事蹟是習武之人的榜樣！」

兩人對視一眼，又同時開口問：「那傘形皮子到底是怎樣的，有這等妙用？」

安雨也問過這個問題，林小寧當時只是懶洋洋地說：「我哪裡知道，這些打打殺殺的，我可沒興趣瞭解。」

當時安雨還感慨。「小姐的性子不喜這些，所以這麼重要的一節都會忘記，要不是我苦苦相問，如此精彩戰事就真的再無人知了。」

現下寧王與鎮國將軍一問，安雨的眼神就衝著林小寧而去，連帶著這兩人的眼神也黏了過去。

林小寧在眾多的目光注視下，有一種無處遁形的感覺，只好乾笑著。此刻她真是恨不得掌自己的嘴，安雨追問時，幹麼哪節不說，單單說這一節。話說這一節是原著裡哪段來的都記不清了，只記得黃蓉利用降落傘飛行原理，做出許多氣囊，破了城門大敗敵軍。

寧王鄭重道：「丫頭，仔細想想，那殘本裡到底是怎樣描述這個傘形皮子結構的。」

林小寧乾笑道：「那破書上倒是有一張圖……」

安雨給鐵頭使了個眼色，很快筆墨就拿了過來。

寧王親自磨墨，一邊衝著林小寧展顏而笑，林小寧回了一笑，心道：算了，為了這個男人，就畫吧，對不對，但也大致不差，降落傘這玩意，現在小學生都知道怎麼畫。

想了想，便在紙上畫了起來。她畫得更像滑翔翼，像船形，記得好像這樣的形狀可以揹著從山坡上跑下去，有滑翔的作用，而不僅僅是降落。至於專業的操控結構，她自然是不懂的，但最初的降落傘是那麼簡陋，她畫的結構要複雜多了，應該不會掉下來摔死吧？

畫完後，席上的所有人都興致勃勃地看著，唯有寧王與鎮國將軍，還有安風、安雨四人神情鄭重。

林小寧道：「其實書上也說了，可不用皮子，用那種細密牢固的布料更加輕軟好用些，只是當時只尋到了皮子。」

「丫頭，妳確認是這樣的結構與形狀嗎？」寧王又正色問道。

「是的，那個殘本上的圖就這樣的，我照著樣子畫出來的。書上說了，一定要有合適的高處才行，不然不頂用。說是高處有風，這樣就能兜著風，人就掉不下來，便可以飛行。慢慢滑落。」

鎮國將軍與寧王的眼中閃光。「對，沒錯，若是雨天風大時，打傘的弱小女子能被風兜著摔倒，這真是妙極，明日就試試！」

「不行，萬一要是失敗，可就摔死了。」林小寧一頭冷汗道。

「幾百年前的江湖好漢們都用過的法子，我們大名朝的精兵勇將還懼什麼？」鎮國將軍笑道。

林小寧苦笑。

寧王看了看林小寧，體貼道：「無事，我們的身手不用擔心這些，找一處山坡，不用太高，先試試效果如何。」

安風笑道：「我與安雨來試，我們倆的輕功算是不錯的。」

「不要！」林小寧急道。

安風安慰一笑。「小姐不必擔心，只要有一絲力可借，我與安雨就能借力著地。」

林小寧嘆了一口氣。「當時郭大俠他們是在冰山上，沒有障礙，皮子上的繩子不會掛到樹木上，所以才能成功。如果非要試，就在那村裡那處荒山群上試吧。那裡的樹極少，山也不算陡。」

「行，就按小姐所說。」安風笑道。

寧王、鎮國將軍與眾人都是一臉興奮期待。

幾百年前的好漢們都用過的法子，又有圖紙，加上安風、安雨這樣的身手，必不會出事。

林小寧則是清楚滑翔翼的飛行原理，如果是從荒山上起飛，沒有障礙物，就是失敗也不必太過擔心。安風、安雨的身手，那是沒得說的。

當即就讓荷花組織府裡的幾個女僕，從庫裡翻找最牢固又細密的棉布與絲綢，趕製飛傘。

第二天清晨，盧先生與衛先生才在林家的客房裡醒了過來，小寶、家福、雞毛、耗子等人也頭昏昏地睜開眼睛。

那時，林老爺子已陪同著鎮國將軍與寧王騎著馬，去逛桃村了。

盧先生與衛先生從鐵頭嘴裡聽到了昨天晚上激動人心、精彩絕倫的郭大俠的事蹟，頓足捶胸自己酒量太差，但一聽到要用那皮傘來試飛，又來了精神，馬上洗漱吃飯，百般討好府裡的辛婆子，如果要試飛一定要去學堂通知他們。

辛婆子笑呵呵地應了。

兩個先生帶著林家的一堆孩子，去了學堂。

等到鎮國將軍一行人午後回府時，荷花她們已按圖紙上的樣子，精製出來兩個巨大的滑翔翼。

林小寧昨天晚上監工，吩咐安風與安雨撕扯著布料，試驗各種布料的牢固程度，選出了十幾疋。縫製時，林小寧喋喋不休道：「不要求急，盡可能做大些，要有圓弧弄出來，一針一線都牢固，絕不能馬虎，不然被風兜破了，那可不是開玩笑的。」

此時，眾人看到五顏六色的布料軟趴趴地堆在地上，還有著無數的繩索在布料上面，都疑惑不已。「這玩意，真能帶人飛起來？」

安風、安雨在一邊摩拳擦掌，躍躍欲試。

辛婆子立刻叫人去通知兩位先生。

荒山上，安風、安雨揹上了滑翔翼，林小寧上前再一次檢查著繩索的牢固度，寧王與鎮國將軍、村裡的四個老爺子都興奮異常，荷花害看熱鬧新奇的孩子們及四個先生，圍在後面又緊張，又期待。

風呼呼地從山頂上颳過，林小寧不安地想，這樣的風是不是太大了？

但此時安風、安雨已迫不及待，同時朝兩個方向往山下跑去，身上的滑翔翼張開了，腳漸漸離地了。

啊！真的能飛！

孩子們手舞足蹈，尖聲大叫，興奮地跳著、叫著。

四個先生大張著嘴，不可置信地看著安風與安雨往那四千畝地上飛去，緩緩在空中飛行……

寧王與鎮國老將軍滿臉狂喜。當真能飛！那麼兩軍交戰時，多了多少勝算啊，從天而降，這就叫真正的從天而降！

安雨說得一點沒錯，是真有其人其事，郭大俠的事蹟的確是真的，飛傘就是證據！那丫頭不小心看到的殘本就是珍貴的孤本。安雨後面分析得很有道理，後面郭大俠率眾歸隱，其事蹟被禁，正是合情合理。不然如此奇物，怎麼就這樣失傳了？

寧王與鎮國將軍灼熱的眼神看著林小寧。

「噯，妳立大功了！」寧王微笑低語。

鎮國將軍上前來熱切道：「小妮子，妳這回真是立了大功了！這樣的奇物、這樣珍貴的殘本，被妳看到，還記得那張畫！」

「將軍要給我請功嗎？」林小寧笑道。

鎮國將軍笑道：「妳都馬上是寧王妃了，為自家做事，還想著請功？」

林小寧不好意思地笑著。

鎮國將軍又笑道：「小妮子許我吃大肥肉，我就回京給妳請功如何？」

「好，今天的大肥肉將軍盡情吃！」林小寧諂媚笑道。

鎮國將軍與寧王大笑。

圍得近的幾個老爺子聽得清楚分明，也都忍不住笑了。

在空中飛翔的安風、安雨，心中的激動與興奮無法言說。人竟然能像鳥兒一樣飛起來，這體驗千年難得啊！同時，安雨對自己腦補的郭靖的情節更加篤定了。

四千畝地上的佃戶與長工們，驚為天人地仰頭看著在空中飛著的二人，個個都像山上的人一樣，大張著嘴，發著呆。

安風、安雨兩人借著風力，在空中飛了半天，才慢慢地、安全地滑落在四千畝地中。

兩人都興奮得臉紅了。

千里、如風在山上得令，箭一般分別衝向安風、安雨兩人，不一會兒，就揹著滑翔翼飛奔上荒山。

寧王與鎮國將軍激動地摸摸千里與如風，把傘套上身也要試飛。

鎮國將軍入空時，哈哈大笑道：「天高任我飛！天高任我飛！」

當寧王與鎮國將軍落地會合後，寧王眼中閃著異樣神采，說道：「老將軍，這裡地界還太小，其實借著風力，能飛得時間更長些，卻被山擋住了，明日再做兩個出來，我們去千頃地那邊的山上起飛，那裡山更高，還有一處峭壁，沒有障礙，我們可以飛上更遠、更久！」

次日，又完成了兩個滑翔翼，寧王與鎮國將軍在桃村待了五天，每天都飛上幾回，千里、如風與小南瓜、小東西都加入了反覆上山送滑翔翼的工作。這樣跑來跑去讓這四條銀狼開心極了，因為每回送了傘到山上後，就能看到飛舞的傘，像天空中開出巨大花朵一樣，好看極了。

望仔也被吸引了，帶著火兒在荒地上沒命地追著滑翔翼。

寧王、鎮國將軍和安風、安雨每回飛完後，就在一起討論著，覺得哪處不對，回來就吩咐荷花叫人修改，第二日再接著飛。

林小寧感嘆著，古人的智慧是無窮的，科技的發展就是這樣一點一滴積累起來。反覆調整好多回，最後四人感覺很是完滿，這時寧王便讓林老爺子、張年、鐵頭都試飛一回。他們三人正是代表了老、中、青三代人，三人從沒有過這樣的驚心動魄的經歷，飛完後激動得心跳不已，半天說不出話來。

雞毛膽小，不敢飛，被安雨拎在手中，帶著飛了一回，雞毛嚇得哇哇大叫，叫了不久便不叫了，竟然迭聲尖叫起來。「我能飛了，我能飛了，我也能飛了！」

林小寧可不敢試飛，寧王笑著道：「我帶著妳一起飛如何？」

她丟了個白眼過去。「不飛，我膽小。」

「好，那就不飛。」寧王溫柔笑道。

第六天，鎮國將軍與安風打算騎著千里、如風，帶著兩個滑翔翼先行進京。小南瓜與小東西很黏千里與如風，跟在千里、如風後面不肯停。

林老爺子笑道：「乾脆帶牠們進京城去見見世面好了，這兩傢伙，都這麼大個頭了，老養著不用也不是個事。」

鎮國將軍也覺得不錯，千里、如風是他與寧王的坐騎，應當隨時跟著他們兩人。西北有大、小白倒是不用擔心情報的速度，京城與西南再各放一隻小傢伙，好隨時送軍情，西南交通開放了，肉食不緊缺了，虧不了小傢伙。

於是，鎮國將軍帶著四頭銀狼，風一樣地離了桃村。

這樣的驚人東西，真是恨不能馬上用於軍事當中，但這東西製作起來並不難，初初時覺得難以相像，可真做好了，又覺得飛起來是合情合理。所以，這東西一定要秘密彙報，知道的人越少越好，到時就靠這物，可出奇制勝。

西南的怒河湍急，三王之兵在河對面也駐了密集的哨崗，生怕這邊有什麼動作，若是以精兵帶著飛傘，就能穿過哨崗，殺掉哨兵，我軍再由對岸接應，以繩索渡河，大殺三王一個措手不及，打破僵局！

鎮國將軍坐在千里背上越想越興奮。

寧王仍留在桃村，因為馬上要十五了，林家棟就要回來，他想瞭解一下西北的情況後再進京。

但鎮國將軍走的第二日，鄭老的孫女丟了。

鄭老一口氣沒上來，差點暈過去。

幾個老爺子、寧王與林小寧都去了鄭家，鄭老哭得老淚縱橫，瀕臨崩潰，說話顛三倒四，根本說不出清楚。

黃姨娘也哭個不休，暈過去兩次。

林小寧開了兩服安神定驚的方子，鄭老與黃姨娘服下去後沈沈睡去。

小鄭師傅也是哭過的，雙眼有些紅腫。這個女兒長得像黃姨娘一樣好看，是個美人胚子，尤其是那眼睛，又大又水，雖然是女兒，還是庶女，但他與鄭老都是相當心疼的，對黃姨娘沒生兒子也沒半點怪罪，反正他還有兩個兒子，孫氏不好說能不能再生，但黃姨娘年輕，以後還能再多生幾個兒子。

孫氏與小鄭師傅情緒相對穩定，眾人聽得兩人的話才明白，是下午時分被丫鬟抱著去玩時沒的，丫鬟與女兒都不見了，現在都晚上了，沒準是遇上拍花子（注）的。

寧王蹙眉道：「拍花子的不可能。桃村是個什麼地方？那等拍花子的，也是尋一些普通人家下手，你家丫鬟穿著打扮很是精緻，小小姐更是衣著貴富，拍花子的是傻的嗎？尋人要緊，繼續尋！」

鄭老服下藥後，睡了一個多時辰又被夢驚醒了，林小寧只好施針定驚。

林老爺子、魏老、方老都來了，守著鄭老安慰著。

林老爺子道：「鄭老頭，絕不會是拍花子，搞不好是迷了路。雨護衛帶人去尋了，雨護衛的身手是絕頂了得的，莫要擔心！」

寧王很淡定。「放心，很快就能找著。」

鄭老癡癡呆呆地不言不語。

林小寧輕聲道：「鄭老，安雨是一等暗衛，最擅尋人隱匿之事，您老放心吧！」

孫氏也安慰著。「公公，雨護衛出手，定不會有事的，您放心吧。」

鄭老卻突然怒道：「妳這個毒婦，妳早就看不慣我寵愛黃氏的女兒，現下妳心裡開心了是吧？」

孫氏聞言，立刻嚎啕大哭起來，口中呼道：「冤枉啊！公公，太冤了……兒媳要是這樣想，天打雷劈啊……」

「滾！豪子，來，把這毒婦拉走，莫在我面前哭鬧。」鄭老吼道。

「公公，您疼靜兒，可更疼我的賜兒啊……兒媳有半分這想法，天打雷劈……」孫氏哭得都要背過氣去了。

小鄭師傳進來，把孫氏扯走了，孫氏的哭號聲遠了。

拍花子：是指有些特異功能的人，專門騙人錢財。據說他們能透過特異功能迷惑人的神志，讓人乖乖把錢財心甘情願拿出來。

林小寧有些不自在，寧王淡定地坐著，三個老頭則一臉喜色。

魏老甚至還說道：「唉唷，頭先嚇死我們了，你可終於能說出完整的話了，真好真好。」

這時張年來了，與寧王低語一句，寧王便道：「鄭老您好好休息一會兒，我與丫頭明日再來看你。」

三個老頭仍是留在屋裡陪著。

寧王與林小寧出了門，就跟著張年直奔前院。

正如寧王所說，安雨很快就找到了丫鬟，但已是一具冰冷的屍體，擺放在村外的山腳處。這座山不是荒山，有些許樹木，很能遮擋視線，從村外磚、瓷窯下工的人根本不會拐到這兒來。

丫鬟的屍體抬進了鄭家前院的偏廳中，小鄭師傅坐在那兒大哭。

林小寧急道：「別哭那麼大聲，別驚動鄭老。」

寧王鎮定說道：「哭什麼？又不是你家閨女的屍體。這事有些怪，等我們看看再說。」

寧王與安雨把丫鬟的頭側了過來察看。這個可憐的丫鬟，後腦凹陷下去一塊，血肉模糊，應是多次棍擊致命。

「真狠、真變態。」林小寧罵道。

「屍體周邊尋過了嗎？」寧王沈聲問道。

「尋過了，離屍體大約好幾里，有一處隱蔽之地，發現一根帶血的木棍，及一灘血跡。棍子在這兒，但沒發現其他可疑痕跡，那裡應該是行凶之地。」安雨回答。

「丫頭，妳去看看她身上有沒有其他的傷痕，我們迴避一下。」寧王道。

眾人退出偏廳，林小寧上前給屍體脫衣細細檢查一番，然後再為那可憐的丫鬟穿戴整齊，一邊說道：「她的衣著裡外完好無損，身上也無任何傷痕……等等……」

摸到衣胸口袋裡有些硬，林小寧手一掏，從口袋裡掏出了一張疊著的紙。

「都進來、都進來，有信！」林小寧喜道。

紙上寫著：後日寅時，兩萬兩匯豐錢莊銀票，百兩一張，油紙包好放到縣東郊河橋頭下的大石塊下。如何接人質，石塊下有信，若敢報官，小女娃比妳更慘！

這是綁票！付銀子，女兒性命就無憂。小鄭師傅大鬆了一口氣，止住哭聲。

安雨沈吟。「勒索信用這種方式給……」

寧王蹙眉道：「這事不對勁。」

林小寧道：「是的，如果是綁票，為何綁孫女，不綁孫子呢，鄭老的孫女可是庶女啊，為何賊人這麼篤定鄭家能出兩萬兩銀來贖一個女娃？這就是在京城也未必能為一個庶女出兩萬銀的。」

寧王道：「我也正想著這些。感覺賊人是熟悉鄭家的，熟悉鄭家財力，也熟悉鄭家疼愛孫女，而且是認識丫鬟的，不然一個丫鬟，能抱著孩子到村外山中做什麼？」

「丫鬟帶著孩子去村外山中？」林小寧詫異道。

「當然，難道綁匪敢進村來把人綁去嗎？綁匪連勒索信都是放在屍體身上，說明他們沒那本事把信送到鄭家，更不會明目張膽地把抱著小孩的丫鬟擄出村。」

林小寧一聽，豁然開朗。「對，沒錯！可是丫鬟抱孩子來這裡，說明是與賊人一夥的，可又怎麼被害呢？」

「正是這點讓我覺得古怪。丫鬟身上藏有勒索信，說明綁匪是知道我們要尋人，所以把人從行凶的隱蔽處移到山腳下，將信放在屍體身上。這樣看來，丫鬟不是他們一夥的。可若丫鬟不是一夥，那她一個丫鬟，帶孩子玩怎麼會玩到村外去？桃村地界可不小，鄭老家到村外，就是漢子走，也要走上不少時間。」寧王說道。

小鄭師傅驚奇地聽著。

寧王又道：「小鄭師傅，把你夫人帶來，去正廳，不要驚動他人，讓心腹下人去泡幾盅濃茶，好讓大家都醒醒神，慢慢想想可疑之處，這事怕是內鬼。」

小鄭師傅驚道：「大人，孫氏不可能做這樣的事的，孫氏絕不可能做這樣的事的！」

林小寧忙道：「小鄭師傅，不是說孫氏做的。」又壓低聲道：「許是府中下人與外人串通……」

小鄭師傅恍然點點頭。「大人稍等。」

孫氏本來在靜兒丟失後就哭了許久，被鄭老一罵，更是哭得眼睛都睜不開了，神情憔悴來了前院正廳，一杯濃茶下去，終於精神了些。

小鄭師傅每天去瓷窯上工，早出晚歸，對府中下人不大瞭解，孫氏管著全家，倒是天天接觸府中下人，可問了小半時辰的話，孫氏也沒說出任何有價值的事情。

寧王道：「搜府吧！所有下人屋中，仔細搜，安雨，你與張年來辦。」

「等等，」孫氏突然道：「還有一事，好像是前日吧，有一個生臉婦人從黃姨娘院裡出來。村裡開荒，生臉的人多，我也沒當回事……」

黃姨娘也如鄭老一樣，早被夢驚醒了，在屋裡無聲哭著，她並不擔心自己的女兒有事，她之前哭暈過去兩回，是氣的！她是又恨、又氣、又怕、又傷心，作孽啊！

當小鄭師傅一臉黑沈，噹地踢開她的屋門，拉她去前院問話時，她嚇得大叫道：「不是我，不是我的主意！」然後暈了過去。

小鄭師傅扛著她就去了前院，扔在地上，等林小寧把黃姨娘弄醒後，看到丫鬟的屍體，差一點又暈過去。

好容易緩過氣來，她就跪爬著，並抱著小鄭師傅的腿哀哀直哭，不用逼問，主動把事情說個一清二楚。

事情非常簡單，那黃老漢託了一個婦人給她帶信，她出村見了黃老漢一面，黃老漢對她說想念外孫女，可鄭家不可能讓他進門，他已不再賭了，現在外地做些小生意，還給外孫女買了個長命鎖，不過沒帶在身上……

於是，她按照黃老漢說定的時間與地點，讓丫鬟抱著女兒去村外的山下，好讓自己的爹爹見見親外孫女，長得多麼好看，身體多麼健康……

但黃姨娘太清楚自己的老爹是什麼德行了，事情一出就知道，她爹騙了她，綁了自己的親外孫女要銀子。

當然，鄭家所有人都知道黃老漢的德行，當下水落石出。

黃姨娘說完後哀求著。「豪子、豪子，我不求別的，只求靜兒回來後，你放我爹一條性命，他……他是糊塗了啊，求求你了……」黃姨娘哭得淚人兒一般，她本來面色有些發黃，氣色不佳，但夜晚的燈下看不出來，她的確姿色上乘，又十分妖媚，這一哭，實在是楚楚動人。

眾人搖頭嘆息。小鄭師傅卻是心軟了。

孫氏怒道：「要是靜兒有個三長兩短，你們父女都得千刀萬剮！現下妳那作孽的爹都殺了人犯下命案，我們不要他性命，衙門也不會放過他！」

黃姨娘搶白道：「許是惡人把我爹爹與女兒一起綁走了呢，要是我爹爹，怎麼會殺死那丫鬟啊，我爹爹怎麼會殺人……」

「不殺死她，難道還讓丫鬟回來報信說是他綁走了自己的親外孫女嗎？」孫氏冷笑。「搞不好就是妳與黃老漢裡應外合，想詐鄭家的銀子，怕那丫鬟走漏了風聲，就殺人滅口。豪子對妳那麼好，私下塞給妳的銀兩可不少，那麼多銀子都填不飽你們父女的肚子，一肚子壞心、壞水的傢伙……」

孫氏與黃姨娘的戰爭開始了。

黃姨娘頓時大哭道：「我不知情啊！我要知道我那作孽的爹爹會做這等事情出來，我怎麼會讓自己的女兒去受這罪呢？她那麼小，離了家人，肯定害怕會哭……豪子，豪子，我不知情啊……」

眾人不便再留，都紛紛告辭。

林小寧去鄭老屋裡說了情況。現在至少能保證，靜兒是一點事也沒有，她可是黃老漢的親外孫女呢。

鄭老頓時放鬆心情，遂咬牙切齒道：「黃老漢啊，你就是好賭，我也沒想拿你怎麼樣，這下看來，你也算是活到頭了……」

最後又道：「等靜兒安全回來，事情解決了，把那黃氏發賣。這種婦人，專門惹事端。」

幾個老爺子便勸著。「那黃氏也是個可憐人，聽說丟了女兒時哭暈過去幾回。既是不知情就別發賣了，好歹也為你家生了孫女，禁足就是了。」

然後大家都各歸各府。

第五十五章

當天，安雨就去了清水縣與安風碰頭，暗中查探。

一個老漢帶著一個小女娃，肯定會引人注目的。

三千堂的建設這時已到尾聲，收拾乾淨後，曬上半個月就能使用。

虎三正好無事，就與安風分頭暗中打探查訪。

天下就有那種喪心病狂又貪又蠢的人，如黃老漢、于錢。

為了得到鉅額贖銀，黃老漢和于錢一起設計綁走了鄭老的孫女。

于錢在京城裡就想在黃老漢身上撈上一大筆，不然怎麼會把身無分文的黃老漢招待得不錯呢？知道黃老漢喜歡菊花，便與菊花商議許久，定下此計，得了銀子兩人四六分，他四成，菊花六成。

然後由菊花出面，哄騙著黃老漢綁自己的親外孫女，一筆拿多些，然後為她贖身，與他結為夫妻，做個小生意，再為他生幾個白白胖胖的兒子。至於幫手嘛，到時分一些銀子給他們就行了。

黃老漢看到風騷無比的菊花，骨頭都酥了，又聽到白白胖胖的兒子，那是什麼都答應。

一切都設計好後，菊花出了二十兩銀做路費，又叫了花滿樓的一個功夫不錯的打手，那打手傾心菊花，打算拿到銀子後為菊花贖身，兩人過美日子去。

於是黃老漢、于錢、打手三人一同前來清水縣，先是請人送信給黃姨娘，再等到丫鬟抱著孩子來讓他看時，順利殺死完全沒有防備的丫鬟，迷暈並帶走了靜兒。

結果綁架這麼大的小娃兒，雖是綁了過來，卻哄不過來。黃老漢的外孫女並不認識黃老漢，半夜時分，藥勁過了才醒來，娘親、爹爹與爺爺都不在，又餓又驚恐，哭個不停，害得客棧的夥計來提醒。「孩子哄哄吧，這大半夜的。」

黃老漢忙道：「我是她外公，帶她出來玩呢，這不作了一個惡夢就哭成這樣。」

小夥計不耐煩道：「趕緊哄哄，吵死人了。」

打手拿出隨身帶的蒙汗藥泡了一點在水中，又給靜兒灌了下去，才安靜下來。

黃老漢看著心疼，小聲罵個不休，那打手黑臉低聲道：「殺也殺了、綁也綁了，到了這一步，難道看著這娃娃哭鬧出意外嗎？不過就是到後日清晨，你寶貝外孫女再受苦也只是不到兩天而已。」

黃老漢想了想，也無奈地住了口。

三人自以為此計天衣無縫，依著鄭家的財力與鄭老對孫女的非凡疼愛，絕不會報官，定會交銀子換人的。

可他們三人哪裡知道，丫鬟被殺滅口，但黃姨娘心中有數，雖然不敢言，可寧王與安雨很快就看出破綻，鄭家人馬上知道得清清楚楚。

黃老漢是個只知道吃喝嫖賭的蠢貨，仗著女兒勾搭上小鄭師傅，得了寵有了銀子，找著機會就伸手要錢，對於此事敗露的後果，完全沒有危機意識。他清楚自己的女兒孝順，況且這種事，就是猜到了，女兒也不敢說出來，鄭家鐵定乖乖交銀子。這些銀子對鄭家來說又不算多，到時拿到銀子，就與菊花那風騷小娘去過神仙日子去！

若是鄭老不在桃村，就是知道實情也會交銀子，到底是心疼孫女。

可是，鄭老在桃村。哪怕交了銀子換回靜兒後，他們三人也跑不掉。管他天南地北，沒有找不著的可能，況且現在就已開始暗尋了。

安雨是一等暗衛，尋人自不必說，虎三曾是捕快，尋人也是很有一手的。

到了下午時分就已有頭緒，在城郊的一個莊子上，有一個小飯館，也有幾間客房可接待往來客人住宿。

三個男子帶著靜兒就住在其中兩間客房裡。

安雨出手狠戾無比，果斷乾脆，根本不用顧及靜兒，只要快，一切都盡在掌控中。三個男子只有一個是練家子，另兩個不過是普通漢子，根本不在話下，只踢門進屋，抱起靜兒，跟進的虎三就開始收拾這三人了。

這齣大戲唱得是虎頭蛇尾，迅速落幕。

三人交代清楚整件事情的來龍去脈，然後被大綁著押送桃村。虎三趕車，昏迷的靜兒也被安雨以藥救醒了，哇哇地哭著要爺爺。安雨不會哄，餵了她一些水，就任由她哭。

靜兒的哭聲到桃村門口時慢慢小了，等到了鄭家，就一頭倒鄭老的懷裡，沒力氣再哭了。

寧王與安雨還有虎三大功告成，功成身退。

鄭府眾人根本來不及感謝，只手忙腳亂把靜兒抱進屋去，那三個綁匪被小鄭師傅帶著下人給拖去了柴房。

可憐的小靜兒，從被劫後只要一哭就被迷過去，黃老漢倒是在她每回醒的時候，耐著性子哄著餵過一些水和兩碗粥，她倒也吃了，雖然並不飽，但也沒餓壞，只是又驚又恐，終於歸家看到爺爺、娘親與爹爹，可連劫後餘生而哭的力氣也沒有。

林小寧讓府中下人去請耿大夫來一起會診，同時讓人安排把早上的白粥熱了熱，馬上給靜兒餵了下去，靜兒才昏昏在鄭老的懷裡睡去，但只是半睡著，並沒有睡著，有時小身體一抽，就驚恐地睜開眼，看到鄭老，才又安靜閉眼。

鄭老心疼得直掉眼淚。余婆子也擦著眼淚道：「作孽喔，這麼點的娃兒，遭這樣的罪……」

鄭老的眼淚掉得更凶了。

林小寧安慰著。「鄭老，無事，您放寬心，靜兒是受了些苦，但無性命之憂，好好休息一陣子，過兩天就好了，去讓黃姨娘來邊上守著吧。」

鄭老道：「不用，老頭我親自守著，那婆娘趕明兒就發賣了。」

林小寧便勸著。「黃姨娘到底是靜兒的生母，若是發賣了，怕對靜兒有所影響。」

鄭老沈默一會兒道：「回頭讓婆娘過來，不許合眼地伺候靜兒，每一件活都得親手做，不許讓下人幫忙，為靜兒贖罪。」

耿大夫也被接來了，林小寧把自己診斷的情況說了一下，然後尊重地請耿大夫號脈。

「靜兒這麼小，之前又受過多次迷藥，所以方子的分量得慎之又慎，耿老，我不大有底，所以就請您來了。」林小寧恭敬道。

耿大夫笑了笑。「小寧丫頭醫術我不提，但只說這樣的心性，將來也必會是醫界的女宗師。」

「耿大夫過獎了。」林小寧笑道。

耿大夫笑著輕輕給鄭老懷中的小靜兒把脈，過了好久才慢聲道：「無事，無事，今天就喝粥、喝撇油的雞湯，明日開始吃些乾食。我這就去開方子，兩服下去必能除去迷藥隱患。丫頭，妳來看看我的方子。」

「丫頭多謝耿大夫授藝。」林小寧討好笑道。

等林小寧與耿大夫告辭出府時，發現鄭府前院是一片雞飛狗跳。

黃姨娘正哭天搶地，要衝進後院去看靜兒，被孫氏安排的人阻攔。她只好又哭求小鄭師傅，讓她看看女兒，小鄭師傅道：「晚一些，現在靜兒有爹陪著……」

小鄭師傅對黃姨娘還是有些心軟的，話中暗示鄭老正在氣頭上，這時不是去找罵嗎？

黃姨娘哪有聽不明白的道理，又苦求小鄭師傅放黃老漢生路。

孫氏在一邊冷言冷語。「靜兒以後記在我名下養著，沒得讓這樣喪了天良的人給帶歪了。黃老漢的性命，笑話，一條人命在手，我們不究，衙門還不究嗎？」

黃姨娘又罵又哭。「死的是我的丫鬟，是有賣身契的，僕為主死也不過分，這樣的事，衙門哪裡會過問？」

孫氏就冷笑。「那是妳的丫鬟？府裡所有人的賣身契都在我手上呢，哪來的妳的丫鬟……」

大婦與小妾，又開始爭吵不休。小鄭師傅被吵得頭大，只好溜了。

而幾個老爺子徑直去了柴房拎出三個綁匪，一頓胖揍，三人被打得鼻青臉腫。

林老爺子洩完火氣後，遠遠說道：「莫吵了，黃姨娘妳回屋去，狗兒的娘去陪靜兒，叫鄭老頭也來出口氣。」

孫氏得令，乖乖地去喚鄭老了。

鄭老自從靜兒回家後，就一直陪在身邊，那三人看也沒來得及看一眼，只一門心思撲在靜兒身上。林小寧與耿大夫也只是讓了余婆子去送，半刻也不願離開小孫女。

現在孫氏去喚他，說幾個老爺爺讓他去前院出氣，鄭老一腔怒火才熊熊冒起，烈烈燒上來，眼睛都燒紅了，看到牆壁上掛著的雞毛撣子，拿下來大步急走。

鄭老一看到綁得死死的、倒在地上頭破血流的三個爛人惡賊，像看到三世的仇人一樣，大吼一聲衝上，用雞毛撣子劈頭蓋臉地亂抽，雞毛撣子看似斯文秀氣，殺傷力卻不小，在空中嗖嗖飛舞著，讓三人大聲呼痛求饒。

鄭府混亂鬧騰得像過年一樣。狗兒聽到府中下人來報信，小妹妹平安回來了，馬上請假從學堂飛跑回來，正撞上這一幕，狗兒大叫著：「爺爺，讓我來！」抬腳飛踹過去。

林老爺子是獵戶，不屑雞毛撣子與少年飛腳踹這樣的玩意，一點勁道也沒有。笑呵呵地從柴房找了兩根粗壯的木頭，遞過去給鄭老與狗兒。「這個用起來才帶勁，來，下狠勁打，他們手上還有一條人命呢。安雨說了，可儘量出氣，生死不計，田大人會處理好的。」

林小寧與耿大夫津津有味地看了好半天熱鬧，可當粗柴木棍出現時，兩人對視一眼，便打算離開。

這時三人鬼哭狼嚎地求饒，這個說是那個的主意，那個說是這個的主意。

耿大夫加快了步子，林小寧跟上耿大夫，但又回頭看了一眼，這一眼，突然發現三個男人中，有一個正是張嬸的前夫——于錢，沒錯，在京城時還見過他的。

她停下了腳步，耿大夫還在前面道：「丫頭，走快些。」

「耿大夫等等。」林小寧說道：「他是于錢，爺爺，他是那個于錢！」

林老爺子道：「早就認出來這個畜生了！妳先回去，已去叫張年夫妻來了。」

「好，那我回去了，你得留口氣給張嬸出，這事先不要讓大牛、二牛知道。」

「知道的，快扶耿老頭出去。這場面，看什麼看。」林老爺子笑道。

林小寧回到府裡，寧王笑道：「剛才我去打了幾隻野雞，怎麼樣，晚上我們烤著吃。」

「好，要麻要辣。」林小寧笑道。

「什麼事這麼開心啊，看妳笑的。」

「剛才看了一場大婦、小妾的吵架，覺得很是好笑。」

寧王哈哈大笑起來。「說起小鄭師傅，也是太寵妾室了。」

林小寧警覺地看著寧王。「你寵不寵？」

寧王笑道：「我一向不喜齊人之福，享不來那樂趣，妳這是想詐我嗎？」

林小寧嘿嘿笑了起來。

「晚上我們倆烤著吃如何，帶上望仔與火兒？」

「最好帶上小香，小香烤雞最香了。」

「我烤給妳吃。我烤的比小香烤得還香。」寧王哄著。

林小寧笑著點點頭。

今天是十四，晚上的月亮很圓，掛在天空當中，沒有星星。

林家前院的花園裡有一個專門燒烤的亭子，很大，那是林老爺子的愛好，喜歡打些小獵物回來，與村裡的幾個老頭一起吃吃烤野味，喝喝小酒什麼的。亭中四角各有一串風燈，林老爺子年歲大就更喜歡明亮，所以各角掛了一串風燈。不知道為何，看到風燈又多又亮的，幾個老頭坐在裡面，都說感覺自己又年輕了。

亭子裡三面是木質的長椅，有小几、有炭框，中間是大口的燒烤爐子，炭火燒得旺旺的，上面架了燒烤架子。亭中還有小凳子、案几、一個大櫃子，放著各種調料、碟、筷以及燒烤網等等各種事物。

林小寧的臉被爐火映得紅紅的，嗔罵著。「看吧，火太大了，雞肉都烤焦了。還說你會烤，你就會說，根本不會烤，騙子！」

寧王是第一次烤雞吃，之前每回來都是別人烤，有時他興趣來了也翻動兩下，只覺又簡單又樂趣無窮，可怎麼親自烤時，發現一點也不簡單。

「快噴點水在炭上，讓火小一些。」

寧王照辦，結果一下子噴多了，火都快滅了。

望仔本來與火兒很興奮地等著烤雞腿吃，看到這情景，笑了起來，火兒媚笑著，把寧王激得火起，拎著望仔到眼前狠瞪了一眼，望仔吱吱亂叫。

「我說的是噴水，是噴，你懂嗎？不是澆，欸，你沒讀過書啊？」林小寧笑罵著。

「沒讀過呢，才只好娶妳這個地主婆了，要是讀過了，那不得娶千金小姐啊。」

林小寧一聽就心中泛起溫柔。「知道就好。來，我來烤。」

「妳會烤嗎？」寧王笑著問道。

「不知道，試試吧，也許比你要稍稍好些。」

「先要把火生起來，都滅了。」寧王笑著提醒著。

「討厭，這不是還沒準備好嗎？還要你說，難道我不知道啊。」

「其實妳也不會。」寧王又笑道。

「我不會，但我不會哄哪個人說自己可會烤呢，還說烤得比小香烤的還香……」林小寧噘著嘴說道：「其實說起來，這天下就兩個人烤的雞最香，一是小香，二就是周少爺的福生。」

寧王賭氣道：「明天我就去京城把福生要過來，專門來給妳烤雞吃。」

「君子不奪人所好，福生可不只烤雞這點出息。」林小寧笑道，一邊把澆濕的炭挾了出來，放了乾爽的新炭進去，吹了吹，火又一點點地起來了。

火終於燒起來了，寧王與林小寧兩人開始翻動著架子上的雞。

「望仔與火兒呢？」

「早不見了。」寧王得意笑道：「這兩個傢伙，被我嚇走了。」

「嗯，你真厲害，望仔與火兒都能被你嚇走。」林小寧滿臉的欽佩。

寧王大笑起來。

望仔與火兒的吱聲又傳來，小香的聲音也傳來。「慢點，我看到了。」

「看到什麼？」林小寧笑著起身問道。

「望仔與火兒非扯我來花園燒烤亭，我就知道這兩個貪嘴的，想要什麼好吃的了，讓我來幫忙。」小香笑呵呵地說著。

她是說望仔與火兒，但寧王與林小寧聽得別有他意，尷尬笑著。

小香看了一眼雞。「肚子那面刷了料沒？」

林小寧與寧王對視一眼，搖頭。

「好好的雞就被你們倆糟蹋了。我來，等我刷好料後，你們負責看火與翻動。」小香的聲音果斷乾脆。

寧王與林小寧乖乖讓位。

小香神氣地坐在當中的小凳子上，麻利地把盆中的幾隻打理乾淨的小野雞順溜地用木籤撐開肚子，開始刷上各種調味料，又問：「姊，加麻加辣？」

「對對對，」林小寧點頭。「要大麻大辣。」

小香望著寧王。「那個……」

寧王笑道：「小香，妳平時就叫我軒哥好了。」

小香笑著點點頭。「那……軒哥，你要不要也加麻加辣？」

寧王笑道：「一樣的，都加，帶勁。」

「留一隻不加麻辣的給望仔與火兒，」小香說道。「我也來上一隻，這幾隻野雞真小，是哪個打的，一人一隻也就勉強墊墊。」

寧王聞言乾笑。

「是虎三打的。」林小寧看了看寧王，笑個不停。

「就說呢，要是軒哥打的，肯定是又大又肥。」小香笑道。

「哈哈哈……」寧王再也忍耐不住，從尷尬轉換到捧腹大笑起來。

「望仔，櫃子裡沒酒了，去叫荷花抬一罈酒來，小香，我們姊妹從沒一起好好喝酒聊天過呢，妳都長這麼大了。」林小寧笑完後，突然覺得這樣的場景特別感動。

小香有些興奮。「好的，爺爺也說今天開春後，就不禁我喝酒了。」

「我們姊妹好好地喝上一通，我讓荷花熬上醒酒湯，不誤妳明天教學。」

「沒事，開春忙，女子們的家務活繁重，女子學堂春後全都改成午後開課，課時一個半時辰，用馬車統一接送。大姊妳天天忙著開荒與三千堂的事，自然是不知道的。」

唉，我哪裡忙啊，也就是監管看看而已。林小寧汗顏，歉疚地對小香笑了笑。「小香，我們今天晚上痛快喝。」

不多時，荷花與小丫抬著一大罈酒過來，小丫放下酒罈後，荷花一個眼色，小丫便禮貌地行禮告退了。

荷花手中還帶了幾件大披風，林小寧與小香接過披風披上。寧王看著荷花手上還有一件男式的披風，失笑地接了過來披好。「荷花越來越細心了。」

荷花開心地笑著。「六王爺過獎了。小香小姐，要我幫忙嗎？烤雞可不是一件輕省的活。」

「荷花姊願意幫忙當然是最好不過了，荷花姊最是心細人好了。不過光有雞不夠滋味，去廚房拿一些新鮮蘑菇來，烤著吃可香呢，還有晚上燉的豬腳，剩了好多，全撈起來，燉過的豬腳烤著吃，軟軟香香的，比雞肉還有滋味。」

「妳也找件披風，一起來吃。」林小寧說道。

「好的，小姐。」荷花笑著去了。

豬腳燉過後再烤，從來沒吃過這等吃法，想著都有些饞。寧王與林小寧笑著對視，充滿了期待。

「小香，這個烤豬腳妳是怎麼想出來的法子？」林小寧好奇地問。

「妳不知道這事，那時妳剛好去京城參加曾姑娘大婚去了，正逢嫂子剛害喜，突發心思想吃烤豬腳，可烤的豬腳又太硬咬不動，我就與辛婆子琢磨著燉軟後再烤，可不就咬得動了嗎？結果竟然特別好吃，烤得肉多香啊，咬著嘴裡卻又軟軟黏黏的，嫂子就是一直吃我這個烤豬腳配煮青菜，才過了害喜的日子的。」

「小香，妳真了不起。」林小寧由衷地讚美著。

荷花穿著厚披風，端著大盆的燉豬腳，上面放著洗淨的蘑菇，興奮地來了。

寧王坐在三女當中，沒有絲毫不自在。小香討好地把第一隻烤雞遞去，滿眼崇拜地說道：「軒哥，聽說西南那邊你打得可威風呢！把三王都打退到忘川以西去了。」

寧王坦然笑道：「其實不是我威風，是鎮國將軍威風，加上三王太蠢。」

小香格格地笑了起來。

寧王拿起刀，在盤中分開雞肉，於是四人一手抓著雞肉吃，一邊忙著不停用筷子翻動網上的蘑菇與豬腳，然後說笑聊天，再喝酒。

望仔與火兒來討肉吃，但這隻雞是加麻加辣的，嗆得兩傢伙跳腳，憤怒地吱叫著。

寧王與林小寧毫無憐憫之心，同時哈哈大笑。荷花與小香也樂得不得了。

小香馬上又送上不辣的烤蘑菇安慰兩個小傢伙，才平息了牠們的怒火。然後又遞上一隻沒放麻辣的烤豬腳，兩個小傢伙這才舒舒服服地在一邊啃吃起來，很是歡快滿足。

小香創新的烤豬腳的確滋味獨特而美妙，用了醬油與八角醃製了一會兒，外面是孜然與麻辣香，醬紅色的外皮，咬一口，軟軟黏黏的，妙不可言！

寧王棄了雞肉，對這烤豬腳情有獨鍾。

林小寧也覺得特別香，烤的香味蓋住了黏膩之氣，一沾上味，就吃開了，吃得滿嘴油，手上也全是油。

「來，這樣，像我這樣用手抓著吃，才帶勁過癮。」林小寧啃著豬腳，含糊不清道，臉上也蹭到許多。

小香也荷花也放開了，雙手都用上了，很是盡興。

寧王倒是用手的，但在三女當中，吃像便十分斯文有度，根本不見與林家棟和林老爺子喝酒時的豪放。

林小寧俯耳過去。「我是平民，你是貴族，看來差距在生活中點滴可見。」

寧王笑了笑，手中的豬腳便在嘴上擦了擦，沾了許多油在嘴邊。

林小寧閃動著媚眼看著寧王，微微笑著。

「好吃嗎？」她問道。

「好吃……」寧王嘴臉上的油更多了。

林小寧笑拿起帕子。「看你這吃相，都和家福一樣了，擦擦。」手中的帕子就衝著寧王的臉上去了。

寧王側著臉，安靜地讓她擦著，目光滿是笑意。

「開心吧？」他低語著。

小香與荷花就偷偷捂著嘴笑。

林小寧笑著著寧王，滿眼對當下的滿足與感激。

寧王溫柔地偷偷握了握她的手，兩隻油膩的手私下握在一起時，她的心中洋溢著奇異的甜蜜與快樂。

荷花細心地不停斟酒，等到吃到肚子飽，荷花率先醉了。

荷花醉後便像小香一樣格格笑著，又起身，再次為大家斟酒，還笑道：「小姐與六王爺多喝些……」然後就伏在長椅上睡著了。

寧王喝得最多，因為林小寧不停地灌他的酒，笑吟吟地把鄭老特製的大酒盅送到他嘴邊，他便微微笑著，然後一飲而盡。

林小寧只覺得他這動作看得人骨酥，不斷地把滿滿的酒盅送到他嘴邊，臉上露出嬌媚的笑容。

寧王看著林小寧的笑容也渾身軟麻，不停地一口一盅把酒飲乾，根本忘了身在何處。

有時酒盅一乾，還沒來得及倒上酒，他就湊過臉來討要酒喝，但是要林小寧親自捧在他的嘴邊，才很是得意坐正，沾上一點先嚐嚐，又再一口飲盡，只覺得趣味無窮。

酒與肉還有心愛的人的笑顏，如同眼前的爐火，在心裡燒著。

小香酒量出乎意料地驚人，第一次沾酒，一盅接一盅地喝著，到現在也沒醉倒，但大舌頭地格格笑著。「姊，妳還記得嗎？我那時和小寶烤山鼠。我啊，那時就想，這一輩子什麼都可以不要，但一定要有吃的，要有吃不完的肉。我那時作夢都想當掌廚的大廚娘，這樣就可以天天吃肉。可沒承想，我成了女先生……」

林小寧喝得很少，但她沾酒就醉，有點暈頭轉向，傻乎乎地笑著。「是啊，妳就是個好吃鬼，老鼠都吃，好吃鬼。」

小香分辯著。「是山鼠，不是老鼠。」

林小寧呵呵傻笑。「反正都是鼠唄。」又衝著寧王低聲耳語：「她啊，那時還想殺了大黃吃肉……」

寧王此時已醉了，他被林小寧灌了太多的酒，又喝得太急，現下他的眼中只有林小寧的嬌媚笑顏，早就神魂出竅，聽到殺大黃吃肉，腦子頓了頓，突然喝道：「哪個賊人膽大如斯！敢殺大黃？」

寧王這一聲喝，讓習慣了各種刺客神出鬼沒的林小寧驚叫起來。「誰敢殺大黃，是誰?!出來！」

小香正在吃著一朵蘑菇，醉醺醺地驚訝道：「你們是作夢吧?大黃誰敢殺牠啊。」

「是啊，大黃在京城我母后那兒享福呢。」寧王看著林小寧，疑惑笑笑。「許是我作夢吧，竟聽到有人要殺大黃。」

「你這不叫作夢，你這叫醉了。」林小寧笑了起來。

「瞎說，我可沒醉。」

「嗯，都沒醉，再喝。」小香大舌頭地艱難說道。「這酒真好喝，這可是我第一次喝爺爺喝的這種酒。真好喝。」

於是三個人又開始喝了起來，林小寧仍是嬌媚地一盅盅餵酒給寧王喝。

小香又是幾盅酒下肚，坐都坐不穩了，看著林小寧與寧王這般親熱，格格笑著。「光天化日，不成體統。」

含混不清地說完這一句，小香終於醉趴下了，倒在荷花身上呼呼睡去。

寧王醉得迷糊，突然發現坐著的只剩他與林小寧兩人了，奇怪地問道：「人呢?她們去了哪裡?」

林小寧酒量差，本就暈乎乎了，又被寧王餵了幾盅酒，靠在椅子上昏頭轉向地說道：「應該都走了吧……望仔，火兒，去叫人把我們抬進去，我好睏啊……」

寧王把一杯酒盅送到林小寧嘴邊：「來，既然她們都走了，那換我餵妳喝。」

林小寧呵呵笑著，趴在寧王懷裡，動都不願動，就仰頭張嘴。「啊——」地叫著。

寧王神情迷醉，一手抱著林小寧，一手把酒倒進了她的口中。

一滴，又一滴，滴在林小寧的唇邊，卻是個空酒盅，寧王渾不自知，得意問道：「灑了沒？」

「沒灑，你真厲害，餵酒一滴都不灑出來。」林小寧舔了舔唇邊的酒，醉得話也說不清了。

「那妳怎麼獎我？」寧王抱著林小寧靠倒在椅子上，像個小孩兒似的問道。

「嗯，我獎勵你一個秘密。」

「嗯，這獎勵可不能輕了，得是天大的秘密才行。」寧王醉眼笑道。

「是，天大的秘密，那個飛傘是我畫的，哈哈哈哈哈。」

「是妳畫的，我們都看到了，誰敢說不是妳畫的，砍他腦袋。」寧王說話也含糊不清了。

「呵呵呵，你對我真好……摘月亮給我，還為我砍別人的腦袋……你對我真好……」

林小寧甜蜜地說道。

寧王抱著林小寧，輕輕拍著她。皇兄與母后在他小時候就常這樣抱著他拍著他，他覺得這是最親近的行為。

「我對妳好一輩子……」寧王的聲音輕柔。

「你為何對我這麼好，可是……因為我長得好看？」林小寧笑問。

寧王醉醺醺地笑了，記得去年時，她還說自己長得不好看，現在又說自己長得好看，她的心思真有趣。若只論長相，她那模樣，怕是連王府裡的婢女都不如。

但還是溫柔體貼說道：「嗯，長得好看是一點，還有一點，我就是想對妳好。」

「為什麼想對我好？說來聽聽。」林小寧的聲音越來越小。

「因為……」寧王想了想。「因為我一看到妳就想對妳好，就覺得應該對妳好。」

「瞎說呢大騙子，你第一次見我還罵我呢。」林小寧打著精神罵了一句。

「那時不知道是妳嘛。」寧王說著醉話。

那時不知道是妳。說完後寧王才發覺，正是這樣，那時不知道是她。

這感覺太奇妙了，在裕縣時，就有這感覺，卻一直不清晰，現在突然清晰明瞭。就是在荒山上，天命之星升起之前，他看到她的笑，起了慾，動了心，然後就再也不能收回，然後，他們的天星就升起了……

「我說過的，妳是我命定之人，所以我要對妳好。」寧王低低地說道，又輕拍著林小寧的背。

第五十六章

等到望仔與火兒把辛婆子帶來時，寧王與林小寧相擁著在一張長椅上睡著正酣，而小香趴在荷花身上，倒在另一張長椅上。

辛婆子馬上叫來安雨、小丫與幾個壯女僕，把林小寧、小香、荷花給抱進屋裡去了，寧王則被安雨扛走了。

第二日太陽高照，林小寧才昏昏醒來，一睜眼，小丫就送上了醒酒湯。

林小寧完全記不住昨天的事了，只是好奇自己不是在吃燒烤嗎？怎麼就回屋睡了？

洗漱完畢，吃過早餐，才知道只有寧王是清早起來，與安雨不知道去哪裡了。小香與荷花還在睡著，她們都醉得太狠。

林小寧偷偷入了空間洗了個澡，空間裡的靈氣還沒養回來，那水柱的水越來越清，也不再有之前的霧氣縈繞。望仔與火兒在空間吃了些三七與靈芝，地裡的藥材都被望仔扯了出來，只留了那一簇草莓，但幾乎停止了生長。

那堆小山一樣的寶藥，也被望仔拿出許多來做養料，養著空間的極淡的霧氣。林小寧眼睜睜地看著寶藥一點一點少下去，心疼得不行，但望仔堅持每天拿一株寶藥來做養分。說牠，牠還吱吱亂叫義憤填膺。

晶石少了一顆，水的靈氣十分稀少，都不好喝了，寶藥這麼多又不能用，不拿來養這寶地，堆著做擺設啊？我還生氣我沒吃的了呢！

林小寧便任牠折騰了，只道：「至少給我留上幾株藥以備萬一。」

望仔不屑地答應了。

雖然空間靈氣少得可憐，可到底是能帶人進來了，望仔每天都會抽時間來養空間，根本不需要她操心。

林小寧有些無奈。說起望仔，她從一開始就不像望仔的主人，望仔與她說話也從不帶著稱呼，他們之間其實算是平等的。

自從那塊黑石被望仔找著後，望仔就能自主進出她的空間了，根本不用她相幫。現在這個空間等於是被望仔主導了，她還不能有意見，這算什麼事？

臭望仔！林小寧暗暗罵道。

望仔抬頭，吱吱嗤笑著。

林小寧看著望仔的表情，哭笑不得。要不是這空間在自己身上，林小寧都要以為這本就是望仔的空間。

她甚至懷疑，其實那塊黑石頭的主要功能就是助望仔與火兒能自主進出空間，至於能帶人進來，怕不是望仔所看中的。要不為這塊石頭，望仔繞那麼大一個圈子做什麼？這小心思啊，真是個壞傢伙。

望仔討好地吱叫了兩聲。

林小寧笑道：「望仔能活五百歲，我最多也就再活上百八十年吧，不知道這空間以後能不能成為你的？不然我也帶不走，可惜了。」

望仔吱吱地討好叫著，火兒羞澀地低著腦袋，很有些搶了人家的寶貝的神情。

「原來有了那塊黑石頭，就能讓你成為空間第二主人，我死後本就給不了別人了，但現在能給你。我不生氣，我哪會生氣，那你們可要好好打理。乖，你是天下靈物之首。」林小寧摸了摸望仔與火兒笑道。

望仔討好賣萌地不停甩著尾巴，火兒也在一邊媚笑著扭屁股。

林小寧呵呵笑著出了空間，讓小丫搬了一張躺椅，坐在自己的小院中曬著盛春的太陽，看著一本話本，長長的頭髮就這樣披散著，慢慢乾了。

荷花這時才醒了來，利索地收拾乾淨自己，然後滿是歉意地給林小寧梳頭。荷花梳頭的手藝相當不錯，當初在曲家，就是因這梳頭的手藝才做上了二等丫頭。她能梳好多複雜的花樣，但林小寧只喜歡最簡單的少女髮髻，一根玉簪插上就完事。

林小寧笑道：「荷花不必這樣歉疚，妳現在是管事丫鬟，別說是與我們喝酒喝醉了，就是平日裡偷懶，只要我不說，誰敢怪罪妳？」

荷花細聲細氣地說道：「小姐，我這輩子最感激的人就是太傅夫人，是她把我買來送給小姐，我將來生生世世都要伺候小姐，忠於小姐，敬重小姐。」

「妳說這話和梅子一個德行，下輩子我還不知道是什麼呢，保不定人都做不了，做上小貓、小狗了。」

荷花篤定地說道：「怎麼會？小姐處處行善，大仁大義，下輩子肯定還是千金小姐，到時我再去伺候小姐。」

林小寧也索性不再計較這些，只是笑道：「若真的都是投人胎，莫說生生世世了，只說下輩子，我們誰能記得誰啊，不是要喝孟婆湯嗎？」

「小姐，我聽戲文裡說，如果給孟婆幹活百年，哄得孟婆開心，或許能不用喝湯就投胎，再賄賂地府的官差，就能知道親人投生在哪家哪戶。我會記住小姐的，小姐不管投了多少世，我都會找到的。小姐記不住我沒關係，我記得住小姐。」

林小寧莫名地感動了，輕聲道：「荷花，要真有生生世世，妳真找著我了，我就收妳為妹妹。妳可要記得這事，要記得提醒我。」

「嗯，」荷花淚光閃閃。「我一定會提醒小姐的，讓小姐收我為妹妹，伺候小姐一輩子。」

林小寧失笑了。

直到中午前小香才醒，找到林小寧，興奮地說道：「姊，我昨天好像喝醉了。」

「是啊，我們都醉了，小香，醉的感覺如何？」林小寧笑著問道。

「什麼都不記得了，好奇怪的感覺啊，竟然什麼都不記得了，我都不記得我說了什麼，姊，妳說了什麼？」小香眼神閃著奇異的光。

看來小香將來是個小酒鬼。林小寧暗道。

「醉狠了就這樣，不過，如果提醒提醒妳，就能記起來了。」林小寧笑道。

「怪不得爺爺他們喜歡喝酒，醉的感覺真是很有意思。」小香笑道。

「妳以後可別成女酒鬼。」林小寧打趣著。

「不會不會，我會喝少些。」小香笑道。「今天下午大哥回來，我們晚上再喝一些不？」

「妳這酒鬼，走遠些。」林小寧笑罵著。

付冠月的笑聲也到了。「看吧，小寧，小香都被妳帶壞了。」

「嫂子來了。」林小寧與小香笑著招呼。

「吃飯了，今天特意把中飯開得早些，下午你們大哥要來，晚席也會開得早。小香以後不准喝酒了，要喝也得年節時才喝。」付冠月坐完月子後胖了一圈，胸前飽脹，很是福貴感覺，笑咪咪說道。

「嫂子，這話就不對了，小香不過就是愛喝喝酒而已，話說人生得意須盡歡，莫使金樽空對月。這酒中樂趣，也是文化，豈能男人獨享？」林小寧笑道。

付冠月忍俊不禁。「妳啊，小香真是被妳帶壞了，幸好妳們倆一個訂了親，一個馬上要訂親，不然爺爺和我得急死了。」

小香的親事將在春忙過後就訂，與鄭家說好了的。

「嫂子。」小香羞惱地叫著。

林小寧與付冠月呵呵直笑。

中飯時，林老爺子問著那三個綁匪一事，對於昨日四人酒醉之事，顯然並不知情。府中下人誰也不會提這事，辛婆子與安雨很是老道。

那三個綁匪現在是生不如死地關在鄭家的柴房中，誰也不去給吃給喝。

林老爺子談的是要不要送去官府定罪一事，因為其中牽扯到兩個人物的身分很是敏感，一是黃老漢，二是于錢，黃老漢算是半個親家，于錢怎麼說也是大牛與二牛的親爹。

還在議論著，就有下人來報，鄭府出事了。

大牛聽到了消息，去了鄭家的柴房，把于錢給打了一通，好像沒氣了。

寧王、林老爺子還有林小寧立刻出門向鄭府奔去。

鄭府的前院大柴房門口站著鄭老與小鄭師傅，還有大牛、張年、張嬸。下人都被打發走了。

一問才知道，目前二牛還不知道于錢參與綁架一事，大牛是鄭老的徒弟，自然是天天入鄭府的，靜兒被綁，他與鄭老一樣急。昨天知道靜兒安全回來，看了靜兒後，便想狠狠揍上三個壞人一通，但張年與張嬸攔住，說不可用私刑。

大牛嘴上應了，卻在半個時辰前進了鄭府，偷偷溜去柴房打算出氣，沒料到竟然發現，三個壞蛋竟然有一個是于錢！

怪不得爹娘攔住他！

大牛怒火中燒，他從小就噁心討厭這個無賴爹，現在更加厭惡憎恨，只恨不得他即刻死掉才好，當下劈頭蓋臉一通亂棍。這三人昨天被打了數回，早就虛弱不堪，又沒醫藥，又沒吃喝，于錢更不是練家子，沒功夫底子，等鄭府人聽到動靜前來阻止，那于錢已只有出氣沒有進氣了。

大牛在一邊仍是氣哼哼地說：「打死了好，少個禍害。」

黃老漢一臉諂媚道：「是的是的，大牛少爺打得對，打得對，就這個禍害出的主意，他是指使之人，是他哄騙著我綁自己的親外孫女的，我的親親外孫女啊！受那麼多苦，我可憐的外孫女啊……來打死他，打死他！打死他都是活該！」

黃老漢現在心裡是恨于錢恨得牙癢癢。這個殺千刀的于錢，竟然是大牛、二牛的親爹?!媽的，自己有兒子怎麼不綁，那張家也是有錢得很，卻哄他打他外孫女的主意，這個殺千刀的害死他了啊！

黃老漢看著眾人的鄙夷眼神，嚎啕大哭起來，掙扎著跪起，不停磕頭。「親家公，我就是被他哄騙蠱惑才做了這等喪心之事，我不同意，可他們要殺我……親家公，你行行好，看在我閨女的分上，看在靜兒的分上，饒了我一命吧，親家公……」

打手罵道：「媽的，我才是被你們兩個給害的……大老爺，我才冤，我最冤啊，我只是被他們塞了銀子來辦事的，這天下道理是這樣，殺手取人命不定罪，幕後指使才定罪啊！大老爺，您要辨明是非啊……我才是真正的受人指使啊……」

黃老漢罵道：「你他媽的，靜兒的迷藥就是你一直下的，我不讓你還要狠，你這個壞胚子，你不得好死！」

「你他媽的才壞了良心，綁自己的親外孫女，你這樣的人會遭天打雷劈，連個渣子都不剩。」打手回罵著。

兩人狗咬狗起來，而于錢被綁縛著，一直倒在地上，動也不動，鼻青臉腫，身上全是棍傷，看著相當嚇人。

林小寧蹲下身，掀開眼皮、號脈，然後說道：「沒斷氣。」

大牛恨然道：「待我再打上幾棍，快點斷氣的好，省得到時娘心一軟，放他一馬，他回頭沒準又禍害二牛和小弟弟。」

張嬸面色尷尬。她可沒打算放過于錢啊，大牛竟這麼看她。

「大牛，不可這樣說你娘，你娘昨天已揍了他一通，是為了給肚子裡的弟弟積福，才沒打死他的。」張年柔聲說道。

張嬸瞪了大牛一眼，大牛低頭不敢作聲。

前院柴房的動靜，黃姨娘是一直關注著的。大牛這邊事發不久，她隱隱聽到動靜，就想來看，卻被下人攔住。下人越攔，她越覺得不對勁，不知道哪來的力氣，又踢又咬地，竟然掙開幾個下人，哭著衝來前院的柴房，看到鄭老，撲通一聲跪下，然後雙膝跪行著上前，痛哭流涕道：「公公，求您放過我爹一條性命，哪怕以後關一輩子，只求您放過我爹，我求您了……」

黃姨娘的確孝順，哭得淚如雨下，頭磕得砰砰作響。

鄭老彷彿沒看到眼前淚人般的黃姨娘，徑直拉著大牛走了，一邊走一邊罵著：「你個愣小子，打死他髒了你的手，你腦子不會想事啊。想他死，還不容易，要你親自己動手嗎？給我滾到小作坊去，這幾日除了上課與吃飯，罰你待在裡面不能出來，一個月，聽到沒！」

大牛恭敬回答。「是，徒兒謹遵師傅教誨。」

「小子這性子，隨了你爹張年。」鄭老笑罵著。

張年聞言笑了，轉臉又冷冰冰地一腳踢向于錢。「死了沒？沒死別給裝死。」

于錢動也不動。

林小寧道：「他暈過去了，踢不醒的。」

「鄭老頭，現在怎麼說？這三人還是處理了吧。」林老爺子問道。

黃姨娘一聽，馬上又來抱住小鄭師傅的腿，大哭道：「豪子，豪子，求你放我爹一條性命，我求求你了……」

黃老漢也匍匐上前，可憐巴巴地說：「好女婿，求你放我一條生路吧，我這把年歲了，沒幾年活頭了。」

小鄭師傅為難地看著地上的一對父女倆。

林小寧心中糾結得很，只好轉身就走。

黃姨娘哭著急急爬行過來，一把抱著林小寧的腿哀求著。「寧小姐，寧小姐，妳最是心善，求妳給我公公說說情吧！公公最喜歡妳，最聽妳的話，求求妳了，我將來做牛做馬也會報答妳的。」

林小寧十分糾結，黃姨娘的孝心讓她為難。

黃姨娘哭聲淒淒，她聽得極為不忍，但實在不願為黃老漢這樣的爛人開口。

黃姨娘又給林小寧猛磕頭，泣道：「寧小姐，求妳發發善心吧，求妳發發善心吧，當初我生靜兒時，是妳救了我，妳是善心的好人，大好人哪，求妳救救我爹吧，求妳了……」

黃老漢則伏在地上大哭著。「我不應該啊，我該死啊，我這麼大年歲了啊，沒幾年活頭了……」

小鄭師傅與林小寧都難以抉擇。

鄭老出來了，怒道：「鬧什麼鬧？叫田大人來拿人，關一輩子！」

黃姨娘與黃老漢頓時欣喜，磕頭迭聲道：「謝謝開恩……」

打手也面露驚喜，只要活著，活著就有機會脫身。

鄭老送大家出門，歉意道：「這破事，惹得大家一起來鬧心……」

出了鄭家門後，鄭老卻與寧王、張年低語了幾句，寧王與張年點點頭。

回家的路上，林小寧拉了拉寧王，小聲問：「鄭老與你們說了什麼？」

寧王笑道：「明面上是關著，其實是……」便做了個手勢。

「鄭老很是果決。」林小寧道。

「妳是不是不忍心？」寧王笑問。

「我是覺得黃姨娘雖然很不討喜，但她的確是個有孝心的。可黃老漢這人太爛了，況且有法有律，殺人本就要償命的，大牛說得也對，留著就是個禍害。」

「妳心善，卻有原則，生來就是做王妃的料。」寧王俯身低語。

「是嗎？」林小寧笑了。「看你開心的，緊著誇我。」

「妳這是隨了我了，妳以後與我長久待一起，會越來越厲害。」寧王笑著低語。

「看你美的。」林小寧低聲笑道。

下午，田大人來鄭府押著三人走了。張年私下的交代他會辦得妥妥的，這三人，不會看到明天的太陽，只是可惜寧王殿下沒見他。

在明天的太陽升起來之後，如果清水縣的風水先生再來算大牛的命，便會得到不同的結果。

于錢一死，大牛就換了命格，將會是十年寒窗無人問，一舉成名天下知。

林家棟與方大人回村了，寧王、林家棟還有安雨在屋中把酒閒聊到大半夜。

林小寧則與付冠月在屋裡商議，並一一敲定了三千堂開張後的各種事宜，由趙氏與虎三協管，田夫人友情協助。

十七日一早，一輛馬車載著寧王與林小寧前往京城，荷花與小丫隨侍。

這次林小寧離開京城的時間很久，到了醫仙府時才知道，安風到京後是住在府裡的。他其實可以去住寧王府，卻依從前的身分入住醫仙府，不過也只是晚上來住，白天是不見人影的。

梅子欣喜趕來。梅子現在如同換了一個人，渾身洋溢著自信的氣息，看到林小寧與寧王，上前行禮道：「小姐，六王爺，你們來了。」然後拉著林小寧小聲喜道：「小姐，我可想死妳了。」

「梅子可是變了一個人了。」林小寧笑道。

梅子羞澀地笑笑。「好像府裡的人也這麼說，我倒沒覺得。」

「是自信了。」林小寧說道。

「對，小姐說得對，我就覺得自己比以前有用了。」

荷花笑道：「梅子姊，先入屋休息會兒，小姐一路顛簸的。」然後又對寧王恭敬說道。

「六王爺也在客房休息下？」

寧王笑道：「不了，我回府去。後日一早來接妳們小姐進宮，荷花，記得給妳家小姐打扮打扮。

「是，六王爺。」荷花恭敬回答。

梅子道：「我讓人送六王爺回府，這一路趕來，怕是累了。六王爺稍等。」

寧王走後，梅子笑道：「小姐，荷花現在也變了一個人呢，自信很多了。」

「是，妳們是我的人，不管有沒有身契，我的人就是得自信的。快，燒水洗澡，身上不舒服。梅子，嫣嫣肚子現在好大了吧，有沒有人說閒話啊？」林小寧一邊走一邊笑道。

「是的，曾掌事的肚子好大了，再有個把月就生了，王夫人那裡也快了，比曾掌事晚上二十幾天的樣子。曾掌事還讓我與蘭兒到時在一邊幫忙接生呢。閒話嘛，自然外面有人說，但府裡卻是沒人敢說的。曾掌事說她是在閒話裡泡大的，根本不當回事。」梅子笑道。

「好樣的嫣嫣，是我們學習的榜樣。」林小寧笑道。

「小姐！」梅子與荷花同時叫著。

「我是說學她不怕閒話，妳們兩個小蹄子想些什麼呢？」林小寧笑罵著。

梅子與荷花笑著點頭稱是。

「梅子，去提四個丫鬟來給荷花調教，再安排人拿床鋪蓋送到荷花外間，讓小丫用，她是專門給荷花使喚的。」

「是的，小姐。」梅子對荷花擠眉弄眼笑道。

「去，妳這什麼表情，吃荷花醋啦？現在荷花是管事大丫鬟，手下得有人才能叫管事啊。」

「是，小姐。」梅子又笑道。

「太醫外院事多吧，梅子，妳去忙妳的，這裡有荷花就行。」林小寧笑著擺著手。

「小姐，目前比較穩定，現在那些孩子都學得順了，我與蘭兒輪著管事，倒也沒出過錯。醫術上，請了兩個老大夫在教他們，我與蘭兒主要是教華佗術，時間上倒也不大緊湊。」梅子不肯離開，笑嘻嘻地說道。

「那媽媽在信裡還說得那麼可憐……」林小寧撇嘴說道。

梅子捂嘴笑著。

「休息下，晚上去媽媽家用餐，叫人去通報一聲。」

「是，小姐。」荷花與梅子應道。

曾媽媽的肚子的確太大了，魏清淩的肚子也不小，兩個孕婦扠著腰，挺著大肚子來迎接林小寧一行，王剛與魏清凡跟在一邊，小心護著兩人。

林小寧笑著輕輕摸著兩人的肚子。「媽媽、清淩姊，孩子們還聽話吧？」

「調皮得很。」曾媽媽得意地說道。

魏清淩滿臉的母性，點點頭。「聽話，我哼歌時，他就安靜聽著。」

「胎象都還好？」林小寧抓著魏清淩的手腕就號脈。

「好著呢，我這個醫聖是擺設嗎？」曾媽媽瞥了林小寧一眼，驕傲地說道。魏清凡眼底是滿滿的笑意。

林小寧笑呵呵地放下魏清凌的手。「真好，到時妳們生產時，我也在一邊給妳們打氣。」

然後又換上委屈的表情，說道：「我嫂子生的時候，硬不讓我進屋，生怕我剖了她的肚子。其實正常生產，哪用得著剖腹啊，是吧？媽媽。」

曾媽媽笑道：「到時生時，妳們都要來給我打氣，我心裡也是有些慌，不過穩婆都請好了，還有一個太醫，負責我與清凌姊的生產。」

王剛笑道：「別站在路上瞎聊了，趕緊入席，早就備好了。」

因為曾媽媽與魏清凌兩個孕婦，大家都沒喝酒，菜色有一半是適合孕婦吃的，一半則是林小寧的口味。席面是蘭兒安排準備的，很是細心。

魏清凡與王剛兩個府的隔門大開著，因為懷孕，曾媽媽與魏清凌有許多交流的地方，竟然也處得不差，依著曾媽媽那性子，這算是燒了高香了。

大家熱鬧地吃著，王剛與魏清凡不停問著魏府的近況。

「魏老爺沒讓我帶信，說才不久送了信來，沒什麼要說的了，只是讓我帶話，兩個娃娃的黃金長命鎖早早備好了，本來應該提前來京城的，但現在開荒做莊子，太忙抽不開身，所以讓你們到時要快馬加鞭去報信，他們再來京城。」林小寧笑著把魏老爺的話帶到。

曾嬤嬤應該很是滿意現在這獨自開府的生活，聞言便笑道：「公公有心了。」態度十分得體。

林小寧又笑道：「清淩姊，其實魏老爺不提前來京，還有一部分原因是因為我。說來也怪我。我曾在雜書上看到過一種酒，喝了不醉，但是解暑，夏天一喝下去全身舒爽，本是想著與妳說說，試著釀釀看，結果一直就忘了，去年去了桃村待了那麼久，就乾脆與妳爹爹說了，哪知道妳爹爹竟然說在祖書上看到過簡單的記載，於是就試釀了一缸，沒成，又試第二缸。這不正趕上第二缸酒沒出來嗎？所以老爺子啊死活不肯來京城，非要等這缸酒出來後再來。」

魏清淩吃驚不已。「小寧，妳說的那種解暑的酒我也看過記載，妳有酒方子？」

「沒有，只是知道酒成後的色、味、性、香，知道原料。」

「那就可能試成，小寧，這可是傳說中的酒啊！要真成了，可是天大的喜事，怪不得爹爹要等開缸呢，若是我也要等。」魏清淩的面上滿是驚喜與激動。

「妳爹爹親自釀造，肯定能成，放心好了。」林小寧安撫笑著。「妳現在不宜情緒過於激動，安心等著好消息就是。」

魏清凡與王剛聽了一臉新奇。王剛是女婿，又是行武之人，對釀酒無半分興趣，自從魏家去了桃村後，不久就夫妻雙雙來京城開鋪。魏清淩在京城小打小鬧釀酒時，他就打打下手。而魏清凡，則是從小在寺廟長大，雖是魏家的嫡子，卻也對釀酒一問三不知，兩人只知道個新奇。

曾嬤嬤笑問：「解暑的酒，傳說中的酒……小寧，妳從哪看來的記載啊？」

「一本破書上，隨手一翻看到的。」林小寧笑道。

「妳這個丫頭，機緣真好。」曾嬤嬤罵著。

席間的人都笑了。

林小寧得意笑道：「那可不是？要不我這個村姑，能與魏家結緣，能與太傅千金結為金蘭？」

「妳就是想氣死我，什麼好事都被妳撞上了。」曾嬤嬤氣哼哼地笑道。

林小寧一臉無辜。「說我的機緣好，我得華佗術，卻是為了交給嬤嬤妳來發揚。那太醫院沒我無事，可沒了嬤嬤，那就亂套了。我無意看那書，卻又是求魏老爺試釀，說到底我最可憐，擔了機緣的名，現在才明白，我的機緣就是為你們服務，我還生氣呢！」

一席人笑了半天，曾嬤嬤還哄著。「小寧，妳有機緣是妳自己的，就是那六王爺啊，雖然我不喜他，不過他的名聲還不錯，只是皇室成員身分特殊，可幸好是王爺，不是皇帝，不然就不是機緣了……」

「這是安撫我呢，還是氣我呢？」林小寧笑罵著。

「是安撫妳呢，不然妳可不是難受壞了，瞧我這好心的，還被當成了驢肝肺。」曾嬤嬤笑嘻嘻說道。

大家熱鬧地吃過後又閒聊了一陣子，曾嫣嫣與魏清淩是孕婦受不得累，林小寧看著天色黑暗，便笑著告辭。

王剛與魏清凡相送出門，兩個快要做爹的人臉上有著不同以往的神情，說不出穩重內斂。

兩人與林小寧寒暄了一番，便目送著她的馬車漸行漸遠。

寧王回府後，叫人找來了欽天監正使。

「醫仙小姐也是有天星之人，卻好像與我是同一顆……」寧王緩緩說道。

欽天監正使大驚。「六王爺，可確定王妃與您是同一顆天星？」

「怎麼？」寧王問道。「應該是確定的，難道不妙？」

「豈能不妙，是為大妙、大奇之象啊！六王爺，這是奇象啊！大名朝竟然也能出現這樣的奇象，實是天佑我大名朝啊！」欽天監正使激動不已。

「這是怎麼個妙法，說來聽聽。」寧王含笑。

「雙人共一星，乃是極奇之天相，一星自成陰陽，千餘年來，只曾出現過一次，看來我名朝江山更是穩固啊！」欽天監正使熱切說道。

「出現的是哪次？」

「六王爺，這等奇象只在千餘年前出現過一次。」欽天監正使清了清喉嚨，侃侃道：

「那次，就是始皇帝政與一男子，兩人共一星，互為陰陽。始皇帝政為陽，那人為陰。這是我朝欽天監的一本古籍珍本上所記載，原本藏於珍書閣，目前我們看的是抄本，那是始皇政年代的禁書，是我朝立朝後，建都洛陽時從土裡挖出來的一罈竹簡，好容易才拼起來。我所看到的抄本記載中，對於那人的身分沒細提，主要是說天相之事，只說那人是個智慧無窮的男子，能預知未來，是他助了始皇帝政得了天下，之後不久那人便消失，不知生死，但提到當年始皇帝政焚書坑儒，就為此人。」

「他們共的是帝星？」

「正是，六王爺。是自那時起，那顆星才成了帝星。」

寧王了然笑了。「那必然會消失了。始皇帝政得天下，臥榻之側，豈容他人酣睡？況且他是一個極為多疑之人，絕不能容下另一個天命帝星之人留世，必是殺之，而後禁書，不得，便焚書坑儒。」

「應是如此。按抄本上所言，若是此人仍在，一星自成陰陽，則江山穩固，必不會那麼快就改朝換代。」欽天監正使感嘆道。

「看來我大名朝確是天佑啊！」寧王愉悅地笑了起來，但又變臉道：「不過，怎麼早前你沒看出來輔星分了陰陽？」

「六王爺，王妃我從來都沒見過，如何能看出陰陽之相？」

「自己道行淺，還諸多理由。」

欽天監正使冷汗淋漓。「六王爺恕罪。」

「晚上我帶你去醫仙府中，你再觀天象。」

「六王爺，不必這般麻煩，現在王妃就在京城，只消等到晚上，我便能觀。」欽天監正使恭敬地說。

「你這是對號入座後就能觀了？」寧王似笑非笑。

「六王爺，在下實在技藝淺薄，請六王爺恕罪。」欽天監正使又開始冒冷汗。

「行了，你晚上好好觀，明日報於我聽。」

「是。」

第五十七章

寧王坐在羅漢床一側，笑吟吟地摸著趴在他腿上的大黃的水滑毛髮。「母后您氣色真好，比我去年離京時年輕好多了呢。」

「都是大黃哄著我開心，我心情一好就氣色好了。」太后笑呵呵說道。

「母后，可大黃越來越嬌氣了，您太慣牠了。」寧王笑道。

太后眼底全是寵溺，不知道是對寧王還是大黃，微笑著說：「反正我成天也閒，總得找些事做做，大黃是個懂事的，又知禮又有靈氣，我不疼牠疼哪個？總比疼一些沒良心的來得舒坦。」

寧王笑著，帶著些撒嬌的意味。「母后這是罵我呢，我這不一回京收拾了一下，換了衣就入宮，連皇兄那都沒去，就先來您這兒了。」

「我是罵騰兒，我可不捨得罵我的軒兒。那西南之地，環境惡劣，疫病盛行，我兒在西南一天，我就惦記一天，你那沒良心的皇兄，也不知道召你回京。」太后啐道。

「母后您可冤了皇兄了，皇兄召過多次，可鎮國老將軍那樣的年歲也鎮守著西南，一直等到怒河邊的崗哨建好，收復的城池整頓好，恢復交通，春耕後才功成回京，我又豈能特殊些？」寧王哄著，遞去熱茶給太后。

太后接過茶飲了一口便放下，嘆氣道：「你出生後非要習武，長大後又非要行軍打仗，定國安邦，這可是多辛苦的一件事啊。非要棄京城富貴榮華不享，去到軍營裡過那樣風餐露宿的苦日子，我這心裡難受的啊，吃不下，睡不香的。」

「母后不必這般如何，我身為皇弟，輔助皇兄安邦定國乃是分內之事，況且鎮國將軍年歲已高，兵權也一定要回歸於皇室之手，除了我，皇兄還能信誰啊？」

「只是苦了我兒啊……」太后說著眼眶就紅了。

「母后，我這次回京，把林小姐帶來了，後日便接進宮來給您與皇兄看看。」寧王笑咪咪說道。

「我一早就想看看是個什麼樣的女子，讓我兒終於又起了心思。」太后不動聲色笑道。

「母后一定會喜歡的，是一個……很不一樣的女子，落落大方，氣度非凡，長得也好看。」寧王愉快地笑著。

「反正對了我兒心思的女子，都是好的，我都喜歡。」太后笑道。

「母后，這次鎮國將軍與我都想給林家請功，我想了想，倒不如給林家請個世襲侯爵，這樣林家嫡長孫女做王妃，門當戶對，合情合理。」

太后笑道：「還是我兒考慮周到，這樣就門當戶對了，省得前一個奸妃門不當戶不對，如今這個又門不當戶不對，豈不惹來朝堂上下背地裡笑話？林家有了侯爵加身，便堵了悠悠眾口。說起來，其實林家早該封侯了，林家多次有功於朝堂，林小姐還獻舍利子救你性命，這些事我都聽騰兒說了……」

說到這兒，太后的眼眶便紅了，又道：「要不是騰兒告訴我那些事，我還一直蒙在鼓裡，你們是打算瞞我一輩子嗎？我兒年輕，竟過得凶險萬分，前王妃是奸細，又是刺殺，又是重傷；到了西南後，又是疫情，又是巫蠱，我只願我兒性命無憂……」

說到最後，太后淚水掉落，聲音哽咽。

「母后，我現在不是好好的嗎？我是有天星護佑之人，總能化險為夷，母后不必操心擔憂。」寧王拍拍大黃，大黃便跳到太后身邊，撒嬌地用腦袋去頂太后。

太后擦擦眼淚，撫摸著大黃。

「大黃是她送你的，我也知道了。看這大黃啊，是捨不得我難過呢，好大黃。」太后摸著大黃，開心地微笑著。

寧王看著大黃與太后的親密，心中泛起無限快樂。母后也是喜歡她的，才這樣喜歡大黃。便小心翼翼笑道：「母后，您先與大黃玩會兒，我去見見皇兄，然後晚上一同來陪您用膳，可好？」

「你啊，就是停不下來，也不怕辛苦。前陣子鎮國將軍不是回京了嗎？西南那邊的情況，你皇兄明白著呢。」太后嗔道。

「母后您不知道，這次我與老將軍發現個天降神兵的法子，是那林小姐從一本古籍殘本上看到的，老將軍帶著這法子提前回京，我是急著想看皇兄如何開心呢。」寧王小聲喜道。

「天降神兵？怪不得騰兒前陣子樂得合不攏嘴，還來陪我用過幾回膳，問他，他也不說。」太后臉上有了明悟的神情。

「皇兄處事謹慎，不然如何坐穩這大名江山？這若是被細作偷到了樣品，豈不誰都能使？皇兄這樣做沒錯，只是不應瞞著母后，母后可是我們兄弟最親的人，晚上，母后得好好罵罵他。我去了，母后，一會兒與皇兄一起來。」寧王笑著飲了口茶，起身摸了摸大黃。

「罵，我當然要罵。你們眼裡都沒我這個母后了。」太后笑啐道。

「哈哈哈，母后是想怎麼罵我呢？」皇帝的笑聲傳來。

大黃一聽到皇帝的聲音就興奮地嗚嗚叫著，太后愉快地摸著大黃的背，笑了起來。

「皇兄，我正要去找你呢。」寧王笑道。

「你一進宮就有人來報我，知道你往母后這兒來，所以放下手中的事馬上過來。母后一早就想罵我，我知道她氣你在外面受苦，不罵我她不舒服。」皇帝笑著摸著歡快的大黃。

太后微笑著。「來了就好，我們母子仨聊聊，晚上一起用膳。」

又對宮女道：「叫小陸子進來，把大黃帶出去玩玩。妳守著門口。」

宮女應著，不多時，小陸子進來，給三人行了大禮，然後對著大黃諂媚道：「好大黃，去逛花園、撲蝴蝶如何？」

大黃一聽小陸子說去逛花園、撲蝴蝶，高興地甩著尾巴，著急著要出去玩，又想帶著屋裡人一起出去玩，急得嗚嗚直叫。

太后年歲已大，每每看到大黃這樣，都會被感染了歡快，笑個不停。她喜笑顏開，嘴中發出對著小孩子的「喔喔」哄聲，哄著大黃出去。

看到小陸子帶著大黃走後，才對皇帝與寧王笑道：「大黃身體壯著呢，每天要逛至少兩、三個時辰才盡興，虧得小陸子在身邊。他也是個得人疼的，不管人前人後，都把大黃伺候得精心，換別人我哪個都不放心，所以我提了他做特別管事，正四品，又給大黃封了子爵。可惜大黃沒孩子，找了太醫看過了，說不能生育了，不然我還要加上世襲呢。聽說宮裡有許多太監，還有朝中的官員頗有非議，我知道他們心裡想些什麼，不過就是一條狗，竟然封爵，一個溜狗的小太監，竟與宮中大總管事一樣的級別。騰兒，他們是不是說我玩物喪志了？」

太后說完後，笑咪咪看著兩人。

皇帝笑道：「母后，大黃救母后有功，封爵理應當的，小陸子精心伺候大黃有功，提特別管事也應當的，別聽那些小人亂嚼舌根。」

寧王捧著茶盅噴笑。「母后您可真是笑死我了，我當初怎麼沒想到給大黃封爵呢？要是大黃有狗崽，還得世襲，哈哈哈，我肚子笑疼了，母后……」

「笑時別喝茶，別嗆到了。」太后關切笑道。

寧王放下茶盅，笑歇下來，才端起來喝了喝，又有宮女伺候上新茶。

「母后，這麼說，小陸子這小子現在與宮中的太監總管同一個級別了？」寧王說完又想笑。

「是啊，」太后笑道。「怎麼，不是說我封得應當嗎？你也有意見？小陸子伺候大黃盡心，大黃只喜他伺候。」

「我可沒意見，母后想封哪個就封，後宮裡，哪個不聽母后的？」寧王笑個不停。

皇帝也笑道：「難得大黃讓母后這般開心。自從有了大黃，母后天天逛園子的時間都多了許多，以前太醫老要讓母后多走動走動，可母后就是犯懶，一是身體不好，二是心情不好，這現在身體好了心情也好了，母后走動得又勤，如今走路看著就比以前輕鬆多了。六弟你不知道，母后現在走完後花園一圈，都不需要歇氣的，這也是大黃的功勞啊。」

「騰兒是個知事理的，軒兒心裡在笑話你母后是吧？」

寧王又樂個不停。「不敢不敢，母后，軒兒高興都來不及呢，母后現在這樣的爽利精神，真是讓人吃驚。」

太后笑道：「我現在的確覺得自己身體舒爽多了，胃口也好，睡覺也香，除了惦著軒兒時……」

「母后，害您為我憂心是我的不是，不過母后，真不必這樣擔憂，我如今可都二十好幾了。」寧王情真意切地說。

「唉，不就是你們兩兄弟事事都瞞著我，什麼也不和我說，我才更憂心，日日擔心受怕的……」

皇帝苦笑道：「真不是要瞞著母后您，是怕您操心擔憂，動氣傷神。」

「反正我是個老太婆，不頂用了，你們是大的、小的都合著夥哄騙我，報喜不報憂也就算了，如今是喜也不報了。」太后眼眶又有些泛紅。

「哪裡不報喜了，六弟一說要娶王妃，我是第一個告訴您的。」皇帝陪著笑。

「我是說那個天降神兵的事。這樣的喜事，你來我這幾回用膳，自己坐那就樂呵，可問你什麼也不告訴我。」太后氣道。

皇帝笑道：「母后，事出有因，當時我是沒親眼看到，並不相信。後來我出宮去將軍府，其實是與將軍還有安風坐著千里、如風去了一座荒無人煙的山上。母后，當時我真的不敢相信自己的眼睛，真的能飛！天降神兵就是這樣！所以我反而不說了，要說也得等軒兒這個大功臣回來親自和您說才是。」

「就你嘴貧。」太后笑了。「到底是個什麼天降奇兵啊？」

「就是用布做的一個大篷，綁在身上從高處往下跑，就能飛起來。」

「果真能飛？」太后驚問。

「當然，我親自試過的。」寧王興奮道：「母后您不知道，原來人真的能像鳥一樣在天上飛，那感覺真是太奇妙了。皇兄你試沒？」

皇帝有些尷尬。「就是看安風試飛了。」

「騰兒你九五之尊，又不懂武功，軒兒是捉弄你呢，你也理他。」太后笑著瞪了寧王一眼。

「母后，皇兄，我不敢了。」寧王笑嘻嘻的，如同孩童一般。

「母后，這次我得給林家封大功才是，這林家真是我朝福星啊，尤其是這個醫仙小姐，鎮國將軍親自開口討功呢！」皇帝笑道。

寧王聞言便笑，太后也抿嘴笑了。

「軒兒適才還說，想給林家請個世襲侯爵。」太后笑咪咪端起茶盅，吹著茶葉。

「六弟這主意好。」皇帝哈哈大笑。「這樣，那醫仙小姐做王妃就身分匹配了。聽得鎮國將軍說到桃村如何風水地、安樂鄉，就封林家那老爺子為安樂侯吧，三代後每降一等承襲。」

寧王笑道：「皇兄，那我先代林家謝主隆恩了。」

「母后您看六弟，那醫仙小姐還沒娶回家呢，就這樣顧著人家，可見六弟的心思。母后，那正妃一事，就還是依了六弟吧，省得六弟心中不適，況且，侯爵嫡孫女做側妃，也說不過去吧？」皇帝看了看寧王，說道。

「皇兄你說什麼？」寧王吃驚地問：「母后您……」

太后收了喜色，笑容淡淡。「軒兒，那林家小姐，是曾與郡馬議過親的，這樣怎麼能為正妃呢？我的意思是以正妃之制娶進來，名分為側妃，也算給了林家臉面與風光。侯爵不侯爵的，不過就是一句話的事，封他，他就是了，收回來，他就不是了，與庶民無二，如何說侯爵嫡孫女做側妃就說不過去了呢？」

「皇兄，當初讓內務府下的聘書，是正還是側？」寧王變了臉色，凝重問著。

皇帝看著寧王微笑道：「當初六弟在信中專門提過，一定是以正妃之位下聘書，我豈敢拂了你的意，自然是正妃。」

寧王笑了笑。「那就是了，聘書已下，豈能更改？母后，您看到她會喜歡她的。」

太后斂了笑容，定定地看著皇帝與寧王。「你們兩個，是在我老太婆面前唱雙簧呢。怎麼，騰兒，我說的話不當數？我現在就下一道懿旨，賜林家的嫡孫女醫仙小姐為寧王側妃，算不算數？」

皇帝與寧王愣住了。

太后慍色又道：「不過是一紙聘書，在你做皇帝的沒下旨賜婚之前，我先下懿旨，算不算數？你現在是不是想著讓騰兒在我之前下旨賜婚？我這老婆子在你們倆兄弟的眼中算什麼？」

「母后，您到底是怎麼了，為何突然這般，那丫頭是怎麼惹到您了？」寧王納悶問道。

「你們從來沒告訴過我，那女子與別的男人議過親！王妃家世無所謂，這些都可以封，只要你軒兒樂意，但已與他人議過親的女子，又不絕色，憑什麼做正妃？我念軒兒你對她情深，她又相救於你，允以正妃之制之禮娶為側妃；再說她林家雖然對朝堂有功，但之前賜了封號，現在又要封侯爵了，難道薄待了他們林家嗎？」太后慍色更深。

寧王沈吟開口。「母后，到底那丫頭是哪裡得罪妳了？要說這議過親的事，皇兄也知道，這種事，細究起來是不合制，但我與她兩情相悅，皇室中這種事睜隻眼閉隻眼的多，長敬姑姑的駙馬，不也有一堆通房嗎？只是沒有名分而已。可到底關上門還是人家自家的事，長敬姑姑願意，睜眼閉眼的，還和駙馬好得很，我們能說什麼？再說九皇叔，正妃去世後，側妃扶正，那側妃可是當初被九皇叔逼婚，退了自小的親事，強納了進來，後來生了兒子才抬為側妃的。如今正妃之位坐得穩穩的，這些母后怎麼又不提？」

「他們願意做這些糟心的事，我自然不好多管，可你是我兒啊，我的兒要娶的正妃得是家世清白、才貌無雙、風華絕代的女子才行，不能比皇后差。聽說那姑娘長得也一般，不過就是秀麗而已。」太后有些不耐煩了。

寧王蹙眉。「母后，若依長相，那天下無人能比得上前王妃那個奸細了。」

「是啊，母后，娶妻娶賢啊，您說不能比皇后差，可皇后長得是美，但當初娶她時，可不是為了她的長相，是看中了她的賢慧大度啊。」皇帝在一邊幫腔。

「既知道要賢慧大度，那做側妃她為何不行？她有意見嗎？她若有意見，可見就是個奸的。」太后的臉色越發難看。

皇帝無奈道：「母后，您——」

「你們兩兄弟，從來任何事都相瞞於我，朝中政事我從不參與，但軒兒的親事，自古就是父母之命，軒兒自然應當聽我的。」

「母后，您是決定了嗎？」寧王問道。

「當然。」太后正色道。

寧王淡笑。「母后，我今天累得很，明日再來陪您，我先回府休息去了。」

說罷，便起身告退。

「你、你、你好啊，看，你看你的好六弟，這女子果真是狐精，竟迷得你六弟成這樣……」太后指著寧王的背影，氣得說不出話來。

「母后，我當初就說了，子軒這性子倔得很，認定的事一定要做到不可，好容易動了心思要娶新妃，就怕他反悔，可您倒好，生生要把這好事變成鬧心的事。」皇帝勸著。

太后氣道：「走，走，都給我走！心裡都沒我這個老婆子了，你……你是見不得你六弟好，不肯幫他娶一個好女子，你們都要活活氣死我才甘休。」

皇帝嘆氣搖頭而走。

黑夜降臨，繁星滿天。

欽天監正使觀天不語，神情複雜，良久才感嘆。「竟是真的，同一顆，同一顆，一星自成陰陽，天佑大名朝啊……」

欽天監正使激動地說完，又在星下占卜起來。

皇帝下午時分因太后責罵了他，晚上便來了皇后宮中倒苦水。

皇后聽完，便好言相勸，溫聲軟語說道：「太后這樣想其實也有道理，九皇叔到底是妃嬪所出，算是庶子，長敬皇姑母是您的嫡親姑姑，卻是女身，哪朝哪代駙馬不收幾個通房的，沒有名分就是對公主的尊重，都不能與皇上您的嫡親六弟相比啊。太后之前也是突聞喜訊，只顧著開心，過後想想又覺得不妥，提提自己的看法也應當理解。」

「可六弟好容易才起了心思，怎能不成全他的心思？」

「可太后所言甚有道理，封就是侯，收回去，就是庶民，天下之大，莫非王土，六王爺何等身分，要娶正妃，一定是世家貴族的嫡長女，從小精心教養，容貌無雙又風華絕代之人，縱使醫仙小姐得機緣習得華佗奇術，立下天大的功勞，可再奇的華佗術，到底是要拋頭露面，為人醫病診治，所以總歸是有所不妥。」

皇后說到這兒時，皇帝的臉色已黑沈了。「華佗術本就是驚世駭俗之術，她本是可以藏私，卻大方教於眾人，在我大名朝若是這般看待失傳華佗術，便是真小人、偽君子。」

皇后溫言道：「皇上不要氣惱，這話雖然不大好聽，但太后的確是受了些許影響。臣妾不是還沒說完嗎？天下萬事，總有解決的法子的。」

皇帝聞言緩了臉色。「妳有什麼好法子，說來聽聽。」

「我倒覺得，其實太后不同意，並非是什麼議過親的原因。那醫仙小姐只有醫術傍身，既無絕色容貌，又是琴棋書畫樣樣不通，太后應該是覺得醫仙小姐配不上六弟，但不好這般說；若是這樣說，那豈不是如皇上所言，成了真小人、偽君子了嗎？因此，太后只拿議過親一事說事。所以啊，這事說來也不難，如果再找個門當戶對能配得上六弟的，兩人一起娶了，那時太后高興了，還管誰正誰側啊？只要有一個配得上六弟的，那太后就開心；至於六弟喜不喜歡，哪怕那女子只是個擺設呢，那就是關上門的事了。」

皇帝輕輕笑著。「那依妳看，這個擺設，哪家的女子合適？」

「臣妾只是想個法子，人選嘛，還是由太后與皇上定奪為妥。」皇后笑道。

「可六弟那人專情，若是娶兩個，那個肯定是如妳所說，只是擺設，豈不對其不公允？」

天下哪來的專情男人？聽青青說那醫仙小姐長相不過中上之姿，等真娶了另一個美豔女子回去，豈能真放那做擺設，也就他信自己六弟。

皇后柔柔地笑了。「沒什麼公允不公允的，自己若沒本事，得不來寵，怎麼能怪得他人？況且就算是擺設，尊為寧王側妃，也是一生榮華。」

「那，工部侍郎的嫡長女我看倒是不錯，生得極為美貌，又有才名在外，聽說還沒訂親……」

皇后沈吟道：「工部侍郎的嫡長女的確是出名的美貌有才，不過……她是由老夫人帶大的，娘親軟弱，至今沒能掌家，且那工部侍郎家中妾室眾多，老夫人又是個狠戾的，對正室嚴苛，對為貴妾的外甥女卻疼愛有加，雖不至於寵妾滅妻，但在這樣妻妾身分不清的家世中長大的女子，怕是不合適。」

皇帝緩緩又道：「那……如果她不合適，京城待嫁的女子，家世、美貌、才情能超過她的怕是沒幾個，妳看哪個合適？」

皇后看了看皇帝的臉色輕語。「臣妾倒是有一個合適的人選，就是臣妾表姨媽的嫡長女，今年才及笄，太后也讚過她的容貌與才情，那是除了前王妃再也無人能及……」

皇帝笑了。「看來我的皇后早就盤算好了，在這等著呢，可是與母后也商議好了？」

皇后有些緊張，但仍是說道：「皇上您以前也見過她的，她那時還小，您還讚過她一笑傾國，再笑傾城……」

「喔，這等絕色，怎麼不讓她進宮做個妃子與妳為伴呢？省得妳每天閒得發慌，手都伸到六弟那去了。」

皇后嚇得忙起身請罪。「臣妾不敢，臣妾僭越了……」

皇帝拉了皇后坐下，道：「妳有身孕，我也不說妳，但妳剛才一句話很有道理。封就是侯，收回就是庶民，那同樣也可用於妳身上，皇后好自為之。妳的心思我知道，但妳那傾國傾城的小表妹，想嫁予六弟做側妃，是不可能的事情。」

皇帝說完就走，心中罵道：青青啊青青，皇后的小表妹不是與妳交好嗎？妳成日想興風作浪給那林家小姐添堵，之前我也不好多指責於妳，可妳幾次三番挑撥、使計，只為心中一口氣，太后與皇后竟然被妳這小小的郡主操控在手，這等心機與城府！那皇后的小表妹，不知道從哪習來的一身媚骨，人前看著端莊無比，人後卻另一副嘴臉，在御花園與我都巧遇幾回了，這等女子，也敢妄想為六弟的側妃？真是作夢！

皇帝心中正惱怒，卻聽太監來報欽天監正使有要事相稟，心裡一陣煩躁，罵道：「一個個都不讓我省心……這大晚上的，他跑來有什麼要事相稟，讓他滾到御書房去等著。」

待皇帝走進御書房，欽天監正使行禮後急道：「皇上，臣有要事──」

皇帝嗤笑打斷。「回回說有要事，回回都是一些雞毛蒜皮的小破事。說吧，這回又是什麼事？哪個宮裡的妃嬪要換個地方才順我大名？還是哪個妃子又與皇后腹中的胎有衝撞？」

欽天監正使尷尬又焦急道：「皇上，這回是六王爺的大事……臣下今日才知，六王爺與未來的王妃共一顆天命之星。名朝的帝星輔星自成陰陽，是我大名朝的奇象也，此等奇異天象，只在始皇帝政一統天下前出現過……這是天佑我大名朝，正預示著名朝江山穩固，收復三王與夏國之地，指日可待，還可再打下更廣之地……」

皇帝聽著欽天監正使眼中發光的嘮叨，眉開眼笑。

總算有讓人開心的事了，那林家的姑娘竟也有天星，還與六弟是同一顆，怪不得六弟這般衷心於她，怪不得林家這幾年頻頻立功。那姑娘得到那些機緣，還能有舍利子救六弟，原是兩人同為帝星輔星啊……

「臣下今晚還卜了一卦，此次占卜，在星相之下，竟感覺是神魂出竅，與往常相當不同。臣下心知，這是巧窺天機。卦象顯示，六王爺血光之災不斷，但均能化險為夷，無性命之憂，卻有兩大劫，前一劫已被王妃擋了去……」

皇帝目光灼灼聽著。這被王妃所擋之大劫便應是西南之戰時，被中巫蠱之術的銀影劍殺，又被林小姐救了的那回。果真是得窺了天機，這事朝中只幾人清楚，欽天監根本不知曉。

這姑娘是專門為名朝與六弟擋災消難的啊，是名朝的福星。待明日把這等奇異天象告訴母后，看母后還會不會追究著正、側妃一事？皇帝心中愉悅，笑容滿面。

「但是……」欽天監正使有吞吞吐吐難言之態。

「什麼但是，說。」

「臣下斗膽先請皇上恕臣下言之無罪。」欽天監正使跪地說道。

「恕你無罪。」皇帝有些不耐煩。

欽天監正使接著又道：「但六王爺還有一次大劫……凶險萬分哪。」

「那你快想化解之法啊！」皇帝大驚，心中焦急。

「皇上，臣下無能為力……」欽天監正使小心翼翼道：「此劫大凶，但是……」

「但是什麼，快說！」皇帝皺眉大聲喝道。

「皇上，天星已自成陰陽，這等天象，千百年來只知道是妙相，卻無人能觀。臣下卜卦後，翻閱抄本，按記載之法試了一試，將天星只當作六王爺的來觀，是……是隕落之相……」欽天監正使擦著汗道。

皇帝坐在椅上，面色慘白，渾身發冷。

欽天監正使急忙又道：「皇上稍安勿躁，可若是當作王妃的來觀，卻是逢凶化吉之相。臣下便再次卜卦，竟然得到六王爺遇難呈祥之卦，王妃之卦卻、卻是無解之卦……」

「無解之卦？」

「正是，臣下為王妃卜卦時，卦卦碎裂，這既是無解之卦，也是……死卦。」欽天監正使額上冒出了細密的汗點。「皇上，於是臣下便斗膽猜測，此劫仍是王妃所擋，但王妃……王妃她……」

皇帝怔怔地沈默不語。

欽天監正使低頭小心道：「皇上，天象、卦象是這樣顯示的，六王爺要臣下明天回稟他。臣下心中忐忑，所以才夜間入宮，先稟報皇上。」

「你做得很對。」皇帝沈吟。「回稟六王爺時，只說好的。」

「臣下遵旨。」欽天監正使小心退下了。

出了御書房後，欽天監正使擦了擦一腦門子的細汗，才長長鬆了一口氣，晚上觀天象後，幾次卜卦都是神魂出竅之感，竟如醍醐灌頂，想必日後卜卦之術會增進不少。

只是王妃卦象竟然碎裂兩回，是死卦，也是無解之卦，但願只是無解……

第二日上午，寧王又入宮，徑直去了太后宮內。

太后正與大黃在逛花園，見得寧王前來，大黃興奮歡愉地撲向寧王，汪汪直叫，太后也一臉歡顏。

「軒兒來啦。」太后溫柔笑道，好像昨天之事從未發生。

「母后。」寧王笑著摸了摸大黃。「好大黃，陪母后逛園子真是勞苦功高。」又笑著扶著太后道：「母后，兒今日與大黃一起陪您逛園子。」

太后任寧王攙扶著自己，享受這樣的親密。

「我兒昨日累著了，今日顯現著精神抖擻，看來我兒昨日休息得不錯。」太后呵呵笑道。

「母后，」寧王神秘笑著。「我得聞一件奇事，那始皇帝政一統天下前，竟與另一男子共帝王星，互為陰陽。聽說這等雙人共一星是天象奇觀，母后可有聽聞過？」

「喔，有這等奇觀，我不曾聽聞。」太后一臉好奇。

聽欽天監正使說，這自古以來，這等奇象只出現過這一次，那男子智慧無雙，沒有他，便沒有始皇帝的天下。本是江山穩固之相，卻因始皇帝政多疑暴虐，天下一統後，將那男子除之才能安枕於榻。此男除掉後，那大秦朝才存了多久，不過十五年……

太后微笑而不語。

寧王又道：「母后，我再告訴您一個更妙的事情，就是這等雙人共一星的奇象竟在我朝出現了，不過是輔星自成陰陽……」他笑著站立。「母后，我也是才知道，那丫頭也是有天命之星的，更妙的是竟與兒臣我是同一顆天星，您說這是不是我名朝祖皇與上天的庇佑？我大名江山定是固若金湯，不出十年，我必將收復所有失地，還將打下更廣的西邊與北邊。」

太后微笑看著寧王。「你的心思我明白，我昨天也想了想，難得你動了心思，我怎能忍心讓你難過呢？」

寧王有些吃驚。

太后笑道：「昨日你走後，我思前想後，你大了，心裡有自己的主意，如同當初你非要習武一樣，我雖為你娘，卻不好再干涉太多，你與那林家小姐情投意合，不說那林小姐怎樣，只衝著你這一片情深，我也得成全你，善待於她……」

「母后，您也變得太快了吧。」寧王苦笑道。

太后又笑。「其實軒兒，你今日不說這些什麼天象啊，什麼妙事啊，我一會兒也會派人叫你入宮來，和你說這事呢。當初那奸妃是正妃，如今這林小姐多次相救於你，當然得是正妃。還有，那奸妃得從玉牒上除名。」

「母后……」寧王愉快地喚了一聲，攙扶著太后繼續逛著。

太后笑看寧王，心中卻是五味雜陳。

皇后的話語還在耳邊。「那林小姐，聽說為生產婦人剖開肚子接生，為斷腿漢子接腿，就算是華佗奇術，可這樣行為，與太傅女曾嫣嫣毫無二致，為六弟正妃，著實不妥。母后啊，就算是六弟專情又對她情深，可也不能一再如此，淨娶這些非名門望族的女子。不如乾脆給六弟多娶幾個，這樣一來，既成全了六弟的心思，又堵住了一些閒言碎語……」

「母后，這是我的表妹纖兒，您還記得嗎？以前常入宮來陪伴於我的那個小丫頭……」

皇后身後的一個姑娘，娴娴上前，大方得體，曲身施禮，聲如黃鶯出谷，待其抬頭，真教人大吃一驚，兩年不見，這小姑娘竟出落得如此驚人美貌。雖然比那奸妃不如，但已是天下難尋，又是皇后的族人，名門貴族之後，這等女子才算是配得上軒兒啊……

「母后，您得好好為六弟的親事把把關……」

太后被寧王攙著慢慢逛著，側過頭來看著寧王溫柔笑著。

皇后的心思她豈能不明白，她也正有此意，但縱是如此，也抵不過那醫仙小姐的宿命。

清晨時分，騰兒就來請安，與她細說了一番關於天星的事情。

她只當是軒兒與騰兒商議的計謀，騰兒急忙密召欽天監正使入宮，她再細細一問，才驚得一身冷汗。

那醫仙小姐啊，管她拋頭露面，管她剖腹接腿，管她沒有才情美貌，可就衝一點，她是專門為軒兒消災擋難的，不為正妃如何替軒兒擋將來那一難？唉，只是這樣一來，軒兒又得再死一次王妃，到時肯定有流言蜚語說軒兒剋妻，更不要說軒兒這性子，再動心思娶妃就更難了。

太后心中酸楚，卻並不表露。

唉，她的軒兒真是苦命，情事怎就這般坎坷？那醫仙小姐也是個福薄的，只能擋難，卻享不了福，只是她生來這般使命，又能如何？若是能性命無憂又為軒兒擋難，那她必定好好善待於林家。只要她性命還在，哪怕是癲狂無狀，她也會承諾盡心供養她一生，能讓軒兒少了命硬之閒言，又能讓軒兒再把皇后的美貌小表妹娶進來，不至於一生孤獨。

唉，她可憐的軒兒……

太后微微笑著，看著寧王的歡愉。

「軒兒，」太后輕聲笑道：「你不是說明日把那丫頭帶來給我看看嗎？就明日上午吧，午間就一起用個膳，聽說那丫頭是個神醫，也讓她給我看看我這身子骨，還有，也讓她會會大黃，大黃聰明，定是記得她的。」

寧王小意笑道：「母后心思這般轉換，我還沒有緩過勁來呢。」

「你自小起，想做的事，就算母后百般阻止，也終是能成。母后也算想明白了，還是那句老話，軒兒辛苦為騰兒定國安邦，只求軒兒平安無恙，開心快活就好。」太后感慨萬千。

「謝母后體恤，兒與王妃定好好孝順母后。那丫頭長得好看，說話極智慧，必能博得母后歡顏。」寧王歡愉說道。

「行了，這人還沒娶進門呢，就這般為她，真是有妻就忘了娘。」太后佯怒笑道。

寧王呵呵一笑。「哪能呢，母后、大哥，還有她都是我生命中最重要的人。」

太后笑笑，不再糾纏，對大黃笑道：「大黃，明日那醫仙小姐就入宮來看你了。」

大黃在一邊慢慢跟著，一直轉著一對眼珠子聽著兩人的談話，太后這句話還沒說完，就站了起來，發出「汪汪汪」的歡快叫聲。

「呵呵，大黃也是個念舊的，還記得那丫頭呢。」太后寵愛地摸著大黃的腦袋，心中鬱鬱之氣散了不少。林小姐啊林小姐，不論妳將來是生是死，我都會好好善待於妳。說到底，是軒兒命該如此啊……至於林家，妳若死了，我只保到妳這一代；妳若不死，我就賜旨保林家在妳之後三代。

寧王用過午膳才走。他一走，太后就酸楚掉淚，心腹宮女瞧見，忙摒開眾人，遞上溫熱濕帕子。

太后接過擦了擦眼睛，嘆氣道：「我苦命的軒兒啊……」

宮女小心勸慰。「太后娘娘，您不要傷心，欽天監正使說雖是死卦，卻還有無解之意，許是醫仙小姐福厚，卜不出天機也說不準呢。」

醫仙小姐再福厚，能厚過她的軒兒嗎？

太后輕輕嘆氣。「行了，妳是個懂事的，不用安慰我，我明白的，這事到此為止，我不會再提，妳也要提醒我。」

「是，太后娘娘。」宮女小心接回太后手中的帕子應道。

第五十八章

林小寧自從做上掌事一職後，太醫院外院反而沒去過幾回。

清早，林小寧的馬車就去接曾嫣嫣同去。她振振有辭。「嫣嫣快要臨產了，更要多走動走動，別懶在家裡，和我去太醫院走走。」

曾嫣嫣懶洋洋地梳洗打扮，笑道：「妳還算記得妳有這個官身啊？」

「不敢忘，只是辛苦嫣嫣了。」林小寧笑呵呵地哄著。

「知道就好。妳啊，天生的地主婆命，就是小裡小氣地享受那些鄉野樂趣，胸中格局小得很，真不明白我為何要與妳結為金蘭，想起來都後悔了。」曾嫣嫣一本正經說道。

林小寧一看到曾嫣嫣正經的說話表情，還有她的大肚子，就樂得不行，忍著笑做出恭敬狀。「嫣嫣教訓得是，我是如雷貫耳，如遭棒喝，如沐春風啊！」

梅子與蘭兒在一邊捂嘴偷笑。

曾嫣嫣也噴笑了。「去，妳個貧嘴。來，梅子、蘭兒都來，再陪我用些早膳就走。」

曾嫣嫣的早膳很是豐富，擺滿了一大桌子，驚得林小寧說不出話來。

魏清凡含笑陪著能吃能喝的曾嫣嫣，林小寧喝了一碗白粥，吃些小碟中的各種式樣的泡菜、鹹菜與小菜。

「清凡，媽媽這樣用餐多奢侈啊，昨天晚上那是客宴，豐盛些也是正常，可今天你是自家吃啊，你們夫妻兩人哪裡吃得了這麼多？」林小寧翻著白眼說道。

魏清凡笑道：「媽媽近半年來特別能吃，所以膳就做得豐盛些。每一樣她都愛吃，就全擺上了，好歹也能一樣嚐上一口。」

「那也用不著這麼多分量，這一桌至少夠十個人吃了吧。」

「可如果每樣分量太少，她又說看著不飽，吃著不香。」魏清凡又笑。

「你就縱吧，反正你魏家鋪子的酒生意好著呢。」

魏清凡老老實實地笑著回答。「生意是越發不錯，京城又開了幾家分鋪，蘇州那裡的分鋪也多開了幾間……江南那邊富庶之地都得要開分鋪，去年就買了許多鋪子。林家不是一樣嗎？生意好得很，聽我爹信裡說，林家派人與我家管事一起去買的鋪子。」

「是啊，我知道啊，可我家不像你這樣，一個早餐吃得這麼奢侈。」林小寧無奈說道。

曾媽媽大口吃著，嚥下去後才插了一句嘴。「我看妳這是嫉妒我吧，妳將來成了寧王妃，有了身孕後，只會比我更過。妳裝成那樣，搞得自己真是個鄉下丫頭，沒見過似的。」

魏清凡便微微笑著，不再說話。

林小寧笑罵著。「妳這臭德行一直這樣，什麼都喜歡上好的，我肯定不會像妳這樣浪費，妳慣會享受。」

「錢賺來不是為了享受，是為了什麼？」曾媽媽回了個白眼，繼續大口吃著。

「媽媽，和妳說個事。我呢，為了專門治治你們這幫朱門酒肉臭的望族，特意辦了一個三千堂……」

林小寧笑咪咪地把三千堂事宜說了出來。

曾嫣嫣一邊大口吃著，一邊聽著，最後嚼了一筷子泡菜，嚥了下去，才長嘆一氣。

「啊，終於吃飽了。那三千堂不錯，我說呢，合該妳得成為寧王妃，生來就喜歡管這些天下民生疾苦之事。三千堂算我一份，去了太醫院後，下午妳隨我去我爹娘府裡，也和我娘說說，這事我娘參與的話，會順利得多。」

林小寧搖頭瞇眼嘆道：「我的嫣嫣姊啊，妳可真是我的知音，妳不知道我這次進京，就是想把這事給操辦起來，太傅夫人與妳，我早算上一份了，但還有幾個人，也得拉進來，就是胡夫人與周太妃……」

「哼，現在知道我這金蘭姊妹的好處了吧！要求到我這兒時，連嫣嫣姊都叫上了，妳這個不見兔子不撒鷹的傢伙，這麼久以來，今天還是第一回叫我嫣嫣姊呢。」曾嫣嫣笑著喝了一小盅香茶，漱著口，然後用帕子擦淨嘴。

「胡夫人我自己去說，周太妃那兒就交給妳娘親吧。」林小寧笑道。

曾嫣嫣笑道：「走吧，去看看咱們的太醫院分院去。」

林小寧笑道：「說起來，梅子與蘭兒都大了，妳都成親要做娘了，我也快了，是不是得把這兩人嫁出去啊？」

「可不是嘛。蘭兒，夏護衛妳覺得怎麼樣？」曾嬤嬤笑問。

蘭兒到底是曾嬤嬤的僕，半點害羞也無，只是低頭笑道：「他……等兩年再說吧。」

「嗯，等兩年再嫁，我現在還不捨得呢，況且妳這兩年也得存存嫁妝。」曾嬤嬤正色說道。

林小寧聽著也想到了梅子與安風的事，小聲問道：「梅子，妳與安風的事，妳看，不如我去問問？」

梅子紅了臉，聲如蚊蚋，老半天才低聲說道：「他……他現在天天去鎮國將軍府上，現在他的身分不像以前，哪裡會娶不著好女子，京城的女子等著嫁他呢……」

那就是願意了。這模樣，是怕安風看不上她。也是，安風雖然年歲有三十出頭了，可長得那是英俊瀟灑，估計馬上就要掛帥了，只要立了一功，京城貴女排著隊想嫁。

林小寧笑笑。「妳如今可是正經的九品官，又年輕，他肯定是心裡是樂意的，只是不好意思說而已，我回頭去探探他的口風可好？」

梅子紅著臉，默認了。

林小寧與曾嬤嬤偷偷笑了起來。

魏清凡早早就識趣出府了，去給車夫交代路上的事宜，丟下這幫女子在慢慢八卦著。

小宅大門掛著「太醫院外院」的大牌子。

裡面已修葺過了，煥然一新，也改了格局。前院是學堂，有好多間，一間是教授醫術，裡面坐著一排排的男女娃娃，正在認真地聽著先生授課。

一間是草藥辨認學堂，還有一間是華佗術學堂，一側是大食堂，一側是下人屋，給男僕人住。

中間院子是大書閣，以及草藥庫房、男孩及先生的住房，後院則是女孩的與女僕的住房。

曾嬤嬤扠腰挺肚，慢吞吞、驕傲地說道：「怎麼樣，我按京城學府的格局布置改了改，現在比之前要方便得多了吧？」

「妳真了不起。」林小寧笑道。

曾嬤嬤得意道：「當然。」

「不過……」

「不過什麼？」曾嬤嬤變臉道：「妳少挑刺啊，拍拍屁股走了，好容易才回來，可別亂給我挑刺，不然我要妳好看。」

林小寧笑道：「我的好嬤嬤，妳最是勞苦功高了，我哪會挑刺啊？只是一些建議，就是得再加多個大房間，專門擺放那些……那個，到時孩子們可以去裡面細看人體結構、臟器啊。」

曾嬤嬤眼睛亮了。「這主意是不錯，前院房間多，收拾出來一間就是。就這麼定了，省得我們每回還得去醫仙府的北院抬過來。」

「還得請個膽大的看著門，不然夜裡睡覺，僕人總歸是害怕的，有個壯膽看門的人就無事了。」梅子與蘭兒說道。

「說得對，去請個義莊的漢子來，不能有怪毛病的那種，月例給高些，住就再找兩間挨著的打通，一間住，一間做擺放室，家具什麼的都用好的，也得給這樣的人一些臉面，如今可是為太醫院服務，不再是義莊的那種下等人了。」曾嬤嬤笑道。

「就妳天天上等人下等人地掛在嘴邊，毛病最多。」林小寧翻著白眼。

「好嘛，以後改還不行？」曾嬤嬤撒嬌笑道。

「現在這些費用是哪個在出？」林小寧笑問。

曾嬤嬤笑道：「是宮裡出，每月也要做好帳，每年底交一次帳本。金額不大，只是衣食住行而已，一個宅子、幾個僕人，加一起，一個月撐死也就百、八十兩銀，我們的月俸除外。反正月俸也不高，我都沒領，以前也都是年底時才去領一回，倒是蘭兒與梅子，月月不間斷地去領。可憐蘭兒，現在的月俸雖然明面上是九品官級的俸銀，可我們這兒就是個清水衙門，除開四季衣食、首飾的開支，倒不如從前跟著我時的光景，所以我讓蘭兒還是和我回府住，衣食什麼的我還管著。蘭兒、梅子哪像那些太醫院的老傢伙，看一回病收多少賞銀，身家厚著呢。」

「梅子不也一樣？活該我們欠她們倆的。」林小寧笑道。

梅子與蘭兒笑著，眼中是滿滿的感激。「我們可都是小姐、姑娘的人，一輩子要跟著小姐、姑娘的，衣食什麼的，簡單些就行，我們不要那麼好的。」

蘭兒一直是稱曾嬤嬤為姑娘，這姑娘的稱呼是當初封醫者時，皇上說了一句醫者曾姑娘，便成了封號的一部分，不再是未嫁之意。

「不要那麼好的？妳們到底也知道是我們的人，不穿好吃好，那出去不是給我們丟人？」曾嬤嬤翻了翻眼皮子，淡然道。

林小寧樂了。「行了嬤嬤，我求妳不要這樣口氣說話行不，我們都是自己人。」

曾嬤嬤也笑了。「我是一想到太醫院那幫老朽們，就忍不住要這樣說話了，所以梅子蘭兒要體面、要風光，一點也不能節省，也得讓太醫院那幫老朽們看看，我們這外院也是體面風光的，別一邊想來學奇術，一邊又亂嚼舌根做小人。我本來還想讓兩院多多走動交流，看著那幫老朽們的小人德行，我可樂意的呢！我們四個人撐起這外院，讓世人瞧瞧。」

說著說著，語氣又成了淡淡的不屑。

「這是怎麼回事，又有哪個太醫院的老頭把我們嬤嬤給氣成這樣了？」林小寧笑道。「其實嬤嬤，太醫院的人我看有幾個是不錯的，對華佗術很有興趣，他們的醫理也與我們有相通之處。還有軍醫，都可請來交流交流，別鬧得那麼僵，還是多走動交流得好。」

蘭兒憤然道：「是開春不久時，還是姑娘以前花錢買她做剖腹產的那個婦人，她又懷上，快要生了，找來問說要不要再買她做剖腹產。我們當然願意，但這次明說了，還得有太醫院的太醫旁觀，給八百兩銀子。那婦人同意，但要求我們不要告訴夫家，她到時騙說回娘家生娃就行。

「婦人足月快臨產時，我們請來那太醫院的幾個人在一邊旁觀，結果那幾個人看到活生生的小男嬰從肚子裡取出來，還母子平安，興奮得不得了，過後幾天還問東問西，我們細心教授，有問必答，姑娘還開心呢，說終於有人不吐了，可以更快地將華佗術發揚光大了。

「可沒多久又傳出閒言碎語，說那婦人為了銀子讓一群男子觀看，比青樓女子都不如，好在那婦人與家人沒聽到這些閒語，在這裡觀察休養了半月，每日好吃好喝好湯藥奉上，被伺候得白白胖胖，高高興興地與她娘家人一起回了。走時還說下次再懷上時，還找我們來做這個華佗術。我們說，下回就只能是五百兩了，她也應了。」

曾嫣嫣挺著肚子，憤然而不屑道：「小寧，妳說天下有這個理嗎？我花錢請人來做華佗術，還說通了那婦人，允許幾個男子來旁觀，結果看了人家，還這般說詞。什麼青樓女子都不如，笑話，那婦人是有功之人，褒獎還來不及呢，竟被這樣侮辱。這次的幾人還不如頭一回看我做剖腹產又暈又吐的幾個呢！他們至少沒有這樣侮辱那婦人。這就是活生生的小人，少在我面前晃悠，不然我見一回罵一回。」

林小寧也怒了。「罵得對，這般不識好歹的小人。妳沒用我以前說的那樣，在身上鋪了腹部開洞的白布單子嗎？」

「鋪了，就算鋪了單子也能看到肚子啊，妳說這幾人是不是小人？」

「十足十的小人，妳罵得太對了，就要見一回罵一回。不過那婦人知道前次也有人觀產嗎？」

曾媽媽尷尬搖頭。「前次是背著她的，反正她服了麻沸散，不省人事。可這次我沒有背著她啊！現在我是太醫院外院的掌事，這事可是正大光明的，不用背著人。我明說了的，她也同意，說是反正幾個娃的娘了，被太醫看怕什麼。當然我也明白，她是為了那五百兩銀子，雖然沒有前次多，可五百兩足夠普通人家豐衣足食好幾代了。」

然後她又驕傲地笑了。「小寧，現在人體剖腹產的技術已比前次成熟多了，我沒有妳的藥水也能母子平安，事後也沒有前次的那種跡象，我與院裡這兩個教醫術的先生會診開的方，之前用狗做試驗，已有了許多用藥方面的經驗。華佗術施後，當即就要服用大量治療潰爛的湯藥，一直服用到傷口完全癒合後，再慢慢用溫補之方調養，就能恢復如初。只是這樣就沒有奶水，不過，她有銀子可以請乳娘。」

古人的醫術，到底是現代中醫望塵莫及的。這樣的手術，術後沒有抗生素，只憑中藥也能做到這般，實是令人嘆為觀止。

林小寧心中感嘆，問道：「媽媽，那兩個教醫術的先生是宮中給配的嗎？聽他們講課，道行很深的樣子。」

「哪裡是宮中配的，是我找師傅尋來的隱世高人，為了這華佗術才又重入塵世授課育人，還虛心向我們這幾個小輩討教華佗術呢，術後的方子也是他們慢慢摸索出來的，又傾囊授於我們。」

「看來這兩個先生才是真正的高人奇術啊，我們這是班門弄斧了。」

曾嫣嫣瞥了一眼道：「各有所長，先生的方子的確精妙，但華佗術卻是破局之術，這個才是大妙！目前對於術後一些不良反應的用藥，只有剖腹產最成熟，可其他病症的反應，仍是不能解決。」

是啊，豈是那麼簡單之事，她也只是一個中醫，不過是有些理論知識，路漫漫兮啊……

「不過光只是這個剖腹產，也能救人無數。多少婦人不管貴賤與否，生育都是鬼門關走一遭，我們現在就要與閻王爺搶人命，所以這個婦人身體情況我們極為重視。蘭兒是定期去婦人家複診，只說上回之事結了緣，表示個心意，溫補藥材從沒斷過地送去，那婦人現在恢復得相當好。」曾嫣嫣驕傲說道。

蘭兒點頭笑道：「是的林小姐，恢復得可好，也漂亮許多，眼睛皮膚都是水水的，都是滋補藥材養的。她肚子上的疤痕，我用了太醫院配的那種除疤藥膏，雖然還是有淡淡痕跡，但根本不明顯。那婦人私下與我說，她把那八百兩銀子給了娘家，讓我不要和夫家人說。我當然不說，萬一讓她夫家人知道了有男子在一邊觀產，那不得休了那婦人嗎？我還指著幫她做第三回的剖腹產呢。」

林小寧笑著點點頭。「這種願意為華佗奇術獻己身己力的人，除了付銀子外，我們還要好好保護他們名譽，不然我們這太醫院外院也太慫了。」

「可不是嗎？」曾嬤嬤撇著嘴。

「道不同不相為謀，那些小人不用搭理。走，去找兩間房子去，我們還要儘早找一個義莊的漢子，要年輕長得不嚇人，還沒有怪毛病的那種。」林小寧笑看著曾嬤嬤。

曾嬤嬤回視一笑。

太傅夫人越來越喜歡現在的女兒了，太為她驕傲與自豪了。

醫聖的封號、太醫院外院掌事這些不提，只說她嫁人有孕後，脾氣好了不是一星半點兒，看人看事眼神也溫和起來，對家中的兄長與弟妹，也是寬和不少。

現在與林小姐又來府中，說了三千堂的事宜，太傅夫人嘖嘖稱奇。這是多好的主意啊，貴族得名，窮人得利，互取所需。

太傅夫人由衷感激林小姐，和女兒結為金蘭後，女兒的性子就慢慢改變。記得當初長老說過，想讓嫣嫣變性子，就得是一個比她更強的人，還得是好性子的那種，才能影響到她。

這不正是說林小姐嗎？未來的寧王妃。太傅夫人笑吟吟地看著身邊的二女。年輕貌美，做出了多少名朝貴女不可能做的事情，兩人帶著兩個丫鬟做上了名朝首封的女官，是真正的官，不是後宮那種女官。

現在連帶著自己女兒也開始關心天下民生之計，三千堂是婦人之事，卻是為自家夫君收穫許多聲譽與名望，說起來只是善事，卻能帶動各種官場的暗流與風向，太是妙不可言了。

當下就答應操作此事，至於周太妃那邊，太傅夫人笑道：「交給我就行，周太妃與我關係甚好。這事宜早不宜遲，這幾日就擬出細則，我入宮一趟。」

林小寧高興道：「夫人，早在桃村時就擬好了，只是我這字寫得不大好，我找人謄寫一遍，回頭送過來。」

太傅夫人微笑道：「小寧，妳的字是得練練了，這馬上都要做寧王妃了。」

林小寧汗然道：「是的是的，多謝太傅夫人教誨，我肯定要好好練字。」

曾嫣嫣笑道：「娘，妳就省省吧，練字做什麼？就為了博個虛才名，不頂用，字能寫能認就行。」

太傅夫人哭笑不得。「妳不是最看不得家中弟妹字寫得不好嗎？怎麼這回又換了態度。」

曾嫣嫣笑道：「娘，那是從前，現在女兒不再這樣看了，表面功夫怎比得上實實在在的東西？」

太傅夫人寵愛笑道：「理是這個理，但身為名門望族、皇室成員，那這些虛才名就不能丟，這可是臉面。」

「正是正是，太傅夫人說得極有道理，我一定好好練字。」林小寧笑道。

「還是小寧乖，嫣嫣，妳可要學學。」

「我的字又不難看，京城找不出幾個字寫得比我好的女子。」曾嫣嫣笑道。

太傅夫人嗔道：「我是說學小寧的心性，誰讓妳練字來著？」

林小寧笑道：「夫人，媽媽的心性是極為純粹的，我就特別喜歡。」

太傅夫人失笑。「現在倒是比從前好多了，還是妳與清凡的功勞呢。」

曾媽媽挺著大肚子撒嬌。「娘就是寵清凡與小寧，都不寵我了。」

太傅夫人與林小寧樂得呵呵笑起來。

曾媽媽絲毫不覺，還打趣道：「娘，小寧說這法子是為了治治我這種朱門酒肉臭的名門望族，我就是早餐吃得多了些，她就這樣說我，多壞。」

太傅夫人更樂了，笑道：「小寧性子格局大啊，華佗術公開天下，還有三千堂，減租與增產……妳要有這性子——」

曾媽媽撇嘴插話道：「娘，我昨天才說她胸中格局小，只知道做地主婆，妳就來打我嘴了。她這種人就是天生愛沽名釣譽，吃得好些，用得好些，怎麼就不行了？那壞丫頭說得好像自己不用好的、不吃好的一樣，壞死了。」

林小寧呵呵笑著。

第五十九章

回府時，已是下午時分，才一入府就聽門房報寧王殿下來了，在前廳候著。

林小寧笑笑。「這個傢伙，來我這兒，還矯情在前廳等著。」

荷花捂嘴笑著。「小姐人不在，當然就在前廳等著。」

醫仙府前廳，茶香正濃。

寧王正在皺著眉頭，聞著茶裡的氣味。

這茶還是去年曾嫣嫣送來的好茶。

醫仙府沒有主子時，就是梅子當家。梅子本是下人，出身貧苦，天性吝嗇，主子不在，更是不敢亂花銀子，除了月例沒扣，飯食與衣裳的標準降得苛刻得不行，連天冷用的炭也摳摳索索的，過年也只賞了一百個銅錢的紅包，把這個家當得天怒人怨。

連一點好茶葉與之前魏家送來的酒都鎖到庫房裡，這等明目張膽的小氣行為，讓府中十五個下人氣得吐血，可又不敢明言，就是管事喬婆子也得小意討好梅子。

梅子做這一切還振振有辭。「小姐不在，不幹活白拿月例，等於是白養著你們，你們還想著各種好處，那就該發賣了去。」

要不是昨天林小寧回府，梅子不在府時，喬婆子這個管事婆子也是拿不出好茶來待客的。

林小寧進了屋裡，展顏笑著，是見了心愛的人的歡心笑容。

「等多久了？」

寧王推開茶盅笑道：「才來不過一刻鐘，再等等，妳不來我就會去太傅府裡接妳了。還有，這可是去年的陳茶，怎麼還在喝？我讓人去府裡取今年的好茶去了。」

喬婆子陪著笑道：「大人，這是上好的茶，是太傅府送的。梅子姑娘一直當寶似的存著呢。」

梅子還在外院當差沒回府，小丫太小當不了事，荷花又跟著林小寧一起，府裡能說話當事待客的，就是喬婆子了，丫鬟什麼的，都被喬婆子摒走了。

喬婆子肚子裡有一本經。她這是為主子著想啊！她是知道當今的寧王殿下，就是主子的未婚夫君，當初為此狂喜不已，自己天大的運氣，竟然撞上了個好主子好靠山！所以梅子那般摳索，雖然心中有氣，也是笑咪咪地嚥了下去，來日方長啊。

可喬婆子不認識寧王，只是在去年時，寧王來過幾回醫仙府見過，當時她只覺得這個身分不明的男子氣度非凡，氣勢又凌厲。此次這男子再次前來，她仍是不敢怠慢，甚至有些膽顫心驚，只擔心出事，那就毀了她的前途。

所以她親自招待伺候。

但看林小寧笑咪咪地坐到寧王一側座位上，拿起茶葉罐看了看，又聞了聞。「就你嘴刁，一沾嘴就知道是去年的茶，也不過就放了半年多而已。」

寧王笑道：「放了半年的茶，是存放在哪裡呢？都有股味道了。」

「還不是梅子，我去年走時就這一罐子茶了，她不捨得喝，放到庫房去了。」林小寧笑道。

「我說呢，怪不得有股味道。」寧王道。

喬婆子見縫插針笑道：「大人，小姐不在，這等好茶自然是沒人喝的，梅子姑娘才存了起來。許是她不懂如何存放，就有味道了。」

「我叫人去取今年的貢茶去了，這茶別喝了，等會兒喝好茶。荷花，這茶扔了去吧。」寧王笑道。

喬婆子看著那罐茶。

上好的茶啊，梅子當寶似的鎖著，這一小罐也就二兩吧？好像市面上得賣幾十兩銀子，真是貴人嘴刁，哪來的味道，她昨天偷著喝了一些，多香，竟然說有味道。

荷花笑道：「六王爺，您不如扔給我吧，我昨天喝了，倒是極好的滋味，扔了太可惜了。」

寧王笑道：「妳還怕妳家小姐不讓妳喝好茶嗎？這茶沒存放好，不要再喝了，還是扔了吧。」

林小寧笑笑。「行了，我可喝不出味道來，你非要說有味，那我留著飯後漱口吧。」

「漱口得用香茶片，這茶……就賞妳吧。」
寧王對正愣愣地盯著茶葉罐子喬婆子笑道。
喬婆子之前還想著，這麼好的茶，貴人說扔就扔，倒不如扔給她好了，卻聽荷花也這麼一說，關鍵是荷花叫這不明身分的貴人為六王爺，那這貴人豈不就是小姐的未來夫君？
原來這人就是寧王殿下。
唉呀，嚇死她了，還以為、還以為……怪不得這貴人如此嘴刁，原是王爺啊！
喬婆子心中想著這些，沒留神寧王的話。
荷花笑著提醒。「喬嬤嬤，茶葉賞妳了，還不快謝小姐與六王爺？」
喬婆子才回過神來，大喜過望，忙道：「謝小姐、六王爺賞茶。」
「喬嬤嬤去忙吧。」荷花笑道。「這裡有我就行了。」
喬婆子這才發現，原來這個醫仙府，不只是梅子姑娘能主，連頭前膽小的荷花也受寵到這般程度了。
梅子能作主是理所當然，梅子是小姐從前的貼身大丫鬟，現在又做了九品官，已脫了奴籍，可荷花呢，不過半年多不見，竟然鹹魚翻身了。
喬婆子心有不甘，卻是一臉感激地接過荷花手上的茶葉，恭敬退下。
荷花笑道：「這罐子茶葉能讓喬嬤嬤樂上一晚上了，也就六王爺您能品得出沒存放好的味道。」

寧王笑道：「以後妳與妳家小姐都會慢慢品得出來的。」

林小寧笑道：「你啊，還以為你是個好的，沒想到回到京城，也成了嫣嫣這樣的德行，凡事都要極致才行。」

「沒有條件時，自然是什麼都不計，有條件時，當然要好好享受一番。」寧王坦然笑道。

林小寧笑笑。「行，讓你享受，誰讓你是六王爺呢。」

說話間，寧王府的人來了，送來了幾罐子好茶，讓荷花泡上，隱隱茶香便逸了出來。

寧王端著茶盅揭蓋嗅了嗅，展顏而笑。「妳嚐嚐可有不同？來，荷花也給自己泡上一盅，試試妳的舌頭如何，是不是比妳家小姐更好一些。」

林小寧笑著端起茶盅，挪開蓋沿，茶香清、淡，卻縈繞在鼻端不散。

品了一小口，熱滾滾的茶香就在口中溢開。

「果真是好茶。」林小寧笑道。

「好在哪裡？」寧王笑問。

「不知道，就是好喝。」林小寧又笑。

寧王大笑起來。「妳最讓人疼的地方就是這裡。」

荷花也笑道：「我也是覺得好喝，卻不知道好在哪裡。這等品茶的功夫，我不如小姐。」

寧王又大笑著。「妳家小姐根本不會品茶，也不會品酒，又是個一沾酒就醉的。」

林小寧笑著爭辯道：「我是不會品酒，可要是貪杯之人，又如何品得酒的心思？」

寧王看著林小寧，眼底是無限的寵愛。「酒的心思？的確，品得可不就是酒的心思嗎？只衝這一句，妳就是個懂酒的人。」

說到品酒，林小寧突然想起蘇大人。最早時，是蘇大人說她泡參的酒不好，又送來了魏家的神仙酒，她因為沾酒就醉，很少喝酒，更說不上能品出酒中悲歡離合。

記得蘇大人送來神仙酒的那次，他說：「妳看，此酒乾後，餘液在白瓷杯上爬著，爬到高處就跌落下來……可有妳所說厚重之感？」

一時，林小寧有些失神。

多久的事了，她是無情的人，說忘就忘了他了。她生於現代，已過三十，也經過情場多年，這種事自然果斷乾脆，少了哪個男人太陽都照常升起，若是悲傷臥床不起，就得扣薪水。

寧王雖不知道這些，卻似有所覺察，說道：「晚上去胡大人府中用膳，我已叫人去胡大人府中說了的。」

林小寧才驚覺而醒神，笑道：「如今你也能作我的主了。」

寧王微笑道：「妳也能作我的主的，丫頭。」

林小寧心中想起蘇大人，有些心不在焉。

這時想起蘇大人很是不合時宜，卻突然有著千萬情緒。她曾經盼望的甜蜜言語，蘇大人從來沒對她說過一句，那樣匆匆一別後，就成了郡馬。

她知道蘇大人要做郡馬的那天晚上，她的天命之星就升起來了。他問她蘇志懷做郡馬，她難不難過？她回答是說，要說不難過是假的，可是天命之星升起來了，所以沒時間難過了。

其實，她記得自己當時是極為傷心的，卻再也捕捉不到那天的情緒了。

現在想來只覺得，各種因果緣分哪是凡人所知，如付冠月所說，原來姻緣早就定下了，只是不是他，誰又懂得月老的心思呢？

現在她有了他，常常聽到他的甜蜜話語，她也會回給他各種甜言蜜語，也會哄他開心，而且這樣做她很快樂。

林小寧這般失神，寧王的臉色有些複雜，笑道：「妳在想些什麼呢？」

林小寧回神，笑著說道：「我在想你這個小氣鬼，還說我也能作你的主，你的天星是哪顆都不肯告訴我……」

寧王失笑道：「我指了，是妳不信。」

林小寧定定地看著他。

寧王的笑意滿是溫柔。「那時我就告訴過妳，我與妳的天星是同一顆，妳不信，認為我是戲耍於妳。」

又道：「那次在山上時，妳說過，妳的天星是東邊最亮的星星邊上的一顆小星，我便知道妳與我同一顆天星。我當時說了，妳也不信。」

林小寧有些犯傻地看著他。

寧王眼神微微笑著。「我說過，妳注定是我的王妃……」

荷花偷偷笑著。

林小寧仍是有些發怔。

「這麼說，你與我同一顆天星，同一時間升起？」林小寧不可思議地問道。

「是，當初我也難以置信，一直放在心裡等到昨天回京，才找欽天監正使看過了，今天一早回我，我們倆的天星確是同一顆。」

林小寧豁然開朗。望仔說要有機緣才能升起，他就是她的機緣，怪不得一得知蘇大人要做郡馬，天星就升起……

她突然有種特別對不起蘇大人的感覺。

寧王只是望著她笑，並不說一句話。

她看著寧王，皮膚微黑，豐神俊朗，氣度不凡，嘴角微微翹起，眼中有著無限深情。

她突地心跳如擂鼓，口乾舌燥，便小心飲完一盅茶，才壓住了心火，輕輕笑了起來。

她想說點什麼，卻不知道要說些什麼，只好這樣笑著。

「傻丫頭……」寧王也笑了。

胡大人府上一掃之前的冷清，添了不少下人，胡夫人的衣著也開始花團錦簇，只是首飾仍是簡單。

大家見了禮，林小寧便笑嘻嘻地道：「丫頭恭喜知音大人升官。大人可是越發風流倜儻，夫人是越發年輕漂亮了，夫人這一身真好看。」

胡大人聽了捋了捋鬍子，笑得眼睛都瞇了起來。

胡夫人笑道：「小寧的嘴真甜，穿成這樣也就做個樣子，怕丟了老胡的臉面。說起來，還是以前那些布衣穿得舒適些。要說這點，還是妳最能堅持，從認識妳到現在，不管有錢、不管要做王妃，仍是這樣一身棉布衣著，看著就賞心悅目。」

胡大人笑道：「夫人，妳要喜歡穿這等布衣也成，我也去訂製各式棉布，叫京城最好的繡娘專門為妳做個十幾套。」

胡夫人笑道：「一套布衣，從面料到染色再到成衣，全都要訂製，如此費時費功，只有丫頭願意這般麻煩。」

林小寧笑道：「夫人這樣打扮甚好，不要如我這般，我就是這點怪毛病，穿不得錦緞絲綢。」

胡大人氣色越發好，與寧王在一邊一直低語輕談著。胡夫人的婢女沖茶，一股隱隱的茶香便微微散出來。

「好香的茶，香味內斂不亂散。」林小寧道：「胡大人喝的也是貢茶？」

胡大人樂呵呵道：「我知道妳今天來，才特意拿這罐茶出來的，原來丫頭早就品過了。」

寧王笑道：「她哪裡會品茶，就記得這香味。」

林小寧笑笑。「能記得這味也算是會品了，是吧？知音大人。」

「當然當然。」胡大人夫妻笑道。

林小寧使了個眼色，荷花便上前把手中的白瓷罐遞給胡夫人身邊的婢女。「夫人，這是小姐送來給夫人調養身體的三七粉。」

胡夫人一聽就喜。「就是以前我吃的那個三七粉？我吃過之後，不知道氣色多好，小寧兒有心了。」

胡大人笑看林小寧。「丫頭人來就行，在我這兒，不必講究什麼禮節。」

「我今日來，可是有一要事想求胡夫人相助，所以，這個禮節還是得講，不然被胡夫人笑話，我倒丟人了。」林小寧撒嬌笑道。

「什麼事要我相幫？」胡夫人笑道。「小寧兒只管說就是。」

寧王笑道：「丫頭，可要我與胡大人去書房細聊？」

林小寧噘了噘嘴。「真是的，我一開口你就要與胡大人去書房，也不幫我說道說道。」

寧王笑道：「妳要說的不是夫人的事嗎？我自然是不好插嘴。當初在桃村時，我想聽聽都攆我走呢。」

「什麼夫人的事？」胡大人納悶笑問。

寧王笑著把三千堂一事簡單說了說，說完了再次提到了在桃村時，一堆夫人攆他的事。

胡夫人聽得樂得不行。

胡大人一聽，眼中又發出賊光。「夫人，這事太妙了。丫頭，妳怎麼想出來的？」

「我就是太閒了才想出來的。」林小寧笑道。

胡大人自豪地看著林小寧，樂得不停捋著鬍子。丫頭閒也閒得有章法。

胡夫人笑著柔聲道：「小寧兒為天下民生大計著想，我自然也是要出些棉薄之力。」

林小寧喜道：「就知道胡夫人最是心善了，這等事，必是一聽就樂意，只是辛苦夫人了，章程細則，我讓人謄寫後送來給夫人，再看看有什麼要補充添減的如何？之外，我還拉了嫣嫣和太傅夫人。」

胡夫人笑道：「成，拿到章程與細則後，我與曾夫人商議商議，若有不完善之處，再商議改動改動，然後可以開始操作了。妳看，你們倆還要不要去書房細聊？」

寧王與胡大人笑道：「自然是不用了。」

胡夫人又笑。「這事最妙的地方就是夫人這身分……且不論各種夫人各種心思，但至少有一點能預測到，以後再有罪臣，怕是不會再累及妻室。只衝這一點，這事必會做得風生水起，這等於是夫人們提前花銀子、花精力築一道自己的保命符，這個保命符的堅固程度，又是來自於為百姓做了多少，同時百姓又得了實在的好處，的確是高明！」

胡府的晚宴是在一品軒訂的席面，送來府中，酒自然是清泉酒，入席之人是胡大人夫妻、小胡大人，加上寧王與林小寧。酒足飯飽後，大家在廳中又聊了許多。

此時，林小寧才知道，採花盜一案與周少爺被綁架一案，扯出了七個奸細，空缺全換上了胡大人、曾太傅、沈尚書的人，還有一個竟然是周少爺的庶叔。

林小寧嘆服不已。

「這是如何辦到的？完全是顛倒黑白啊，難道是屈打成招？」

「是以家眷性命來誘，反正入了大理寺的人，就是不提這兩樁事，他們渾身上下哪一處是乾淨的？都是一個死，不滿門抄斬才怪呢，不如保得家眷性命。」寧王笑道。

「丫頭，正如妳說，比奸人更奸。若不是六王爺的採花盜一事出得巧妙，怕是還冠不上這樣的罪名。都是罪名，可又有所不同，通敵之罪，是罪該萬死，死有餘辜，雖然是幾個過河卒子，可身居的官職卻極為敏感。現下我們再行事，就便宜得多了，那背後的大細作，目前也不敢輕舉妄動了。」胡大人笑咪咪道：「丫頭是我名朝的福星。」

寧王笑道：「胡大人果真是消息通達，才一日而已，福星一說可是我皇兄告訴你的？」

胡大人奇道：「我一直是這般看丫頭的。丫頭哪件事情做的不是由心由性？可由著心性，卻是樁樁件件做得出色，從來逢凶化吉，從來有各種機緣為她掃除障礙，可不就是福星嗎？」

寧王笑道：「胡大人所言甚是。」

胡大人又道：「六王爺可還記得丫頭的心法？心法由境而生。我現在才明白其中妙處。當初，我想著長敬公主與王丞相走動，蘇郡馬就管皇家票號一事了，只覺得其中有些不對勁，還恐王丞相會對丫頭不利，後來才明白，原是青青郡主的主意，想讓蘇郡馬做些實事，而不是編書什麼的虛職。說起來還得謝謝青青郡主，這回沒有小心眼，還使勁把蘇志懷給推出來。當時王丞相正好要安排幾個人進來，但皇室與鎮國將軍的面子誰不買？把蘇郡馬的事一帶，又給了長敬公主面子，順水推舟把他的人放進來做高位，可哪知道蘇郡馬是這等人才，不久就大展身手，與戶部牢牢把著票號的人與事，從上至下滴水不漏，不管哪個放進來的人，都莫想得到任何好處。王丞相這一招竟是白費了功夫，還實實丟了幾個人在票號裡賣力幹活，愣是收不回去了。」

胡大人說到這兒，大笑道：「六王爺，萬事有機緣，再想想三千堂各種千絲萬縷的政事關聯，豈是常人能及，這樣的丫頭不是福星嗎？」

寧王目光閃閃地看著林小寧。「正是福星。」我的福星。

林小寧汗顏而笑。

胡大人像得了話癆一樣又道：「丫頭這性子，當初還遺憾她不是男兒身，現在想來，只有女子才這般細緻周全。我唯有一子，卻早已成婚，不然……」

小胡大人有些尷尬，只好低頭飲茶。

寧王笑著俯耳低語。「胡大人此言差矣，不論是小胡大人還是蘇志懷，都是不能的，她注定是我的王妃。」

胡大人賊眉鼠眼地笑了。

回到醫仙府時，已是繁星滿天。

後花園中，望仔與火兒正在玩耍著。望仔對著天象觀了半天，對火兒吱吱叫著，火兒便抬頭看著天空，也吱吱叫著，望仔點點頭，咧嘴笑著，帶著火兒又向暗處跳去。

寧王送林小寧到門口就回去了，走時低語：「好好休息，明日我來接妳，不會太早，妳可以多睡會兒。」

林小寧笑著點頭應了。

梳洗過後，躺在床上，她隱隱地慌，所謂醜媳終要見公婆，她明日就要去見名朝身分最尊貴的幾個人——太后與皇帝，還有皇后，心中難免慌亂。衣著打扮什麼的，還是照舊好了，這樣她才覺得是自己，會自然些，把手上的一堆銀絲細鐲換一對成色好的玉鐲應該差不多了吧？頭飾一向是用一根玉釵，成色極好，就不換了，見面禮就送靈芝與人參吧……

林小寧這般胡思亂想著，慢慢睡著了，等到早晨醒來時，天色微白。

望仔與火兒在她床上樂呵呵地睡著，看到她醒來，望仔張開尖尖的嘴，似笑非笑打了個呵欠，火兒也睜開了一雙媚眼，跳到林小寧的懷裡撒了會兒嬌。

林小寧摸著兩個傢伙笑罵著。「你們這兩個小壞蛋，白天玩得不見影，晚上什麼時候溜進來睡的，誰給你們開的門？」

望仔嗤笑著叫了叫，林小寧笑道：「原來我家望仔是從外面直接入空間，然後再出來到床上睡的。你可真聰明，這空間你們隔多遠都進得去嗎？」

望仔有些羞澀不好意思地又叫了兩聲。

林小寧樂了。「原來是三丈內能入，遠了就不成。我當你多神呢。我去洗個澡，望仔，你去空間給我找一株人參、兩朵靈芝出來。去叫荷花準備三個賣相好一些的木匣子，知道了嗎？我今天要入宮，去見天底下最尊貴的幾個人，大黃也在，所以我打算帶你們一起去。」

望仔與火兒高興得在床上蹦躂起來。

林小寧呵呵笑著，入了空間洗澡。空間的溫度是四季春暖，而小池塘的水溫是四季如一的微溫，她喜歡很熱的熱水澡，但空間裡洗這樣的微溫的澡，如初夏游泳一般，林小寧便當是晨練了，在水裡玩耍了小半時辰才漱口，再用澡豆把自己洗了個乾淨。

望仔與火兒不知道從哪搞來一個炭爐子，一小盆銀炭、火摺子，還有一套茶具，一罐昨天寧王送來的茶葉，在水潭邊的小石桌前與桌上整整齊齊地擺著，似要讓林小寧煮茶給牠們喝。

林小寧無奈地笑笑。出了空間換上乾淨衣裳，又入了空間燒火煮茶伺候兩隻狐狸。

「人參與靈芝交給荷花了嗎？」林小寧問道。

望仔與火兒討好地點點頭。

「和荷花交代清楚了？」林小寧又問。

望仔吱聲叫著，很是得意。

「瞧你那得瑟樣，那是人家荷花聰明，才知道你叫些什麼。」

望仔搖頭，又輕蔑又憤怒地吱叫著。

林小寧差點笑出聲來。

原來望仔是把三株藥材給了荷花，又從荷花房間裡找到一只小木匣子，那還是去年梅子給她配的。貼身丫鬟都配有一只這樣的小匣子，可以存放些脂粉面脂或首飾與銀兩，雖然不是多好，也是新的。

望仔把那匣子裡的東西一股腦兒地全倒出來，然後把一株人參放進去。

其實不管是荷花還是梅子，只要接到藥就會明白，今天是要入宮的，這三株藥材得配上盒子送太后、皇上和皇后。可望仔生怕荷花不明白，這一倒，她的木匣子，把她昨天才放進去的一些碎銀，還有梅子昨天給她的一盒新粉倒得滿地都是。聽梅子說那是京城時興的粉，不傷皮膚，不便宜呢，她還沒捨得用，這一下荷花心疼得半死，氣得罵著：「小壞蛋，不知道心疼東西！」

望仔卻大搖大擺地拉著火兒揚長而去。

「荷花可沒說錯你們，就是小壞蛋。」林小寧笑著點火引炭，然後拿壺打水，燒上。

林小寧的頭髮越來越長了。古代人不剪頭髮，這真是讓她覺得不方便。這種長髮看著好看，其實打理起來不知道多費時費力，幸好她的空間水有著神奇的效果，什麼護理的用品都不需要，頭髮仍是柔軟有光澤。

很快，炭火燃得大了，壺裡的水沸了，望仔與火兒坐在桌前的茶盅前，認真地等候著。

「望仔與火兒喜歡這茶？」

望仔與火兒開心點著頭。

「以前可沒看過你們喜歡喝茶，這茶可是與之前有所不同？」

火兒的小尖嘴咧開笑了，望仔很敬畏地吱叫著。

林小寧聽完後才驚嘆，這茶葉採自奇峰高岩峭壁上的茶樹，因岩頂終年有細泉浸潤，雲霧嵐滋，極富靈氣，所以香氣內斂，滋味醇厚，清香爽神，生津生靈。一年只是清明前採一次，清明後再採便不再有這樣的滋味。

這便是所謂的雲霧茶了，卻是貨真價實的貢品。若真是在這樣的環境下生長，採茶者也得付出生命危險才能採得，這樣的茶，怎能沒有自己的靈性？正如酒，像魏老爺，畢生就鑽研在酒中。

怪不得茶酒文化淵源流長，怪不得望仔的神情敬畏。

箇中滋味，真不是一茶、一酒能概括得了的。在其後面，是付出了多少人的心血與心法。

萬物都如此，五穀糧食，花草藥材，錦帛絲綢，一樁樁、一件件，都浸著各種因緣。

人與萬物都一般，人也是萬物一種。

林小寧笑了。好茶好酒通心竅呢。

「就你們嘴刁，什麼好東西都逃不過你們的嘴。說，昨天是不是偷喝了？」林小寧笑罵著。

望仔與火兒叫著。

「好吧，不是偷喝，只是喝了我們喝剩的。」林小寧用手指點點望仔的腦袋。

等到頭髮乾透，林小寧與望仔、火兒，已美美地喝了幾盅茶，齒頰生香，才悠然出了空間。

外面的天色已亮了起來，林小寧看著心滿意足的望仔與火兒，笑道：「荷花可在外面？我起來了……」

——未完，待續，請看文創風207《醫仙地主婆》5

大齡剩女

全套二冊

溫馨寫實小說名家／凌嘉

既然二十歲就是老姑娘，那她也樂得不嫁！

她擁有現代人的靈魂，根本不吃古人「成親才幸福」那一套！

不過命運似乎另有安排，一下子丟了兩個帥哥給她……

她穿越時空住進另一個朝代的身體裡，頓時年輕了好幾歲，
可這裡的人是怎麼回事，才二十歲身價就一落千丈、乏人問津，
不管老爹多麼賣力，她依舊待字閨中，成為傳說中的老姑娘。
開玩笑，她可是擁有現代靈魂的獨立女性，
成不了親她還樂得輕鬆呢，可以穿梭商場做她最愛的古董生意，
傻子才要被關在家裡，當個漂亮卻沒用的擺設品！
誰知天不從人願，她原本平靜的生活，竟因一項古玩起了變化，
不僅被捲入多起命案，還認識了兩個出類拔萃的好兒郎，
面對陌生又若有似無的情愫，她不禁感到迷惘，
而看似平凡的身世背後，更隱藏天大的秘密，讓她無所適從……

好評滿分·經典必讀佳作

描情寫境，深入人心

董無淵

真情至性代表作

嫡策

全套六冊

至親的冷血相待，摯愛的殘酷背叛，
磨光了她敢愛敢恨、稜稜角角的性子。
重生而來，看透世情人心之餘，
她再不要被情愛蒙蔽了心眼，絕不再白活一遭……

文創風 190　1

一個侯門千金前世死乞白賴嫁給心不在自己身上的男人，
死去活來重生之後，她不再是那個敢愛敢恨的自己，
這一世她看透了、心寬了，只想好好活下去……

文創風 191　2

她又一次失去了母親，再一次失去了這個世間最愛護她的人。
既然父親冷血逼死了母親，生養她的賀家無情逼迫著她，
要想血債血償，她得想盡辦法先逃離這背棄她的家……

文創風 192　3

父親的冷情自私、祖母的硬心捨棄，讓她的心也狠了起來，
在皇后姨母的庇護下，一步步精心設計，讓仇敵自食惡果，
卻也讓她懷疑起為了愛連命都捨了，值得嗎？

文創風 193　4

她喜歡六皇子，就在他說他想娶她之後，
原本搖擺不定的一顆心終於落到了實處。
前世被愛傷透的她還是喜歡上他了，
就因為他願意承擔起娶她的一切後果……

文創風 194　5

她願意信任六皇子。
從痛苦死去，到懷著希望活過來，
再到眼睜睜地看著母親飲鴆而去，
再到現在……明天，她就要幸福地，
滿心揣著小娘子情懷地去嫁他……

文創風 195　6　完

六皇子說：「我們爭的是命，老天爺把我們放在這個位置，
要想自己、身邊人活命，就要爭。等爭到了，妳我皆要勿忘初心。」
她何其有幸遇見這個男人，值得用心去爭……

流浪貓狗介紹所

為流浪貓狗加油

和貓寶貝 狗寶貝

廝守終生(一定要終生喔！)的幸福機會

對人來說，貓寶貝狗寶貝只是生活的一部分，

但妳(你)對牠們來說，卻是生活的全部，領養前請一定要考慮清楚——

▲ 萌度滿滿的卡妞

性　　別：女生

品　　種：米克斯

年　　紀：3～4個月

個　　性：活潑黏人

健康狀況：已體內外除蟲除蚤，血液檢查，注射第一、二劑疫苗。

目前住所：台北市北投區

本期資料來源：台灣認養地圖 http://www.meetpets.org.tw/content/53309

『卡妞』的故事：

卡妞原本是流浪貓的寶貝，可能和貓媽咪走散而在外遊蕩，在她六週大時卻卡在摩托車側面的車殼，露出相當可憐的神情，我於心不忍便伸手救牠，好不容易抱牠出來，小貓咪卻一溜煙地跑掉，最後竟卡在汽車底盤縫隙，所幸汽車主人好心地將車子移到附近的修車廠，順利將牠救下來，可又擔心放走牠，怕牠難以維生，決定先將牠帶回照顧。為紀念與這小貓咪特殊相遇的緣分，所以我為牠取了個可愛的名字「卡妞」，成為名副其實的Catrina，卡車妞。

但在決定收養卡妞後，才想到家裡的貓口眾多，無法再多養一隻小貓咪，所以為了讓牠有更好的照顧，只好將卡妞暫時養在我的工作室裡，也期待能有新家人給牠完整的愛。正要將卡妞放在工作室前，就想到當初解救牠，那緊張害怕的樣子，讓我不禁擔心卡妞在新環境下會難以適應，還好牠一到工作室，很快就能與其他同事及偶爾到訪的貓咪們玩在一起。

日子漸漸久了，卡妞也越來越調皮。還是小幼幼的牠正是黏人賣萌的時候，常常依偎在人的身旁，像是穿著白色手套及短襪，舉止優雅的小淑女。牠總是露出一股「我想被摸摸」的神情，有時手還沒伸過去，牠就呼嚕個不停，看著牠可愛的萌樣，會讓人一整天的心情都變好呢。

如果你正好缺個貼心又黏人的寵物陪伴，卡妞一定是你最佳的選擇，歡迎來信至pyibli@gmail.com，在信件的主旨寫「認養卡妞」，給牠溫暖的呵護喔。

認養資格：

1. 須年滿20歲，有穩定收入及家人同意，租屋者須獲得室友及房東同意。
2. 須同意絕育。
3. 須同意簽訂愛心認養切結書，並出示身分文件。
4. 須同意接受送養人日後之追蹤探訪。

來信請說明：

a. 個人基本資料：姓名、性別、年齡、家庭狀況、職業與經濟來源等。
b. 想認養「卡妞」的理由。
c. 過去養寵物的經驗，及簡介一下您的飼養環境。
d. 若未來有當兵、結婚、懷孕、畢業、出國或搬家等計劃，將如何安置「卡妞」？

文創風
206

醫仙地主婆 4

國家圖書館出版品預行編目資料

醫仙地主婆 / 月色如華著. --
初版. -- 臺北市 : 狗屋, 民103.07
冊 ; 公分. --（文創風）
ISBN 978-986-328-325-6（第4冊：平裝）. --

857.7　　　　103011247

著作者	月色如華
編輯	張蕙芸
校對	林俐君　李文宜
發行所	狗屋出版社有限公司
地址	台北市104中山區龍江路71巷15號1樓
電話	02-2776-5889～0
發行字號	局版台業字845號
法律顧問	蕭雄淋律師
總經銷	知遠文化事業有限公司
電話	02-2664-8800
初版	103年7月
國際書碼	ISBN-13　978-986-328-325-6
原著書名	《贵女种田记》，由起點女生網（www.qdmm.com）授權出版

定價250元
狗屋劃撥帳號：19001626
網址：love.doghouse.com.tw　E-mail：love@doghouse.com.tw